손의 온도는

손의 온도는

1판 1쇄 발행 ｜ 2022년 7월 30일

지은이 ｜ 유혜자
발행인 ｜ 이선우
펴낸곳 ｜ 도서출판 선우미디어

　　　　등록 ｜ 1997. 8. 7 제305-2014-000020
　　　　02643 서울시 동대문구 장한로12길 40, 101동 203호
　　　　☎ 2272-3351, 3352 팩스: 2272-5540
　　　　sunwoome@hanmail.net
　　　　Printed in Korea ⓒ 2022. 유혜자

값 13,000원

ISBN 978-89-5658-705-9 03810

손의 온도는

유혜자 수필집

선우미디어

걸어도 뛰어도

30년 전쯤 모하비 사막, 25년 만에 내린 빗물 고인 데서 이틀 후 민물새우 몇천 마리가 뛰어올랐다. 그리고 13년 전 함안군 농업기술센터에서 성산산성 발굴 때 발견된 700년 된 고려시대 연(蓮) 씨앗을 심어 분홍연꽃으로 피워낸 사진(2010년 7월 8일 조선일보)을 보았다. 오랜 세월 어둠과 차가움 속에서도 생명력을 지녀온 강인함에 경탄을 금할 수가 없었다.

지난 세월, 시간의 흐름에 따라 걷기도 하고 뛰기도 하면서 맞은 등단 50년. 사막의 새우 알이나 700년 된 연 열매처럼 강인한 생명력으로 심혼에 깊이 와 닿을 글을 써 왔는지 부끄럽게 돌아보게 된다.

등단한 70, 80년대는 급성장하는 우리나라에서 사라져가는 고유의 전통이 아쉬워서 주로 한국의 미의식을 담은 글을 쓰려 했다. 90년대부터는 소재의 확충으로 내적인 준비도 부족한 채 테마에세이를 시도하면서 변모하려고 노력했다. 그러나 경험과 정보와 재능이 함께 해야 좋은 작품을 만들 수 있다는 것을 확인했을 뿐이다.

빛나는 글을 쓰지도 못했으면서 50년 동안 글 쓸 기회를 준 수필문단에 감사하며, 좋은 글로 규범을 보이고 이끌어주신 선배님들이 많이 돌아가셔서 안타깝다. 철학과 사색, 풍부한 언어로 새 물길을 이뤄주시는 후배들에게서 받는 자극도 고맙다.

한두 편을 제외하곤 2년 반 동안 쓴 글들이다. 코로나 팬데믹으로 주눅 들어 지낸 시기여서 소재 범위가 좁은 감이 있다. 편의상 1,2부는 일반적인 수필, 3부의 글에선 존경하는 역사적인 인물과 예술가, 배우고 만났던 스승과 문단 선배에 대해 회고해 보았다. 4부는 거의 젊은 시절 한때 좋아했던 19, 20세기의 명화에 대한 에세이들이다. 그 명화들은 25년 만에도 단비에 알에서 태어난 새우와 700년 된 열매에서 피어난 연꽃의 빛깔처럼 생명력 있고 아름다웠다. 5부는 창작과 글쓰기에 대한 구체적인 얘기를 담은 글이 많다.

걷고 뛰어도 아직도 날개가 돋지 않아 나비가 못되는 것을 안타까워하지 말아야 할 것이다. 나비가 된 애벌레가 꽃들에게 희망을 주듯이, 문학의 힘은 사막 속에서나 땅속에서 700년이나 지내며 희망을 갖게 하는 것이 아닐까. 좋은 작품은 읽는 이들에게도 생명이 영원히 이어지리라.

어떻게 하면 돋보이는 책이 될 수 있을까 고심해준 선우미디어에 감사의 마음을 전한다.

2022년 7월 25일

지석(芝石) 유혜자(柳惠子)

차례

1

위로의 북소리

　기록으로만 전해오던 조선 전기 금속활자 1,600여 점이 서울 인사동에서 발굴되어 그동안의 세계 인쇄사가 바뀔 것이라는 보도가 있었다. "세종 시대 과학기술을 복원할 실마리가 마련됐다는 점에서 중요한 사건"(6월 30일 조선일보)이라고 했다. 서울 시내에는 이런 자랑스러운 유물과, 유래가 얽힌 곳이 많다. 문화재 애호가이고 싶으면서 선뜻 현장에 가보는 적극성은 없지만, 눈에 보이지 않고 전해오는 선인들의 미덕으로 흐뭇할 때가 많다.

　20여 년 전, 방배역 근처 철학문화연구소에서 수필 동인들이 월례 합평회를 가졌었다. 그 근처에 소나무 우거진 효령대군(孝寧大君)의 신주를 모신 사당인 청권사(淸權祠)가 있는데, 합평회 날 좀 일찍 가서 관람하지 못한 것이 아쉽다.

　조선 태종의 둘째아들이자 세종대왕의 형인 효령대군의 묘와 사당이 있어서 서울시 유형문화재 제12호로 지정된 청권사. 기록이나 사극에서 네 명의 대군을 둔 태종이 셋째인 충녕(세종대왕)에게 왕위를 물려준 얘기는 이미 유명하다. 첫째 양녕은 방탕(일부러 위장했다고도 함)했고, 둘째 효령은 글 읽기를 좋아하며 효성이 지극해 부왕으로부터 사랑을 받았다고 한다. 그런데 양녕이 충녕에게 왕위를 물려주고 싶은 부왕의 마음을 알아채고, 효령에게 "어리석다. 네가 충녕이 성덕(聖德)이 있는 것을 알지 못하느냐?"고 꾸짖었다고 한다. 그러자 "효령이 곧 깨닫고 관악산 연주암으로 가 불경에 푹 빠져 스님 아닌 스님으로 가죽이 늘어날 만큼 종일 북을 쳐대며 아버지 태종의 날카로운 시선을 피했다(이긍익〈李肯翊:1736~1806〉지음 ≪연려실기술≫ 중 '효령대군의 북치기')."라고 한다.

효령대군은 동생 충녕이 즉위하여 현정(賢政)을 펼치자 양화진이 보이는 한강 변 언덕에 별장을 지었다. 강물을 바라보며 시와 풍류를 즐기던 그 망원정(望遠亭)엔 몇 년 전 일부러 가보았다. 사실 그 망원정은 한강과 서울의 개발 열풍 때 고양시로 가는 자유로 길목인 마포구 강변 북로로 옮겨 새로 지은(1989년) 것이었다. 건물은 별스럽지 않았지만 우애가 두터웠던 세종대왕이 형님도 만나고 농사도 살피며 수군의 훈련 상황을 보려고 자주 찾았다는 곳이어서 뜻깊은 감회가 있었다.

관악산 연주암으로 들어간 효령은 하루 종일 북을 두드려 북이 닳아 못 쓰게 되어, 후에 사람들이 못 쓰게 된 물건을 가리켜 '효령대군의 고피(鼓皮)'라고 했다고 한다. 그가 낙담 끝에 화풀이로 북을 사정없이 두들겼으리라고 짐작하는 해석도 있지만, 깊은 신심의 효령은 부처님께 복을 기원하며 북을 쳤다는 것이다. 관악산에서 경복궁 쪽을 바라보며 악귀를 물리치고 태평성대를 기원하고, 왕실의 안녕과 성군(聖君)의 출현, 그리고 관악산의 정기를 받아 모두의 무병장수를 기원했다는 것에 동의하고 싶다.

알다시피 조선왕조는 세종 때에 정치적인 안정을 찾고 국가의 기틀이 잡혀, 5백 년 조선왕조에서 세종대왕은 훈민정음 창제 등 백성을 사랑한 성군으로 우뚝하다. 그리고 효령대군도 부처님의 음덕과 관악산의 정기를 듬뿍 받아서인지 90세 가까이 살았다.

효령대군은 무엇보다도 동생인 세종과 국정을 의논하며 적극 도와주었다. 조선조 개국 초기의 정치 사회적 전환기에 왕정을 굳건히 하기 위해 효령은 직접 계도와 행동으로 보필하였다. 공권력을 강화하고 중앙집권 관료체제를 만드는 과정에서 국교가 불교에서 유교로 바뀌었는데, 효령대군은 민심과 사회적 갈등 해소를 위해 백성 등을 선무하고 조정하는 역할로 동생 세종을 도왔다. 불교와 친밀한 관계를 맺고 전국의 사찰을 순회하면서 왕권확립과 국태민안의 기반을 다지는 데 평생을 보냈다. 종교적인 도움과 함께 문화, 학술 면에서도 큰 역할을 했다. 금강경, 법화경 등 불경을 한글로 번역함으로써 국어발전과 대중교화에도 크게 기여했다. 원각사 창건 때에는 조성도감 도제조를 맡았고, 이때 주조되어 1985년까지 보신각에 달려 있던 '보신각종'을 만드는데 직접 감독했다. 그리고 탑골공원의 10층 석탑을 건립했는데 그 제조기법이나 예술성이 뛰어남은 익히 알려져 있다.

북이 해지도록 두드리며 기원한 덕이었는지 효령은 장수하여 성종

조까지 아홉 조정을 섬기면서 왕실의 어른으로서 대접도 받았다. 1486년(성종 17)에 별세한 효령은 서초구 방배동에 예장되었는데, 서울특별시는 1984년에 청권사 앞길을 '효령로'로 명명하였다.

영조대왕은 효령대군이 아우에게 성덕이 있음을 알고 학문과 재덕을 숨기면서 왕위를 양보한 미덕을 기리며 사당의 이름을 '청권사'라고 지었다. 사당의 현판은 정조께서 내려준 사액(賜額)인데, 사당 안에는 들어갈 수 없다고 하니 아쉽다. 그러나 효령대군의 정신은 살아서 전해지고 있으니 다행이다. 효령대군의 문화애호사상과 효도정신을 기려 사단법인 '청권사'(전주이씨 효령대군 종회)는 사회·문화발전과 효도사상 전파에 기여한 사람들을 발굴해 매년 효령상을 주고 있다고 한다.

효령대군이 북을 두드린 이유가 왕위를 동생에게 양보해야 하는 억울함에서 한 화풀이였는지, 조선왕조의 태평성대를 기원한 것인지 이유를 따져 무엇하랴. 왕위 찬탈을 위해서 형제나 조카를 죽이기도 한 조선왕조에서 동생 세종에게 짙은 우애로 도와주었던 효령대군의 북소리는 각박한 현실을 살아가는 우리에게 위로의 북소리로 다가올 수 있을 것이다.

(문학예술 2021년 가을호)

당신의 벤치는

거리를 지나노라면 곳곳에 놓인 벤치를 만날 수 있어서 나이든 처지에 반갑기 그지없다. 우리 아파트 입구에도 푸른 벤치가 놓여 있어서 들고 날 때마다 학창 시절 동급생의 시구(詩句)가 생각난다.

맨 먼저 누가 꽃을 불러주면/ 꽃은/ 터질 듯 분홍 손수건에 싸여/ 푸른 벤치로 다가간다./ 꽃은/ 우리가 가장 아파하고 우리 제일 서러워하는…

　　　　　　　　　　　　　　　　　　 -W 시인의 〈꽃을 위한 시〉 중

재학 중 시인으로 등단하고 예쁜 클래스 메이트와 캠퍼스 커플로 알려져 주위의 부러움을 사기도 했던 이 시인. 나는 이 시가 우수한 작품이어서 좋아하기도 했지만, 그 내용 중에 있는 푸른 벤치라는 단어가 참신하고 인상적이어서 오래도록 기억하고 있다.

벤치는 서 있거나 오래 걸어서 피곤한 사람이 쉴 수 있고 의자와 달리 복수로 수용하여 만남의 장으로 대화가 허용되는 곳이기도 하다.

거기다가 푸른 벤치에서의 만남은 신선하고 젊은이끼리의 풋풋한 만남이 기대되고 연상되는 이상적인 것으로 여겨진다.

그러나 오래 살아보니 벤치는 지친 사람들의 안식처가 될 수 있지만, 무언가 한없이 기다려야 하는 슬픈 소원과도 무관하지 않기에 외로운 곳이라는 의미로 다가오기도 한다.

재작년(2018년), 에스토니아의 수도 탈린에 갔을 때 현지인이 서쪽에 있는 합살루라는 휴양지에 가보라고 권했었다. 그곳은 14km에 이르는 해안선이 아름다워 발트해의 베네치아로 불리는데, 차이콥스키가 휴양 차 왔다가 앉아서 석양을 감상했던 의자가 있다고 했다. 그때는 예정된 일정에 맞추노라 가보지 못하고 후일 인터넷에서 찾아보니 그 의자는 등받이가 있는 긴 석조 벤치였다. 등받이 윗부분 중앙에는 차이콥스키의 초상화, 등받이 양쪽에는 악보가 그려져 있다. 차이콥스키가 생전에 앉았던 벤치인지, 사후에 기념하려고 만든 건지는 알 수 없으나 그곳에 앉아 바다를 붉게 물들이는 석양을 보며 어떤 영감을 얻어 작품에 반영했다면, 그것은 창작의 벤치로 여겨도 좋을 것이다.

그런데 바다로 향해 있는 그 벤치를 바라보다가 떠오른 노래 가사가 있다. "서 있는 사람은 오시오. 나는 빈 의자 당신의 자리가 돼 드리리다. 피곤한 사람은 오시오. 나는 빈 의자, 당신을 편히 쉬게 하리다…"는 장재남의 가요를 생각하며 이 나이가 되도록 남에게 휴식과 의지가 되는 의자가 되고 싶다는 생각을 못 해본 자신이 부끄러워진다. 차이콥스키는 벤치에 앉아서 떠올린 영감으로 아름다운 음악을 작곡하여 위안과 평화, 휴식을 주었으니 어쩌면 만인의 의자, 벤치가 되어준 것이 아닌가.

　최근 바르샤바에 다녀온 이에게서 들으니 2010년 쇼팽 탄생 200주년을 기념해 최고급 화강암으로 바르샤바 곳곳에 쇼팽의 벤치를 만들어 놓았다고 한다. 그 벤치에 앉아서 버튼을 누르면 쇼팽의 음악이 흘러나오고 휴대전화를 바코드에 갖다 대어 음악을 내려받기도 한다. 저마다 다른 음악을 들을 수 있는 벤치가 바르샤바 시내 15곳에 설치되었다니 쇼팽이 어린 시절을 보낸 도시에서 일반인들에게 주는 최고의 선물이 아닐 수 없겠다. 쇼팽의 벤치 빛깔은 검은색에 가깝다지만, 내가 젊은 시절 푸른 벤치를 상상하고 꿈꾸던 것이 일부 현실화된 듯하여 반갑기도 하다.

　학창 시절 우리가 선망했던 시 〈푸른 벤치〉를 쓴 친구는 시인으로서 문학적 성취보다도 일찍이 출판계에서 성공했는데, 후일 좋은 소식이 이어지지 않아 안타깝다. 그야말로 벤치가 되어준 사람이 없었던 것 같다.

　"나의 집에는 의자가 세 개 놓여 있다. 하나는 고독을 위한 것이요, 또 하나는 우정을 위한 것이요, 셋째 것은 사교를 위한 것이다."

　H. D. 소로우가 《숲속의 생활》에서 한 말인데 의자를 벤치로 바꾼다면 당신은 어떤 벤치를 택하여 놓을 것인지 묻고 싶다.

(문파문학 2020년 여름호)

물 한 모금

어렸을 때 새벽이면 건넌방에서 좌르르륵 물 내리는 소리가 났다. 할머니께서 콩나물시루에 물을 주던 소리가 내게는 모닝콜이었다. 불린 콩을 안친 시루에 검은 보자기를 씌워 물을 주면 콩들의 씨눈이 움을 터서 1주일 후엔 알맞게 자라던 콩나물. 소방대장 관사에 살 때 할머니와 어머니는 구수한 콩나물국 동이를 사무실에 내놓아 야근 · 숙직하는 소방대원들의 간식과 청량음료를 대신하게 했다. 가난하던 시절이라 내가 한참 성장한 다음에도 '할머니가 끓여주신 콩나물국'으로 배고픔을 달래고 기운을 얻었다고 하는 분들도 있었다.

물 없이 태어나는 식물이 있을까만 어린 내게 마른 콩에서 싹이 터서 자라는 오묘한 생명의 신비를 깨닫게 해주었던 콩나물, 내 의식의 자각도 눈이 틔었는지는 모르지만, 물 흘러내리는 청량한 소리에 늦잠자기 일쑤인 내 하루 일과를 생동감 있게 시작하게 했으니 그 고마움을 잊을 수 없다. 졸음을 쫓고 맑은 정신으로 근무하려고 애쓰던 소방대원들도 밝은 대화를 나누며 내일을 계획하게 했던 생명수 같았던 콩나물국. 그게 하루에 몇 번씩 촉촉하게 샤워를 시키듯 주는 물 한 모금으로 시작되었기에 그때부터 물의 소중함도 절감하게 되었다고 할까.

6·25때 피난지에서 돌아왔을 때 학교 교실은 전부 불타버렸는데 운동장 가에서 꽃피운 해바라기 곁에는 누가 팠는지 물 고인 작은 웅덩이가 있었다. 폭격으로 잿더미가 된 운동장, 햇빛이 쨍쨍한데 한쪽에 빗물이 고이도록 웅덩이를 만든 이는 누구였을까. 메마른 땅, 누구의 보살핌도 없었을 텐데 빗물이 수혈하듯 땅속으로 스며들어 해바라기를 키운 것이었다.

오래전 실크로드의 사막을 달리다가 트루판에 갔을 때 가로수마다 곁에는 작은 도랑이 있어서 의아했었다. 천산(天山)의 눈 녹은 물이 사막 밑으로 흐르는 것을 오아시스까지 끌어들이는 수로(水路)인 카레스. 물을 관리하는 수도국 같은 그곳(카레스)을 견학했을 때 의문이 풀렸다. 지하에 있는 카레스는 땅굴처럼 넓었는데 11세기경 천산 기슭에 많은 우물을 파서 연결하여 지하 강물을 퍼 올렸다고 한다. 가만히 올려다보니 하늘로 작은 구멍이 나 있었는데, 지상에서 그 구멍으로 두레박을 넣어 길어 올린 물을 식수로 사용하고, 농사를 짓고 나무가 자라게 한다니 그야말로 노력하여 얻어내는 생명수였다.

우리 영혼 속에도 마르지 않고 흐르는 생명수가 있어서 고갈되지 않게 유지해야 하리라. 그 생명수로 예술가들은 자신만의 씨앗을 가꿔 꽃을 피워낼 것이다.

코로나 팬데믹으로 오랫동안 몸과 마음이 갇혀 살면서 오래전에 읽었던, 황순원(黃順元) 선생의 단편소설 〈물 한 모금〉을 생각하게 된다. 일제강점기 평안도 어느 간이역 앞에서 기차를 기다리던 사람들이 갑자기 내리는 비를 피해 역앞 개울둑 가까이에 있는 초가집 헛간에 가서 비 그치기를 기다린다. 비가 오는데도 외나무다리를 천천히 건너온 느긋한 성격의 수염 긴 노인, 주소가 적힌 종잇조각을 가지고 딸의 집을 찾아가야 하는 노파는 초조하여 당꼬즈봉 청년에게 계속 시간을 물어본다. 비가 내리는데도 외나무다리를 천천히 건너는 노인을 재촉하던 당꼬즈봉 청년, 그런가 하면 헛간에 모인 사람들에게 재밌는 이야기를 해주는 사나이 등 다양한 등장인물들처럼 코로나 종식을 기다리는 우리들의 모습도 천태만상이다. 느긋하게 '이 또한 지나가리니' 하고 초조해하지 않는 사람, 전염을 줄이려고 금지된 일들이 많아지자 불편해하며 당국의 방역대책에 불평하는 이, 재택근무로 비로소 아내의 고충을 알게 되었다는 사람, 거리두기와 비대면 모임 등 사람들과의 접촉 금지에 차분히 자기만의 일에 집중하여 능률을 올리는 사람 등.

어떤 형편이든 의외로 길어진 기간에서 어서 벗어나고 싶어 하는 마음은 똑같을 것이다. 소설 〈물 한 모금〉에서도 비는 좀처럼 멎지 않는다. 더욱이 중국 사람인 집주인이 나타나 헛간에서 비를 피하는 사람들을 훑어보는데, 험상궂은 인상의 그가 주인의 허락도 없이 헛간에 들어온 자신들을 못마땅하게 여기고, 집안 살림을 도둑맞을까 염려하여 어서 나가라고 할까 봐 걱정까지 하게 된다. 우리도 코로나로 많은 이들이 생업에 지장 받고 손해보고 있으면서도 협력하고 의지하는 대신 혹시 저 사람은 감염자가 아닐까 의심하는 불신감까지 생기는 것을 염려하고 있다.

그러나 소설 〈물 한 모금〉에는 뜻밖의 반전이 있어 이 소설을 생각한 것이다. 헛간에 비를 피해 있는 사람들을 둘러보고 들어갔던 집주인이 잠시 후 나타나는데, 그의 손에는 따뜻한 물이 담긴 주전자와 찻종이 들려 있었던 것이다. 집주인은 사람들에게 따뜻한 물을 건네고 헛간에 있던 사람들은 그것을 마시고 기운을 얻어 목적지로 떠날 차비를 한다. 이 소설은 평범한 서민들의 삶과 그 속의 작은 인정을 사실적으로 그림으로써, 당시 순박한 사람들이 살아가는 모습을 작가 특유의 따뜻한 시선으로 풀어낸 것이다. 집주인이 건넨 물 한 잔으로 초조하던 이들이 몸과 마음을 녹인 것처럼 코로나가 종식되기를 기다리는 힘겨움 속에서도 소설처럼 작지만 서로에게 힘이 되는 따스한 배려를 그리워하게 되었다.

어렸을 때 할머니의 콩나물국이 야근·숙직으로 고달프고 외롭던 소방대원들에게 힘이 되었듯이, 〈물 한 모금〉 속의 뜻밖의 물 한 모금이 기다려지는 요즈음이다.

(수필세계 2022년 봄호)

카메오의 향기

33년이나 살던 용왕산(龍王山) 아랫동네 목동(木洞)을 떠나 답십리로 옮겨온 지도 1년이 넘었다. 조선 초 무학대사가 도읍을 정하려고 이곳을 밟았다 하여 답십리(踏十里)로 불렸다고 하고, 청계천 하류지역이었던 이 지역의 들(논)이 10리 벌같이 넓어서 답십리라는 설이 있는 곳이다. 지금은, 10리나 되었다던 논밭은 온데간데없어지고 여기저기 높은 아파트 숲들이 들어섰다.

이사하던 날, 화단 입구에 특별한 나무 이름이 붙어 있어서 들여다보았다. 목동에서 둥그스름하게 수관이 아름다운 은행나무를 떠나온 것이 섭섭했는데 계수(桂樹)나무라고 써 붙인 키 큰 나무가 있었다. 키만 크고 가지가 풍성하지 않아도 계수나무는 상서로운 나무로 생각되어 마음이 설렜다.

오래전 중국의 계림(桂林, 중국식 발음: 구이린)에 갔을 때, 중국 산수화 속 신선이 사는 무릉도원으로 들어간 듯 신비함을 느꼈다. 멀리 둘러선 산봉우리들을 보면서 시내를 걸어가는데 멀지 않은 데서 은은한 향기가 퍼져왔다. 계림의 상징인 계수나무 꽃향기인데 10리 밖에서도 향기가 나는 꽃이라 했다. 계수나무 꽃은 노랑·은색·붉은색으로 10월, 11월에 피는데 그중 황금색 꽃을 피우는 금계(金桂)는 1년 중 단 7일만 피는 꽃이어서 매우 귀하다고 했다. 가이드의 안내로 찻집에 들러 마신 계화차는 맛도 달콤하며 산뜻한 데다 향이 진했다. 마시고 나서도 꽃향기가 진하게 입 안에 남아 기분 좋은 행복감이 번져오는 것 같았던 기억이 있다.

친지 중의 한 분은 답십리에 살았던 것을 창피하게 여기고 수필에 청량리 밖, 변두리 동네에 살았었다고 썼고, 문우 중엔 소월(素月) 시 〈왕십리〉의 이웃이어서 친근하다고 위로했지만, 낙후된 곳으로 옮기는 것을 안타까워하는 이도 있었다. 그런 분들에게 계수나무 덕분에 생소한 곳에 이사했어도 쉽게 친숙해질 것 같다고도 했고, 친지들에게 계수나무가 있는 동네라고 자랑도 했다. 계화차의 향기를 잘 모르더라도 달나라 얘기에 나오는 계수나무이니 상서롭고, 계화차는 감기 예방, 스트레스 해소에 좋고 집중력 향상에 좋아 계림지방에선 산만한 아이를 벌 줄 때 계화꽃 핀 나무 밑에 세워둔다고 했다. 게다가 꽃말은 명예·승리의 영광이어서 혹시 영광스러운 일도 있을 것 같은 기대도 은근히 안고 있었다.

그런데 우리 아파트 앞 계수나무는 10월, 11월이 되어 곁에 다가가도 꽃도 안 보이고 향내가 없었다. 암수 딴그루지만 각각 다른 꽃이 핀다는데 하트 모양의 동그란 이파리만 달려 있었다. 계림에 있는 나무와 다른 계수나무인가.

언젠가 내가 좋아하는 배우가 출연하는 영화라고 해서 제목도 모르고 달려가서 본 영화가 졸작이어서 실망한 적이 있었다. 그 배우가 출연은 했는데 잠깐만 나온 카메오였다. 카메오는 알다시피 주연이 아니고 유명배우가 예기치 않은 순간에 잠시 출연을 하거나, 그 역할을 하는 연기인데 대 배우여서 인상을 강하게 남겨주었다.

오늘따라 쌀쌀한 바람이 불어도 봄이 머지않은 것 같기에, 창문을 열고 건너편 용마산 자락을 쳐다보다가 아래층으로 내려갔다. 아직 용마산에도 연둣빛 느낌이 없고 우리 아파트 화단의 이파리 없는 계수나무도 회색빛 둥치만 까칠할 뿐이다.

계화차 대신 뜨거운 홍차 향기로 지난날의 아련한 일들을 떠올려보고 싶다. 현대소설의 창시자로 불리는 마르셀 프루스트의 대하소설 ≪잃어버린 시간을 찾아서≫(전7권 중 1권 '스완네 집으로')에서 1인칭 화자는 홍차에 적신 마들렌 냄새를 맡으며 어린 시절을 떠올리기 시작하여, 살아오며 겪었던 수많은 사건과 사람들을 세세하게 기억해내지 않았는가. '19세기 말에서 20세기 초의 프랑스 사회에 대한 충실한 기록이자 인간의 심리에 대한 깊고 섬세한 분석이 담긴 소설'이란 평가를 받는 소설이지만 길고 난해에서 조금밖에 못 읽었다. 그는 1922년 사망할 때까지 세상과 완전히 담을 쌓은 채 코르크로 밀폐된 방안에서 이 책의 집필에만 몰두했다니 기가 차다.

우리 동네 계수나무가 계림에 있는 나무와 달라 꽃을 피우지 않는 나무라 해도 좋다. 계수나무라는 이름에 혹해서 계림의 아름다운 풍경과 계화차의 짙은 향미를 떠올린 것만으로도 꽃피지 않는 나무에 감사해야 할 것이다. 실존주의 작가 카뮈는 알제리로 이주한 가난한 프랑스인 가정에서 태어났지만 한 번도 자신이 불행하다고 생각한 적이 없었다고 했다. 가난했지만 햇빛이 잘 비추는 곳, 지중해 지역에 태어났다는 사실, 풍요로운 자연이 가난을 보상해주기에 충분했다고 말했다.

유명작가의 작품을 통한 간접체험은 우리에게 닥친 시련과 어둠을 어느 정도 밝혀줄 수 있었다. 그들의 문학작품에 나온 주인공들은 매력이 있었고 대부분 꿈을 이루었다. 역경을 이겨낸 성공에 함께 승리감을 가져도 보았다. 그들과 함께 있을 때 삶의 풍요로운 시간을 누릴 수도 있었다.

사고의 폭을 넓혀주고 희망적인 미래를 꿈꿀 수 있었던 젊은 날도 지나버린 지금, 잠시나마 출연해서 향기로운 삶의 향기를 인상 깊게 끼쳐준 카메오들을 떠올려 볼 일이다.

(수필과 비평 2020년 2월호)

기다림의 힘

　단풍 잎새 깔린 만추의 길을 걸으며 "밝은 얼굴과 어두운 얼굴이 앞서거니 뒤서거니 하는 가운데 신비의 계절 가을은 깊어간다."는 김태길 선생님의 수필 〈가을의 두 얼굴〉을 생각한다. 가을은 결실이 있는 밝고 풍요로운 얼굴과 나뭇잎이 시들고 떨어지는 어둡고 쓸쓸한 모습의 두 얼굴을 가진 계절이라는 내용이다.

　다른 해와 달리 COVID-19로 수개월 동안 사회적 거리두기와 비대면의 재택근무, 학교 온라인 수업 등등 제약으로 행동반경이 좁았었다. 무력감이나 상실감, 존재와 삶의 뿌리가 흔들리고 단절 속에 살아왔으니 많은 사람이 결실이 있는 밝고 풍요로운 얼굴의 가을보다는 어둡고 쓸쓸한 모습의 가을을 느꼈을 것이다. 보다 나은 삶과 성공을 위하여 노력하던 사람들도 예기치 않은 여건에서 개인의 노력도 중요하지만 협동의 힘과 하늘의 도우심이 필요하다는 것을 깨달았을까.

　인적 없는 시골길에서 한밤중 달리던 차가 고장 나서 막막할 때 머지않은 곳의 외딴 집에서 새어 나오는 불빛이 아니었다면 절망했었을 것이다. 우리는 어두운 현실에서 코로나19 사태만 끝나면 얼마나 좋을까 여기며 오래지 않아 코로나가 종식되기를 기다렸다. 답답하고 막막한 상황에서 외딴집의 불빛이 희망을 주던 것처럼 작은 것에서라도 희망의 의지를 굳히며 기다려온 사람들이 많을 것이다.

모든 일상이 정상화되어 저마다의 극복담을 알아본다면 그야말로 다양한 이야기가 쏟아질 것이다. 내 주변에서도 지혜롭게 보낸 몇 가지 예를 들 수 있다. 수준 있는 서예 솜씨를 가진 친구는 이런저런 봉사 활동으로 붓과 먹물을 멀리하다가 대면 금지로 시간이 나서 열심히 작품을 써서 전시회 준비를 했다고 자랑이다. 교회 친구는 성경 필사로 믿음을 다지며 지내다 보니 악필이던 글씨도 예뻐진 것 같다고 한다. 이웃 주부는 가족들 스웨터를 열심히 짜서 선선한 바람이 불 때 가족들에게 나눠줘서 멋쟁이 엄마로 인정받았다. 젊은이들은 문화공간이 폐쇄되어 우울할까 걱정했다. 그러나 그들은 인공지능(AI)과 디지털 트윈기술로 만들어낸 가상현실을 이용하며 현실의 불안함보다도 디지털 세계의 고도화된 미감을 발휘하는 예술을 즐기고 있었다. 또한 휴대전화에서 '챗봇 심리상담가'를 소개받아 일상을 동영상으로 편집하고 가장 효율적인 프로그램을 찾아 답답하지 않게 지내는 것을 보았다. 이래저래 나이든 이들은 세상에 대한 이해가 뒤떨어져 가는 가운데서도, 젊은이들도 친구와 따뜻한 대화를 나누며 함께 호흡하고 무대 위에서 땀과 열정이 느껴지는 연주나 연기를 원하고 있을 거로 상상한다.

어른들은 제약이 많은 상황에서 손 놓고 절망하여 울적하게 보내기보다 그렇게 소통하는 것을 부러워하며 작은 일 하나하나의 완성과 성취를 기대하고 코로나가 어서 종식되기를 기다렸다. 최선의 방법으로 나와 이웃이 코로나에 걸리지 않도록 조심하고 국가의 정책에도 적극적으로 협력하려는 마음을 가졌다. 외출을 자제하며 집안에서 할 수 있는 작은 성취감만으로도 큰 희망을 갖게 되는 목적 있는 기다림. 이렇게 작은 목적을 이루고 희망을 얻어 큰 사태가 해결되기를 기다리는 세월은 헛되지 않았으리라.

6·25전쟁 때, 9·28수복 이후 피난지에서 돌아왔지만 겨울이 가까워지자 빨치산들이 읍내에 자주 내려오는 바람에 아버지는 혼자만 집에 남고 우리 가족을 외가로 피난하게 하셨다. 다른 친구들은 다 그대로 학교에 다니고 있는데 시골에서 노는 동생과 내게 외삼촌께서는 천자문을 가르쳐 주셨다. 피난살이의 우울함 속에서 한 자 한 자 알아가는 성취감과 어른들의 칭찬으로 몇 달을 보냈다. 봄을 기다리는 마음과 전쟁이 끝나기를 기다리던 세월을 희망을 가지고 보낼 수 있었다. 그 덕에 중·고등학교까지 남보다 한자를 잘 아는 기쁨을 누리기도 했다.

≪오디세이아(Odyssey)≫에 나오는 영웅 오디세우스의 아내 '페넬로페'는 눈부시게 아름다웠다. 트로이전쟁에 참전, 10년 전쟁이 끝나고서도 회항 길에 마법에 걸리는 등 방해를 받노라 돌아오지 못하는 오디세우스를 희망을 갖고 기다린다. 생사를 알 수 없는 남편을 기다

리는 시간이 길어지자 그녀에게 구애하는 이들이 이어졌다. 페넬로페는 남편을 기다린 지 17년이 지난 어느 날, 강권하는 재혼을 미룰 계책을 생각해냈다. 시아버지에게 드릴 수의를 다 짠 뒤에야 재혼을 할 수 있다고 전하고는 자신의 약속이 이뤄지지 않도록 노력했다. 낮에는 수의를 짜고 밤에는 남모르게 그것을 푸는 작업을 반복하며 남편 오디세우스를 기다렸다. 20년 후에야 온갖 난관을 헤치고 돌아온 오디세우스.

혼돈 속에서도 인내와 지혜로 오디세우스와 재회할 수 있었던 페넬로페의 승리. 우리도 찬바람, 무서리의 혹독한 겨울을 이기고 파릇한 새움을 틔우는 겨울나무처럼 울적한 세태를 잘 견뎌내고 정상화를 맞게 되는 승리의 주인공이 될 수 있을 것이다.

(그린에세이 2020년 11·12호)

찬란한 별이 빛나는 순간

.

강변대로를 달리며 강물처럼 부드럽게 흐르고 싶다고 생각하는데 저만치 캠프장이 보인다. 텐트가 여러 개 쳐있는 한쪽에는 좀 높은 전망대도 있다. 어렸을 때 고향 강변엔 너른 참외밭과 원두막들이 있었는데.

어렸을 때 여름의 원두막은 로망이었다. 지금 도시의 어린이들에게는 캠핑이 그걸 대신하는 것 같다. 멋있는 캠핑카까지는 아니더라도 아름다운 자연 속에서 텐트를 치고 지내는 캠핑.

과일이 귀하던 어린 시절엔 원두막에 가면 복숭아나 수박, 참외를 맘껏 먹을 수 있었고 무엇보다 시원했다. 캠핑 갈 때면 어른들이 여느 때와 달리 맛있는 음식 재료를 듬뿍 갖고 가서 먹게 해주고, 시간 맞춰 과외나 학원가는 일로 재촉받지 않고 자연 속에서 자유롭게 놀게 해주기에 어린이들은 후에 좋은 기억으로 남게 될 것이다.

흙바닥에서 사다리층계를 올라가면 사방으로 열린 공간, 막히지 않고 개방된 높은 곳이어서 멀리 있는 것도 볼 수 있는 전망대인 원두막.

남의 시야에서 자유로워 비밀스러운 일도 꾸밀 수 있었다. 많은 걸 누릴 수 있고 우리 생각도 열리며 꿈도 키워줄 수 있을 것 같기도 했다. 나는 다른 어린이들이 방학 때 친척 과수원에 가서 즐기던 원두막에서의 달콤한 기억 대신 씁쓸한 전쟁 때의 기억이 더 크게 다가온다.

초등학교 4학년을 마치고 6·25전쟁이 터져 우리 가족은 30리나 되는 친척댁으로 피난을 갔다. 넓은 배 과수원이 있는 아저씨 댁이어서 이따금 원두막에 갈 수 있어서 좋았다. 잘 익은 배를 쪼아 먹는 까치도 쫓으며 바닥에 떨어진 배 중에서 성한 것을 골라서 맘껏 먹기도 했다. 낮에는 여러 집 피난민들로 비좁은 집안에서 벗어난 원두막에서 호젓한 기분을 누렸다. 그러나 고향 쪽으로 날아가는 은빛 날개의 B29기를 보며 전쟁이 언제 끝나서 집에 갈 수 있을까 고대하던 어느 날, 고향 쪽에 폭탄이 떨어져 불바다를 이루던 충격적인 모습을 본 뒤로 그 원두막엔 얼씬하지도 않았었다. 그런데 저녁이면 폭격하는 비행기의 표적이 될까 봐 모깃불도 못 피우고 마당의 비좁은 평상에서 잠이 안 와 뒤척거리며, 쾌적한 원두막에서 잘 수 있으면 좋을 텐데 하고 생각했다. 밤에는 주인집 청년들이 자던 그곳은 우리에겐 금기의 장소였다. 낮에는 가기 싫었으나 밤에는 동경의 대상이기도 했었다.

세월이 흘러 대학생 때 원두막이 있던 친척 댁에 열흘쯤 묵으면서 나는 그곳을 독서실로 삼았다. 그때 읽은 책 중에 알퐁스 도데의 〈별〉이 인상적이어서 그때의 기억이 남아있다. 주인공 양치기 소년은 산에서 외롭게 사는데, 예쁜 주인집 아가씨가 집에 가다가 길을 잃고 소년이 사는 곳에서 하루 머물게 된다. 별 아래에서 밤을 새우며 환상적인 감동에 어쩔 줄을 모르는 소년. 가난하고 외로워도 별과 친하면서 터득한 진기한 별, 신비한 별 이야기를 들려주며 아가씨의 마음을 사로잡는다. 그는 새로운 소리, 즐거움에 귀가 열리는 분위기에서 정성스럽게 그녀를 보호해줄 수 있는 것만으로도 가슴 깊이 귀한 별을 얻은 것이다. 도데의 반짝이는 단편 중에도 지친 영혼에 생기를 얻게 하고 희망이 고이게 하는 별의 존재. 낮에 읽은 소설의 감명을 생각하며 고귀한 인간이란 무엇이고 어떤 것이 소중한가 생각하며 하늘을 바라본 순간 화답하듯 유난히 찬란하게 빛나며 다가온 별 하나가 있었다.

내게 날개라도 달아줄 것 같았던 원두막에서 만났던 별빛으로 내 가슴속에 숨어 있던 글쓰기에 대한 열망을 감지하게 되었다. 그래서 오랫동안 수필을 써오면서, 뜻대로 글이 안 써질 때, 혹은 실의에 빠졌을 때 찬란한 별을 발견했던 그 원두막을 찾아가서 기도하고 싶기도 했다.

일상의 집과는 다른 공간, 환상의 집 원두막에선 어릴 때는 꿈을 키웠다. 원두막은 못 가더라도 도시의 어린이들에게 벅찬 학업의 스트레스에서 벗어나도록 맑은 공기와 짙푸른 나무가 자라는 자연 속에 캠핑할 기회를 만들어주기를 권하고 싶다. 찬란한 별이 빛나는 순간을 경험하게 해주고 싶은 것이다.

원두막이나 맑은 자연 속의 캠핑장에서가 아니더라도 사람들은 어느 순간 가슴에 다가온 별 하나쯤은 가슴에 품고 살 것이다. 그것은 꿈이고 이상이어서 언젠가는 남에게 별의 존재로 남을 수도 있으리라.

하얀 배꽃이 핀 원두막에서 바라보던 별은 그리운 얼굴을 생각나게 했으나, 이제는 나를 성찰하게 해줄 별빛이 필요할 때인 것 같다.

(그린에세이 2021년 7·8월호)

다시 보기

문호의 생가나 기념관에 갔을 때 작가의 방을 유심히 살펴보았다. 고인이 직접 쓰던 만년필과 문방구들·친필원고에서 명작에 쏟았던 열정과 체온을 느끼기엔 못 미쳤지만, 인상적인 가구나 장식품 등이 생각 날 때가 있다.

모스크바 시내에 있는 톨스토이기념관에는 집필실 옆 응접실에 접시를 들고 있는 박제된 곰이 있었다. 톨스토이가 부재중일 때 방문한 사람들이 용건을 적은 메모지를 그 접시 위에 놓고 가게 했다고 한다. 노르웨이 오슬로에 있는 입센 박물관의 작가의 방엔 입센의 가족이 아닌 라이벌 극작가 아우구스트 스트린드베리의 커다란 초상화가 걸려 있어서 의아했다.

프랑크푸르트의 괴테하우스는 지하층과 4층까지 거의 화려한 벽지와 고급 가구가 있었는데 괴테의 집필실인 4층 '시인의 방'은 소박했다. 녹색의 민무늬 벽지에 하얀 커튼이 있는 작은 방에 작가가 생전에 사용했다는 책상과 의자가 있었다. 책상 위 벽에는 롯데와 작가의 실루엣 액자가 걸려 마주 보고 있는데, 책상 위에 있는 '라오콘 군상'의 일부분인 라오콘 흉상이 의문을 갖게 했다. 처절한 순간을 나타낸 '라오콘 군상'의 전체 작품은 아니지만, 죽어가는 표정의 얼굴만 있는 흉상이라도 끔찍한 전체 조각이 연상되어 몸부림쳐졌다. 라오콘의 일그러진 얼굴 표현만으로도 라오콘과 그의 두 아들이 바다뱀으로부터 공격을 당하는 고통스러운 모습을 보는 것 같았기 때문이었다.

역사상의 문호들일지라도 글을 쓴다는 것은 자신과의 싸움일 것이다. 톨스토이는 글이 막히거나 답답할 때 친지들이 써놓고 간 메모들을 보며 소통하고 든든한 지원군들의 존재로 여겨 마음을 다잡지 않았을까. 입센은 자신의 라이벌 작가의 초상화를 쳐다보며 나태해지려는 창작의욕을 부추겼을 것으로 근시안적인 해석을 해온 나에게 괴테의 방의 라오콘 흉상은 잘 이해가 되지 않았다. 라오콘은 실제 그리스 신화 속의 인물이다. 트로이전쟁 당시 트로이의 제사를 담당하던 사제였던 라오콘은 트로이 성에 들어온 목마가 흉계임이 분명하다고 판단, 목마를 없애야 한다고 주장한다. 그러자 바다의 신 포세이돈은 뱀을 보내 그와 두 아들을 죽였다고 한다. 바티칸 박물관에 소장된 '라오콘 군상'은, 옆구리를 물려 빈사 상태인 아버지가 왼쪽에는 숨을 거둔 아들, 오른쪽에는 용트림하는 뱀과 싸우는 아들, 삼부자의 조각상이 너무 사실적이어서 자세히 올려다보기도 어려웠던 생각이 난다.

최근 코로나19로 외출을 자제하며 읽다 만 명작이나 읽었어도 기억이 아득해진 책들을 들춰볼 기회를 가졌다. 괴테가 37세 생일을 며칠 앞둔 어느 날 새벽 여행 가방과 가죽 배낭 하나만 멘 채 동경하던 로마로 떠나는 것으로 시작되는 ≪이탈리아기행≫, 이 책은 대시인의 천재성을 일깨우고 삶을 변화시킨 일대 전환기적 기록으로 평가받는 책이어서 어디를 펼쳐도 새로운 문화를 접하는 그의 감회를 공감할 수 있다. 무작위로 펼쳐서 읽은 페이지에는 괴테가 곳곳에서 만난 고대 그리스 예술작품들을 높게 평가하고 그 작품들을 모방한 복제품을 수백 개나 사들이는 내용이었다. 더욱이 괴테가 최고의 예술품으로 꼽은 두 작품 '라오콘 군상' '벨베드르의 아폴론 상' 중 '라오콘 군상'은 괴테하우스 '시인의 방'에 놓인 작품이었다. 괴테가 최고의 예술품으로 평가한 작품의 복제품이었던 것.

괴테는 '라오콘 군상'을 좋아하여 제대로 감상하기 위해서 횃불을 사용했다고 한다. "보통의 빛으로는 단순히 옷 밖으로 신비에 가까울 정도로 부드럽게 내비치는 신체의 각 부분들을 감지해 낼 수 없기 때문"이었다는 것이다. 횃불 조명으로 조각품의 질량감과 들어가고 튀어나온 부분들을 섬세하게 감상할 수 있게 된다며 이 방법을 예찬하고 있다. 전문가들보다 더욱 세심한 배려로 예술품의 가치를 알아내려 한 심미적인 괴테.

이탈리아 여행의 중요한 의도가 육체적, 도덕적 치유와 '참된 예술에 대한 뜨거운 갈증을 진정시키는 것'이었다는 괴테는 문학에만 관심을 갖고 있지 않았다. 그의 천재성은 먼저 위대한 문학작품에서 창의력을 발휘하게 했다. 그러나 자신의 위대한 작품을 쓰기 위하여 "하늘에서 툭 떨어지는 창작은 없다."면서 피나는 노력을 아끼지 않았다는 그의 자세에 다시 감탄했다. 자연, 식물에 대한 관찰력으로 쓴 ≪식물변형론≫과 광산 사업을 하던 중 발견한 사람과 동물의 뼛조각에서 인간의 진화론을 찾아내고, 자연 속에서는 색에 관심을 가지고 빛과 어둠을 통해 색이 재현되고 있다는 그의 관찰과 기록을 토대로 쓴 ≪색깔론≫ 등 그의 폭넓은 호기심과 열정에서 태어난 저서들은 부단히 노력하는 사람이었음을 일깨워준다.

'시인의 방' 책상에 놓인 라오콘 흉상을 작가 수업을 위한 인내의 마스코트로 여겼던 나의 편견을 고쳐준 것은 ≪이탈리아 기행≫ 다시 보기였다. 괴테는 문학창작에도 힘썼지만 예술작품을 무한히 사랑한 주인공이었음을 다시 인식시켜주었다. 심신의 재충전을 위해 괴테는 기존의 것을 털어버리고 여행을 떠나 또 다른 자신을 발견하고 획기적인 기회로 삼아, 쓰다가 멈췄던 ≪파우스트≫를 60년이나 걸려 완성하여, 서양 문학의 대표작을 탄생시켰다.

감히 천재의 경우는 흉내 낼 수 없더라도 어설프게 보낸 시절의 부족함을 '다시 보기'로 보충하고 바로 잡을 수 있으면 좋겠다.

(펜문학 2020년 9·10월호)

9월이 오면

　새로운 집으로 이사한 친구 C 네는 주변 경관이 아주 좋았다. 가까이에는 냇물도 있고 갖가지 꽃이 피어 있는 산책로가 있어서 기분 좋게 만보도 걸을 수 있을 것 같았다. 그런데 친구는 최근 우울증으로 집안에서 꼼짝도 하지 않는다니 안타깝기만 하다. 나는 '산책로를 걸으면 가슴이 후련하고 마음이 트일 텐데' 하고 생각하다가 그렇게 스스로 해결책을 찾을 수 있다면 우울증이 아니지 하고 고개를 저었다.

　　거친 바람 속에도 젖은 지붕 밑에도
　　홀로 내팽겨져 있지 않다는 게
　　지친 하루살이와 고된 살아남기가 행여
　　무의미한 일이 아니라는 게
　　(중략)
　　다행이다.

2천 년대에 이색 메시지로 노래하던 가수 이적의 〈다행이다〉를 들으며, 지나온 삶에서 '다행이다'를 느낀 순간들을 기억해낸 일이 있었다. 6·25 때 친척댁에 피난 가서 폭격을 피하고 살아남은 게 다행이라고 생각했던 게 먼저였고, 유엔군과 국군이 열악한 상황에서도 9·15 인천상륙작전 성공으로 우리나라가 적화통일을 면했던 것이 얼마나 다행이었던지. 그리고 개인적 경우지만 9·28수복 후 빨치산들이 내려와 교전하다 사살된 처참한 현장을 오후반이었던 나는 안 보게 된 것이 너무 다행이었다. 4·19 때도 셋집을 옮기느라 일찍 조퇴하여 총탄이 날아다니던 현장을 지나지 않을 수 있었다. 친구도 어릴 때는 다른 고장에서 자랐지만 나와 공통된 경험이 많으니 몇 년 전만 해도 나처럼 '다행이다'를 느꼈을 것이다.

이런 국가적인 불상사가 아니더라도 개인적인 특별한 상황에서 다행스러웠던 것을 이루 헤아릴 수가 없다. 여고 때 거의 2년 동안 유성에서 대전으로 버스 통학을 했는데 수업이 끝나자마자 달려가도 막차가 떠나버려 난처할 때가 많았다. 그럴 때에는 서대전까지 걸어가서 유성 쪽으로 가는 트럭을 얻어 타고 가기도 했었다. 그런 요행마저 없던 날 초저녁 달을 보며 30리 길을 걸어 집에 갔던 일도 두어 번 있었다. 그때 혼자가 아니고 이웃 동네에 사는 타교 선배와 동행할 수 있어서 다행이라고 생각했었다. 그런데 최근엔 명랑하고 총명했던 친구가 자신의 감정을 다스리지 못하는 것이 안쓰러우면서 나는 그런 증세가 없으니 '다행이다'라고 해야 할까.

우리는 내일 일은 모른 채 살아간다. 어떤 것이 기다리고 있는지, 불행한 일이 먼 데서 기다리지 않고 코앞에 와 있어도 알지 못하고 살아온 처지에서 대개는 극한상황에 처하지 않고 용케 피할 수 있었던 것을 요행이나 다행으로 여기며 살아온 것이다.

요행은 미리 발견될 수 있는 것이 아니라 몸으로 체험하고 나서 느낄 수 있다. 인생의 의미도 무어라고 미리 정리할 수 없어 경험이 쌓이면서 정리되고 보람도 느낄 수 있으리라.

그러나 내가 체험하지 않은 것이라도 좋은 책을 읽거나 예술작품에서 감동했다면 보람을 느끼면서 인생은 살 만한 것이라고 의미를 붙일 수 있지 않을까.

자신에게 불행한 일이 준비되어 있다 해도 못 느끼기 때문에 미루어 달라고 보류할 수 없는 것이기에 안타깝다.

그런데 어쩌면 미리 알 수 없기에 평온함을 유지할 수 있는 것이 아닐까. "아무도 그에게 수심을 알려준 일이 없기에/ 흰 나비는 도무지 바다가 무섭지 않다."는 김기림의 시 〈바다와 나비〉의 나비처럼 "청무우 밭인가 해서 내려갔다가는/ 어린 날개가 물결에 지려서/ 공주처럼 지쳐서 돌아온다."는 어리석음 때문에 두려움 없이 살고 있는지도 모른다.

9월의 태풍처럼 초속 몇km로 달려온다는 예고가 있어도 방향이 바뀌거나 저절로 소멸되기를 기다릴 뿐 완전한 방비를 할 수는 없듯이, 인생사를 미리 예고해도 속수무책일 수 있는 경우가 많을 것이다. 앞

일을 모르기에 기다림과 설렘으로 9월을 맞을 수 있고, 설을 앞두고는 빛나는 새해 설계도 할 수 있을 것이다.

불꽃이 활활 일렁이는 원(圓) 속을 통과하는 개들을 참 용감하다고 느꼈다. 그런데 불꽃을 무서워하지 않는 개들의 용기가 아니라 주인을 믿기 때문이라고 한다. 주인이 위험한 곳에 들어가게 하지는 않으리라는 믿음에서 불꽃 속을 통과한다는 것이다. 나는 기독교의 모태 신자로서 믿음이 있는 것을 다행으로 여긴다. "사람은 나이를 먹었다고 늙는 게 아니라 이상을 잃었을 때 비로소 늙는다."는 사무엘 울만의 〈청춘〉에 나오는 시구도 나를 믿게 했던 것 같다.

학창시절, 여름방학을 마치고 9월에 만나는 친구들은 반갑기만 했다. 영화를 좋아하는 친구 C와 나는 2학기 초 ≪9월이 오면≫(Come September)을 함께 보았었다. 미국영화로 록 허드슨과 지나 롤로브리지다, 산드라 디, 보비 달린이 출연한 코믹 류의 영화로 심금을 울리지는 않았으나 주제가 〈Come September〉가 경쾌하여 오래 유행했었다. 우울증으로 마음을 열지 않는 친구에게 새삼스럽게 좋은 책이나 예술품 감상을 권하며 보람을 찾으라고 해보아도 듣지 않을 것 같다. 다행히도 친구 C가 기억을 잃은 병세가 아니니까 만나서 젊은 날의 즐겁고 발랄했던 추억담을 나누다 보면 마음이 밝아지지 않을까. 9월이 오면 만나서 상쾌한 추억을 나누어 우울증에서 벗어나게 하고 싶다.

(창작수필 2021년 가을호)

라일락을 심고 싶은 것은

남산기슭 '문학의 집 서울' 입구 예장공원에 레프 톨스토이(1828~
1910)공원이 조성되고 그의 동상을 세웠다.(2021년 11월 22일)는 보도
에 반가워서 찾아왔다. 자연과 삶을 사랑한 작가로서 러시아의 자작나
무 대신 빨간 단풍과 나무들 사이에 세워져서 톨스토이도 마음에 들
것 같다. 동상(흉상)은 기단을 포함, 3m의 높이여서 고개 숙인 톨스토
이의 표정을 자세히 볼 수 있다. 이 제막식에 왔던 증손자 블라디미르
(러시아 대통령 문화특별보좌관)가 '톨스토이의 지혜를 잘 표현한 것 같
다.'고 했고, 제막식에 왔던 러시아 관계자들이 러시아에 있는 어느
동상보다 훌륭하다고 평가했다고 해서 한결 흐뭇한 마음으로 다가가
보았다. 내가 보기엔 깊이 사유하는 표정이다.

이 동상은 러시아 문화인들 모임인 '러시아 시즌'이 2017년부터 매
해 한 국가를 선정, 러시아문화를 알리는데 2021년 대상국인 우리나
라에 톨스토이 동상을 기증했고, 러시아문학을 소재로 한 레핀대학 소
장품전 '러시아 문학, 미술과 만나다' 전시회도 열었다.('문학의 집·서

울' 2021.11.24.~12.4)

남산에는 괴테하우스, 프랑스문화원이 있다. "러시아에는 2006년에 한국문화원이 세워졌는데 아직 한국에는 러시아문화원이 없다. 서울에 톨스토이 하우스를 세우자"고 우리네 러시아 문학자들이 주장했다는데, 톨스토이 동산이 생겨서 조금은 위안이 될까.

문호의 증손자 블라디미르 씨가 가장 좋아하는 증조부의 작품으로 내겐 생소한 《카자크 사람들》을 꼽았다는 기사를 보며, 나는 어떤 작품에서 영향을 받았는지 돌아보았다. 고교 졸업반 때 급우들끼리 교환했던 사인지 항목에 제일 좋은 책으로 톨스토이의 《인생독본》이 있었다. 그러나 그때 내가 읽은 작품들은 비교적 쉽고, 화려한 문체가 아닌 권선징악을 주제로 한 단편들이었다. 그런데 이상을 향해 손을 흔들던 10대 말, 장편소설 《부활》에 빠져들었다. 주인공들의 비정한 사랑, 비애에 흔들렸다. 풋풋한 만남 끝에 버림받은 카추샤. 창녀로 몰락한 그녀의 비극에 가슴 아프다가, 그녀의 존재를 잊어버렸던 네프류도프가 살인혐의로 재판정에 선 카추샤를 만나 자신의 잘못을 뉘우치고, 그녀의 구명운동을 할 때 나도 갈등에 빠졌었다. 원치 않던 대학교로의 진학, 불투명한 미래로 고민하면서 그 책을 읽는 동안 나의 시간은 얼마나 충만했던가.

10년쯤 후 《예술이란 무엇인가》는 재미있게 읽었다. 《안나 카레니나》 《전쟁과 평화》 등 소설들과, 철학적 사유로 채워진 그의 대하 같은 작품세계에서 나는 몇 권밖에 못 읽어서 부끄럽다. 후기에 그가 인류의 고통을 대변하고 교훈적인 글을 썼다고 비판하는 예술가도 있었으나 그의 참된 깨달음에 감히 박수를 보냈다. 그의 역작들에서 나의 창작에의 긴장과 힘을 얻고 열정을 본받지는 못했으나 소녀 시절부터 이 나이에 이르도록 알게 모르게 영향을 받았다고 생각되는 톨스토이.

고교 때 급우들이 권한 ≪인생독본≫은 당시엔 얄팍한 초본이었고 심오하여 밀쳐두었다. 문호가 76세(1906년)에 발표한 ≪인생독본≫은 구상하여 집필까지 15년이나 걸렸다는 역저이다. 세계의 사상가·철학가·종교인들의 사색과 통찰이 깃든 글을 자신의 글과 함께 일기 형식으로 구성했다. 1년 365일 동안을 플라톤, 소크라테스, 존 러스킨, 공자, 노자, 성경 구절 등 문장과 사상서에서 좋은 글들을 추려 모아 하루에 한 편씩 읽을 수 있게 월별로 정리했으니 이 세상 진리와 지혜가 다 들어있는 셈이다. 더욱이 톨스토이가 백번 넘게 퇴고하며 깨우친 진리를 담은 ≪인생독본≫을 손쉽게 대할 수 있는 것만도 얼마나 감사한 일인가.

블라디미르 고문은 "레핀 미술대학 출신의 조각가 예카테리나 펠니코바가 나의 증조부를 표현한 것이 매우 마음에 든다. 표현력 있고 재능이 넘치는 작품이다. 이 작품에는 톨스토이가 가지고 있었던 것이 잘 드러나 있다. 그것은 지혜로 곧바로 느껴지며, 그래서 이 동상과 대화하고 싶은 생각이 든다."면서 "이 장소 바로 옆에 '문학의 집·서울'이 자리하고 있다는 것은 매우 적절하며 그래서 바로 이곳이 톨스토이가 있어야 할 자리이고, 문학인들은 레프 톨스토이와 대화하러 올 수 있는 것이다."라고 말했다고 한다.

《인생독본》은 우리나라에도 최근에 방대한 완간본이 두꺼운 책 두 권으로 나왔으니 그 책을 사서 읽다가 막히면 "이 동상과 대화하고 싶은 생각이 든다."는 블라디미르의 말처럼 이곳에 찾아와서 대화하고 질문하면 되지 않을까, 하는 생각도 해본다.

톨스토이가 인류 스승들의 지혜를 모아 책을 만드는 과정에서 찾은 해답이 바로 '사랑'이었다고 학자들은 말하고 있다. "삶의 모든 모순을 해결하고 인간에게 최대의 행복을 주는 감정을 우리는 알고 있다. 그 감정은 사랑이다." 이런 말로 요약된 그의 사랑을 생각하며 바라본 그의 흉상은 더욱 엄숙해 보였다.

나는 지혜로워 보인다는 흉상 앞을 떠나며 이 톨스토이 동산에 향기 있는 라일락 나무를 심어달라고 요청하고 싶은 생각이 들었다. "산울타리를 이룬 라일락 나무에는 14년 전 그 해처럼 네프류도프가 18세 카추샤와 함께 라일락 나무 뒤에서 술래잡기하다가 넘어져 엉겅퀴에 찔렸을 때처럼 꽃이 피었다."는 《부활》 뒷부분의 구절이 생생하게 마음에 새겨져 있기 때문이다.

(수필문학 2022년 1·2월호)

회복의 자리

"좋은 도서관이 있는 동네에 살아서 부러워요."

Y 도서관을 애용한다는 후배의 말에 도서관을 별로 찾지 않는 나는 부끄러웠다. '현대의 진정한 대학은 도서관'이라고 말한 이(토마스 칼라일)도 있는데 좋은 곳을 떠나 이사 온 지 3년째다. 그곳을 떠나와서야 좋은 도서관을 아쉬워하던 중, 지난봄 전농동 동대문중학교 옆 빈터에 '서울의 대표도서관'을 세운다는 보도에 반가움을 금치 못했다. 문화놀이터와, 서가·자료실·멀티미디어실·간행물실·열람실 등을 갖춘 지식의 보고, 공공의 거실 등 종합적인 건물로 세워지는데 2021년엔 국제적으로 설계를 공모, 2023년에 착공하여 2025년에 준공예정이라고 한다.

큰길가에 직사각형으로 길게 펼쳐진 5천여 평의 넓은 부지, 초록색으로 칠한 임시 울타리에 가까이 가보면 책이 꽂혀 있는 서가 그림이 있어 지나는 이들의 눈길을 잡아끈다. 우리 집에서 길 건너면 전농동인지라 산책 나가면 그곳으로 발길이 옮겨진다. 멀리서 보면 빈터 뒤쪽에 잘 자란 소나무들이 보여서 기분이 좋다. 옛날 서원(書院)에는 푸르고 청정한 선비정신을 기르고자 소나무를 심었다는데 그런 뜻에서 미리 옮겨왔을까. '늘 푸른 솔잎처럼 어떤 회유와 시련에도 변함없이 초심을 유지하며, 겨울을 이겨내는 소나무처럼 인생의 어려움을 이겨내는 참 선비가 되라.'는 의미로 소나무를 심고 학자수(學者樹)로 불렀다는 소수서원 입구의 우람한 적송들. 도산서원에도 병산서원에도 소나무가 울창했다. 그런데 어느 날, 빈터 뒤편으로 갔다가 그 소나무들이 도서관 터가 아닌 뒤편 R 아파트의 정원수들이었음을 보고 실망했다. 그러나 도서관 웅장한 건물이 들어서더라도 서원의 선비정신을 본받을 수 있도록 소나무들을 뒤쪽에 심어줬으면 하는 마음이다.

동대문구에서는 애초 이곳 빈터에 명문 고교를 유치하려 했기에 섭섭해하는 이들이 많다고 한다. 자녀들이 명문 고교에서 교육받아 국가의 동량재가 되기를 바라는 마음이었을 것이다.

'서울의 대표도서관'이 몇 년 후 준공이 되어도 나이든 처지에서 이용하는데 한계가 있을 것이다. 그러나 나의 자랑꺼리는 아니지만 은밀한 기쁨이 샘솟는 것을 누가 알까. 나는 지방에 사는 A 소설가가 퇴직 이후 도서관에 출근하다시피 해서 명작소설을 써냈고 앞서 나를 부러워했던 C 수필가를 평론가나 선후배들이 최고 수필가로 꼽는 걸 생각하고 이 도서관이 준공될 날을 기다린다. A 소설가나 C 수필가는 원래 재능이 뛰어나지만 도서관에서 참고자료로 정보를 얻고 글쓰기에도 집중할 수 있었던 것으로 짐작하며, 후일에 이 도서관을 이용한 대작가가 나올 기대도 품어본다.

　이런 기대만으로도 힘이 되는 산책길에서, 나는 처음 수필가로 출발했을 때의 진지함과 열정을 잃은 지금 의기가 탱천했던 초심을 회복하는 자리로 삼아야겠다는 생각을 해보기도 한다.

(한국수필 2020년 11월호)

송사리의 멋

2천km나 되는 산호 군락지와 진기한 물고기들이 헤엄치는, 호주 그레이트 배리어 리프의 신비로운 바닷속 풍경을 TV에서 보았다. 관광객들이 스노클링으로 온갖 빛깔과 모양의 산호초를 가까이에서 보고, 각종 물고기들이 헤엄치는 바닷속 풍경은 아름다운 생동감의 도가니였다.

어느 해 여름 투명한 계곡에서 물살을 거슬러 올라가는 송사리 떼에게서 느꼈던 것은 경이로운 생동감이었다. 동학사(東鶴寺) 계곡의 바위에 앉았다가 물속을 들여다보니 조그만 송사리 떼가 물살을 거슬러 오르고 있었다. 무엇을 찾아 온몸을 휘저어 흐름을 거슬러 가고 있는 것일까. 그들의 생동감, 활력, 열정이 감동스러웠다. 황하 상류의 급류(急流)인 용문(龍門)을 많은 잉어가 거슬러 오르려 한다고 한다. 그 급류를 거슬러 오르기만 하면 용(龍)이 된다는데 거의 거슬러 오르지 못한다. 이 이야기를 송사리들이 알았을까. 송사리들이 용을 쓰며 역행할 때 우리에게 들리지는 않지만 얼마나 거센 숨을 토할까. 물결 따라 흐르는 것보다 역행하면 자신들이 목적하는 곳에 쉽게 닿을 듯하여 택한 것인가.

이상(李箱)의 〈권태〉에는 썩은 물웅덩이에서도 끝없이 움직이는 송사리의 생동감에 대한 대목이 있다. 그 대목을 보면서 송사리가 투명한 계곡이나 더러운 물속에서도 생명을 유지하는 강한 생동력의 존재임을 알게 되었는데, 얼마 전 인터넷에서 읽은 김동규 교사의 글은 깊은 감명을 안겨줬다. 어린 시절 여름철에 풀을 베어 말린 것을 겨울철 땔감으로 쓸 때 필자는 두세 시간 간격으로 풀을 낫으로 뒤집어야 하는 일이 고역이었다. 그 일이 힘들었던 어느 날, 풀들을 태워 없애려고 성냥불을 붙였다가 아버지의 무서운 매가 두려워 죽어버리려고 벌판으로 도망친다. 벌판 물문 속에서 요리조리 신나게 헤엄치는 송사리들을 들여다보는데 정신 팔려 아버지에 대한 두려움도 잊어버렸다. '송사리도 저렇게 재미있게 살고 있는데' 죽으려 했던 자신이 부끄러워졌다는 내용이었다.

우리는 살아가면서 흐르는 물에 순응하듯 사는 때가 많다. 때로는 세태가 역겨워질 때 송사리처럼 역류해가는 승리를 꿈꾼 일이 있었을까.

호주의 그레이트 배리어 리프의 신비로운 바다는 수온 상승으로 백화현상과 악마 불가사리의 개체수 급증, 열대 사이클론 등으로 지난 5년 동안에만 10~30%가량 감소했다는 외신이다. 송사리가 주는 멋은 더욱 오래 갈 것이다.

(문학의 집·서울 문학인대회 문집 〈상생이 답이다〉 2020년 10월 26일)

색연필로 그린 그림

우리 정부에서는 코로나19의 전염을 막으려고 우한 교민들을 서둘러 귀국시켜 아산과 진천에 격리시켰다. 그 우한 교민들에게 색연필이 지급되었다는 보도를 보았다. 2주일 후에 퇴소했지만 외출과 다른 이와의 접촉이 금지된 구역에서 우울과 낭패감에 젖지 않도록, 그림을 그리면서 축제의 삶도 상상하고 자유로운 세계를 종이 위에서나 그려 보라는 의도였으리라.

우리 세대가 어렸을 때는 청홍 색연필도 귀했다. 선생님께서 채점하신 시험지 위에 크게 쓰인 점수는 우리 가슴을 철렁하게 했다. 몇 년 후 10가지 색깔의 외제 색연필을 선물로 받았을 때, 번지지도 않아 세필의 그림처럼 정갈한 그림을 그릴 수 있어서 좋았다. 색연필은 무엇보다 중요하거나 좋은 구절에 밑줄을 쳐놓고 음미하게 하는 구실이 제일 클 것이다.

30여 년 전 부산에 살던 독자가 『수필문학』에서 읽은 내 작품의 한 문단에 색연필로 밑줄을 쳐서 보내왔다. 처음이자 마지막이었던 팬레터. 나도 한때는 남의 글을 읽을 때 감명 깊은 구절에는 밑줄도 치며 그런 표현이나 문장을 써보려고 노력했다. 1970년대 우리 미풍이 사라져가는 것에 대해 글을 쓸 때는 현실을 폭넓게 보려고 다양한 소재로 시대에 따라 변하는 애환을 돌아보고 비전을 제시하려고 했고, 주제에 맞는 생명력 있는 글을 쓰려고 전념했다. 그러나 다각적인 시선과 심층적 사유가 필요한데도 핵심을 못 짚어내고 변죽만 울리는 소재를 나열해놓지 않았는지, 되돌아봐진다.

사람들은 자신만의 색깔로 글을 쓴다. 내 딴엔 변화를 꾀해 보기도 하지만 남이 보기에는 그 테두리에서 벗어나지 못하고 있다.

좁은 공간에서 색연필로 그린 풍경화, 상상화에서 실제의 생명감을 느끼게 할 수 있을까. 자유롭고 광활한 공간에서도 색연필로 그린 그림처럼 단순하고 활달하지 못한 답답한 글을 써온 것 같다.

10가지 빛깔로도 두세 가지를 배합, 덧칠해서 고차원의 빛깔로 생명력 있는 그림을 그릴 수 있는 사람도 있을 것이다. 코로나19가 빨리 소멸되어 집으로 돌아가고픈 절박한 소망을 가졌던 이들에게 이런 상상은 공허한 것이었으리라.

우리는 색다른 체험과 사유가 부족해도 문학적 성취도가 높은 글을 써보고 싶은 의욕은 가질 수 있다. 고립된 사람들이 안락한 자기 집에 돌아가서의 활동을 기대하는 것이 불가능한 환상이 아니듯 내가 쓴 수필이 영혼의 울림을 줘서 절망에서 희망을 얻을 수 있게 하면 좋겠다는 바람을 가져본다.

(한국수필 2020년 4월호)

앙코르 무대가 가능하다면

– 이병남 선생님께

　　남쪽 바다, 고성으로 귀향한 김열규 교수님 댁을 선생님과 함께 방문했던 것이 27년 전이었습니다. 그날도 동행이었던 변해명 선생과 소설가 이국자 씨, 제게 새벽 5시에 모닝콜을 해주며 챙겨주셨습니다.

　　제가 선생님의 팬이 된 것은 1974년, 범우사 발행 ≪한국수필 75인집≫에서였습니다. 여성수필가 11분(유혜자 포함)의 글 중 선생님의 〈삼월〉이란 글이 인상에 남았습니다. 몇 년 후, 아산 충무수련원에 취재 갔을 때 장학사로서 온갖 편의를 봐주셔서 그때부터 언니로 모시고 싶었던 것을 아시는지요. 1981년에 『수필문학』(발행인 김승우)에서 활약하던 이들이 '글 좋고 사람 좋고'를 기준으로 27명이 동인이 되어 월례합평회와 친목을 다졌는데, 선생님과 함께 동인이 되어 얼마나 든든했는지요. 그 이듬해 수필문학사의 '제4회 수필문학신인상'(신인등단이 아니고 10년 이상 활동한 우수한 이에게 주는 상으로 몇 년 후 '현대수필문학상'으로 개칭, 올해 39회 시상)에 선생님과 함께 수상하여 큰 영광이었습니다.

선생님께서 서울로 전근되어 중앙교육연수원, B 중학교·E 중학교 교장으로 계시는 동안 돈독한 정을 쌓았죠. 한때 조경희 회장님께서는 선생님과 변해명 선생, 저까지 '삼총사'로 부르셨고 글도 활발히 썼습니다.

고성에 다녀온 4년 후 선생님과 제가 같은 해에 정년퇴직(방송사는 교직보다 7년 빠름)을 했습니다. 퇴직하면 좋은 일도 같이할 수 있을 거로 기대했는데, 선생님께서 일본 센다이대학의 한국어 교수로 가실 때 축하드리면서도 섭섭했습니다. 2년 후 뜻하지 않은 병세로 어려운 수술에서 천우신조로 살아오셔서 얼마나 감사했는지요.

고성 여행 때 김 교수님은 자란만(紫蘭灣)의 바다를 보시며 '바다 바라기'가 되었다고 하셨습니다. 좌이산과 자란만의 작은 섬들, 길도 없는 그윽한 곳들을 안내하시고 '길을 내면서 고향, 원점에서 다시 시작하는 삶'이라고 하셨을 때 선생님께선 어떤 새로운 길의 삶을 꿈을 꾸셨을까요.

김 교수님 내외분도 돌아가시고 일행 중 두 사람도 떠나버린 지금, 저는 남해에 떠 있는 섬처럼 외롭습니다. 그때 찍은 사진이나 들여다보며, 강에서 흘러 바다로 모여드는 물이 다시 언젠가는 강물이 되었다가 다시 바다에 이르는 것처럼 우리에게도 앙코르무대가 가능하다면 얼마나 좋을까 생각해봅니다.

(한국여성문학인회 2021년 봄호)

작은 진실의 행복

미국 여행 때 버지니아주에 있는 루레이 동굴에 갔었다. 동굴 안은 조각 예술품 같은 갖가지 형상의 종유석(鐘乳石)과 석순(石筍)들로 꾸며 놓은 듯하고 거울보다 맑은 호수들도 있어서 경이로웠다. 그중 동굴 내에서 제일 큰 '꿈의 호수'가 인상 깊게 남아있었다.

그런데 최근 TV의 〈세계의 비경〉에서 소개되는 루레이 동굴을 보면서 뜻밖의 사실을 확인했다. 시력이 약한 처지에 시간에 쫓겨 '꿈의 호수'를 얼핏 보아서 그동안 잘못 생각하고 있었던 것이다. 천장에서 내려오는 종유석들이 흔들리지 않는 수면에 비친 것을, 나는 똑같은 모양을 한 석순이 바닥에서 위로 올라온 것들로 알고 신비하게 생각했었다. 위에 있는 종유석들이 아래의 호수에 반사하여 생긴 현상인데, 밑에 또 하나의 풍경이 있는 줄 알았던 것이다.

메마른 일상에서 여행을 앞두고는 무한히 상상력에 빠지기가 일쑤였다. 파리 여행을 앞두고는 영화 ≪파리는 안개에 젖어≫에 나오는 장면보다 뛰어난 기대와 상상을 했고 오스트리아 여행을 앞두고는 도

나우강의 물결보다 더욱 푸르고 낭만적인 꿈도 꾸지 않았던가. 현실은 상상보다 못한 경우도 있었지만 실망대신 무한한 상상을 했던 자신이 대견하기도 했다. 루레이 동굴에도 아직도 실제보다 더 화려하고 신비한 곳으로 생각한 부분이 더 많을 것이다.

작은 빗방울처럼 외롭게 고단하고 긴 여행을 떠나고 싶던 젊은 시절, 가파른 언덕과 경사진 계곡을 지나 부딪치고 멍드는 고생을 감당할 수 있을까 미리 걱정하기보다 바다가 푸른빛으로 반기는 파도를 기대했다. 아니 내가 빗방울처럼 지나는 길에 혼돈에 빠진 이의 창문을 두드리면 소생하여 깨어나는 사람이 있을까, 바라기도 했다. 빗방울은 얼마나 넓고 자유로운 여행을 할 수 있을까.

물그릇 속에 잠긴 젓가락이 굽어진 것처럼 보이는 빛의 굴절 현상이나 물에 반사된 풍경에 대한 착각은 사람과의 관계에서 빚어지는 오해처럼 나쁜 결과를 빚지는 않을 것이다. 자신이 옳다고 믿는 작은 진실들이 전체적인 큰 오류를 범하게 하지도 않았으면 좋겠다.

그런데 상대방이 내게 대한 착각을 하여 나도 모르게 피해 아닌 피해를 입은 일이 있었다. 선배 PD가 나의 대학교 은사님께 취재를 갔을 때, 그 교수님이 내 안부를 물으셨다고 한다. "성실하지만 보기와는 달리 술이 아주 세더라."고 해서 듣기 거북하셨던 은사님이 어느 날 내게 확인 전화를 하셨다. 지금에야 여성들이 술을 자유롭게 마시는 세태여서 큰 흠이 아니지만, 60년대만 해도 부정적으로 여기던 이가 많았다. 직장 야유회에서 부원들끼리 의무적으로 마시라고 술잔을 돌릴 때, 나는 한쪽 구석에 앉아 있었기에 잔이 오는 대로 옆자리 동료에게 재빨리 넘겨주곤 했었다. 먼 자리에 앉아 있던 그 선배가 많은 술을 사양 않고 다 마셔버린 것으로 알았던 것이다.

위와 같은 경우야 다소 불명예스러운 일이었으나, 다른 일로 내 것 아닌 명예를 누린 일도 있었다. 20여 년 전 동명이인 유명 번역가가 국내에 소개한 소설들이 베스트셀러로 인기를 모으고 있었다. 평소에 존경하던 선배님이 문인들이 모인 자리에서 "수필가 아무개인데 번역가로도 활발히 일하는 재원입니다."고 소개하는 것이 아닌가. 내게 묻지도 않고 매스컴에서 종사하니 외국어에 능통한 실력 있는 번역자를 당연히 나로 여기고 대견하게 느끼셨던 것이다. 한동안 그분께서 유명지에 나를 추천하여 원고 쓸 기회를 주셨던 것도 오해에서 비롯되었다. 어떻든 나는 선망하던 일이었으나 얼마동안이라도 인정받았던 사실에 우쭐할 수는 없었고, 한때 외국어 공부를 하고 싶은 의욕을 갖게 했다.

살아오면서 사물이나 진실에 대하여 아주 조금 알면서 전부 다 아는 것처럼 인식하고 있는 일이 얼마나 많았을까. 사물이나 현상의 전체를 보지 못하고 일부분에 국한된 것만이 전부인 줄 알고 본질에 대한 흐린 판단을 하며 살아온 일이 많다. 그러나 시선이 닿지 못하여, 총명이 흐리거나 아예 지각이 미치지 못해서 미리 괜한 걱정을 하지 않은 다행스러운 일도 있었을 것이다. 사태파악을 자세히 하지 못하고 있다가 오히려 좋은 결과에 덕을 본 경우는 없었겠는가.

모세가 이스라엘 백성을 애굽에서 인도해내어 가나안으로 향할 때, 어려운 과정을 여러 차례 겪어야 했다. 광야에서 오랜 세월을 지낼 때 잘못 판단한 이스라엘 백성들의 불만과 불평이 쏟아졌다. 창조주의 뜻과 미래를 짐작 못한 그들의 불평을 잠재우는 일은 모세의 몫이었다.

가나안으로 가는 길의 역정, 저마다 나은 삶을 향하는 역정에서 모세 같은 지도자는 없지만, 나은 삶을 꿈꿀 것이다. "진실은 수만 조각으로 깨진 거울인데, 사람들은 내 작은 조각이 전체인 줄 안다."고 말한 탐험가 리차드 버턴의 "게으름보다 인간을 더 우울하게 만드는 것은 없다."는 말을 생각하며 새해를 맞고 싶다.

여행에서 얻은 작은 진실을 전체에 대한 해석으로 잘못 알게 되어도 남에게 폐만 되지 않는다면 그것은 삶의 무늬로 장식될 것이다. 저마다 나은 삶을 향한 역정, 비현실적인 판타지에 치우치지만 않는다면 "인생은 살기보다는 차라리 꿈꾸는 것이 낫다."고 한 마르셀 프루스트의 말(≪꿈꾸는 인생≫ 중)처럼 작은 진실의 행복을 누리며 불투명한 내일을 부지런히 밝혀갈 일이다.

(수필과 비평 2019년 1월호)

2

백우선(白羽扇)의 미학

　더위를 식히려고 손부채 대신 작은 선풍기를 들고 다니는 사람들이 많아졌다. 조선 시대에는 여인들은 집에서만 부채를 사용했고 무녀나 기생을 제외하고 일반 부녀자들은 외출할 때 부채를 들고 다니지 못했다고 한다. 지금은 아무래도 여성들이 손풍기를 많이 들고 다닌다.

　선인들이 들고 다니던 쥘부채를 생각한다. 한자 부채 '扇(선)'자를 보면 집을 뜻하는 '戶(호)'자에다 날개를 뜻하는 '羽(우)'자가 합해진 것이다. 선풍기, 에어컨이 귀하던 시절만 해도 집안에 방구부채와 쥘부채 몇 자루씩은 있었다. 그때는 부채가 날개라고 생각해본 적이 없었는데 지금 생각해보면 그 뜻이 귀하게 여겨진다.

　더위에 지쳤을 때 시원한 바람으로 피부를 시원하게 해주던 1차적인 고마움도 있었다. 살다 보면 갈등과 고민으로 화가 치밀 때도 많다. 이렇게 뜨거운 마음일 때 가족이나 주변에서 시원한 바람을 일으키는 부채처럼 열을 식혀줘서 평정심을 찾게 하고 새로운 힘과 희망을 주는 부채도 필요할 것 같다. 마음을 시원하게 해주고 침체되었던 마음에 날개를 달아줄 수 있는 보이지 않는 부채.

외줄 타기의 명인이 쥘부채(합죽선) 하나로 평형을 잡고 외줄 위에서 자유롭게 움직이는 것을 본 일이 있다. 부채를 쉴 새 없이 펴고 접으며 바람을 맞고 중심을 세우는가 하면 떨어질 듯 떨어질 듯 아슬아슬하게 떨더니 다시 흘러가듯 줄을 타는 묘기. 남이 할 수 없는 외줄 타기에서 중심을 잡게 하던 부채는 정말 날개의 역할이리라. 삼국지연의에 나오는 제갈량(諸葛亮)은 깃털로 만든 부채인 백우선(白羽扇)으로 삼군을 지휘했다고 한다. 치열한 전장에서 지휘하면서도 갑옷 같은 호신용 장비를 입거나 쓰지 않고 신선처럼 머리에는 두건을 쓰고 흰 깃털로 만든 백우선을 들고 다녔다. 백발노인에게서 배운 대로 부채를 만들어서 위기에 처하면 해결 방법을 얻었다고 한다. 위기에 처할 때마다 두 번 부채를 부쳐서 얻은 전술로 승리를 거듭한 것이다. 백우선은 해결 방법을 생각나게 하는 '지혜의 부채'였다.

　　이런 전설 같은 이야기가 아니더라도 시원한 대나무가 그려져 있는 둥그런 방구부채를 하나 갖고 싶다. 근심이나 자잘한 걱정 따위를 훠이훠이 쫓아버릴 수 있을 것 같아서다. 쥘부채도 판소리나 창극에서 소품으로나 쓰이는 것을 볼 수 있는데, 조선시대 양반계급은 쥘부채를 겨울에도 갖고 다녔다니 체통을 지키려고 했었나. 그리고 혼례 때는 눈 아래의 얼굴을 가리는 차면용(遮面用)으로도 쓰였다. 임진왜란 때 동래부사 송상현(宋象賢)은 왜적과 고군분투, 성을 지키다가 순절하기 직전 아버지에게 보내는 글을 부채에 적어 보냈다고 한다. 이렇게 장렬한 경우는 아니지만 부채에 글을 썼다가 황당한 일을 당했던 동료도 있었다. 성악전공이어서 춘향전에서 중요 역할을 맡았는데 대사가 안 외워진다고 푸념을 하더니 쥘부채를 들고 다녔다. 마침 양반역이어서 부채에다가 어려운 대사 몇 줄을 써두어서 확 펼쳐서 볼 수 있다고 자랑을 했는데 공연을 망치고 말았다는 후문이다. 공연 전 무대에 잠깐 부채를 놓아뒀었는데 누군가가 대사 써놓은 것에 먹칠을 해버렸다는 것이다. 그의 날개를 꺾어버리려던 이의 소행이었을까, 너무 오래전 일이어서 확인도 못해 봤다.

사람들의 물리적인 더위를 식히는 데는 선풍기나 냉방시설이 많이 보급되어 부채가 아쉽지 않은 지 오래이다. 그러나 요즈음처럼 혼미한 정국이나 해결의 실마리가 보이지 않는 일들이 많다 보니 작품 속에 나오는 '지혜의 부채'가 아쉬워진다.

최근 인터넷을 보니 백우선에 대한 정보가 떠 있어서 솔깃해졌다. 제갈량의 백우선은 부인 황씨가 만들어서 선물했다고 한다. 부인은 최고의 지략가 제갈량에게 부채로 마음을 다스리게 했다. 감정을 밖으로 드러내지 말고 부채로 얼굴을 가리고 침착하고, 모든 사고는 화나는 데서 생기니 마음을 고요하게 다스려야 이성을 유지하여 판단이 흐리지 않을 것이라고 했다. 여유로운 마음을 가지고 상대를 대하라는 교훈은 오늘날 성급하고 참을성 없고 경솔한 이들에게도 해당될 것이다.

계절적으로 더위가 물러갈 날은 아직도 먼 데 보이지 않는 백우선 같은 부채로 마음을 다스려야 할 것 같다.

(그린에세이 2020년 7·8월호)

잠 안 오는 밤에

쉽게 잠이 오지 않는 밤이 많아졌다. '별 하나 나 하나, 별 둘 나둘' 하고 옛날부터 세어보던 버릇을 계속하다가, 일어나서 아껴둔 포도주 반 잔을 마시고 다시 누워 도전 아닌 시도를 해보기로 한다. 직장에 다닐 때는 낮 동안 분주하여 피곤하고, 정신적으로 복잡했다가도 뭔가 이뤄냈다는 성취감으로 쉽게 잠들어 밤의 신비한 망각의 세계로 들어가던 날이 많았다. 원래 잠은 몸의 피로와 정신적 피로의 균형이 맞아야 잘 온다고 한다. 그런데 낮 동안 마음에 아름다운 파장을 일으킬만한 일도 없었고 건강에 좋은 만 보 걷기도 못 했으니 몸도 마음도 피곤과는 거리가 멀다. 더욱이 걱정거리로 마음이 평온치 않으니 잠이 올 리가 없다.

불교 신자가 아닌 내가 석굴암 본존불의 미소에 마음이 편안해지고 치유되는 느낌이었던 것이 생각난다. 지금은 '깨달음의 순간을 표현한 한국최고의 불교 성지'로 큰 전각 안에 있지만, 토함산 기슭에 노출되어 있던 석굴암을 찾아간 것은 고교 시절 수학여행에서였다. 동해에서 떠오르는 햇살을 받을 때 가장 빛나 보인다는 미소를 보려고 새벽 3시에 기상하여 험하고 껌껌한 길을 더듬다시피 올라, 부처님 앞에 다다랐을 때 햇살에 수줍은 듯 피어난 온화한 미소, 그 미소에 고달픔, 설움, 고민이 사라지고 영혼이 치유되는 느낌이었다. 그때는 아름다운 예술의 극치미에 마음이 편안해지고 치유되는 느낌을 받았지만 지금 그 앞에 선다 해도 옛날의 감격이 살아날까.

셰익스피어는 "좋은 잠이야말로 자연이 인간에게 부여해주는 살뜰하고 그리운 간호부다."(≪헨리 4세≫ 중에서)라고 했다. 독일의 거장 리하르트 슈트라우스(Richard Strauss 1864-1949)는 나치 정권이 그의 명성을 이용하려고 음악국 총재에 임명했으나 유태인 배척 방침 등 순수 예술 활동에 제약을 받자 2년 만에 사임을 했다. 그 후 스위스에 은거하며 한동안 음악 활동을 접어두다시피 했다고 한다. 그도 그때는 잠을 잘못 잤을 것 같다. 2차 대전 후에야 고향으로 돌아온 그는 만년에 건강도 좋지 않아지자 아이헨도르프와 헤르만 헤세의 시를 읽고 감명을 받았다. 젊은 날에 가곡을 썼지만 지난 20년 동안 교향시 같은 관현악과 오페라를 작곡하노라 가곡 작곡은 하지 않았었는데, 그 시들에 작곡자와 성악가인 부인의 심경을 읊은 것처럼 공감하게 되었다. 그런 그에게 아버지를 존경한 아들이 가곡 작곡을 적극적으로 권하여 소프라노인 부인을 위하여 만든 노래가 죽음을 주제로 한 ≪네 개의 마지막 노래≫(이 제목은 출판업자가 붙인 제목)이다. 작곡자 자신도 삶이 얼마 남지 않음을 느끼고 운명을 받아들인 듯 82세에 그 시들을 작곡한 것이다. 내가 세 번째 곡인 〈잠자리에 들 때〉를 좋아했던 생각이 나서 유튜브를 찾아보았다.

전주에 이어서 이내 나오는 독일어 가사를 처음부터 못 알아들었고 지금도 마찬가지이지만, 나지막한 바이올린 간주는 역시 그윽하고 아름답다. 안단테 F 단조로 시작되는 서정적인 멜로디가 가슴에 스며든다. 상승하는 바이올린 음절 위에 아득한 하늘나라를 그려주는 듯한 신비한 울림까지 5분 20초쯤 되는 곡을 다시 들어보게 된다. 번역된 가사도 찾아보았다.

누구보다 자유와 평화를 사랑하고 인류의 슬픔·고통·절망을 구제하려는 것이 헤르만 헤세의 문학적 사명이었던 만큼 〈잠자리에 들 때〉의 가사는 편안한 안식을 구하고 있다.

"… 손은 모든 손놀림을 멈추고/ 이마는 모든 사고를 중지하시오./ 이제야 나의 감각은/ 잠들기 원하오니.// 그리고 영혼은/ 무의식의 자유로운 날개로/ 밤의 신비한 마법의 세계에서/ 깊고 길게 천 배로 머물고 싶소이다."로 죽음의 평화와 안식을 갈망한 듯한 가사가 마음에 들었던 작곡자가 이 노래를 작곡한 다음 해에 숨을 거뒀다는 생각에 마음이 쓸쓸해진다. ≪네 개의 마지막 노래≫는 작곡자에게 있어서 죽을 때 아름다운 소리로 노래한다는 '백조의 노래'였던 것이다.

한동안 친(親)나치 혐의로 어두운 시절을 보낸 리하르트 슈트라우스는 1948년 재판에서 무혐의로 풀린 다음 해에 돌아갔으니 다행이다. 그러나 그가 작곡한 ≪네 개의 마지막 노래≫의 초연은 그가 돌아간

다음에야 이뤄졌다니 안타깝다.

　나도 기나긴 세월의 강을 건너왔다. 역사적인 예술가들, 유명인들의 삶의 노정과는 감히 비교할 수 없겠지만, 내가 견디어 왔던 삶의 무게를 잠 안 오는 밤에는 되새겨보게 된다. 가까이 있던 이들은 나를 측은하게 여기기도 했고, 멀리서 보면 선망의 대상이었던 시절도 있었던 것 같다고 생각하는 동안 유튜브의 음악이 끝나버린다.

　슈트라우스가 한동안 은거했다는 스위스에 가보고 싶다. 초록빛 융단을 깔아놓은 듯한 목초지에 방목하여 키우는 하얀 면양들, 그 몽실몽실하고 포근한 이불 속에서 혼곤한 잠을 자고 싶다.

　날이 밝으면 여생이 얼마 남지 않았다는 친지를 방문해야 하는 일로 마음이 무거워져서 잠이 더욱 달아나는가 보다.

(수필과 비평 2022년 1월호)

손의 온도는

요즈음은 속내 깊은 대화로 소통하던 친지와의 만남도 망설이게 된다. 코로나19 사태로 사회적 거리두기, 외출도 제한되어 있는데다 다정한 이와 만나더라도 악수를 할 수 없게 되었다.

김남조 시인이 젊은 날에 쓴 〈아가(雅歌)〉가 생각난다. "하늘도 제일 높은 하늘에까지/ 너를 부르는 한목소리뿐이다/ … 나날이 더운 손 잡아주며 산다. 사랑을 가진 나는 진작에 몰랐던 눈물과 진실/ …." 깊은 사랑을 노래한 전체 내용도 좋지만 '나날이 더운 손 잡아주며 산다.'는 구절이 참으로 좋은 표현이라고 감탄했다. 사랑하는 사람끼리 더운 손을 잡아주면 상대를 북돋워주려는 마음이 이어질 것이다.

아리아 〈그대의 찬 손〉이 잘 알려져 있는 푸치니의 오페라 ≪라 보엠≫은 남주인공이 여주인공의 찬 손을 잡으면서 사랑이 시작된다. 가난한 예술가들 넷이 세 들어 사는 다락방, 그들은 크리스마스 이브를 즐기러 카페에 가기로 했는데 세 사람이 먼저 나가고 시인 로돌프가 원고를 쓰고 있는 중 이웃집 미미가 촛불을 빌리러 온다. 촛불만 들고 열쇠를 놓고 간 미미가 다시 왔는데, 로돌프는 일부러 촛불을 끄고 어둠 속에서 미미와 함께 열쇠를 찾아 바닥을 더듬다가 미미의 찬 손을 잡게 된다.

"그대의 조그만 손이 왜 이다지도 차가운가요. 내가 따뜻하게 녹여 줄 게요."로 시작되는 아리아. 폐결핵으로 손이 차갑던 미미와 로돌프의 사랑은 찬 손으로부터 맺어졌으나 더운 손을 잡아주는 로돌프의 힘으로 사랑은 깊어진다.

신은 사람에게 동물들보다 뛰어난 두뇌를 주어 만물을 다스릴 수 있게 했다. 그런데 '사람이 동물 중에서 가장 예지(叡智)적인 것은 손을 가졌기 때문'이라고 말한 이도 있다. 사람은 끊임없는 갈구와 어떤 일을 성취하려고 노력하여 끊임없이 발전하고 있는데, 그 일을 시작할 때 착수(着手)한다고 한다. 어떤 일을 하기 위해 손을 댄다고 할 만큼 손은 인체의 가장 중요한 것임을 절감하게 한다. 머리로 계획을 하지만 정작 활동하는 것은 늘 손이 먼저다. 마술사처럼 주문을 걸지 않아도 손으로 우리는 부를 일구고 아름답고 향기 있는 삶을 누릴 수도 있다.

그러나 요즈음은 활동적인 손의 역할보다도 사람끼리의 인정을 나누고 교감하는 손의 중요성을 생각해보게 된다. 사람의 손은 피부에 닿는 촉감으로 따뜻함과 부드러움, 차가움, 건강까지도 느끼게 되지만 그보다도 마음을 예감하게 되는 것 아닐까.

편협한 생각으로 손을 내밀어준 사람을 무안하게 한 일이 생각난다.

대학 졸업반 때 동급생 몇몇이서 다산(茶山) 선생 묘소가 있는 능내에 간 일이 있었다. 평소 다산 선생의 실학 정신과 훌륭한 저서에 대해 들려주시던 은사 B교수님을 모시고 갔었다. 동네에 있는 비탈진 야산에 조심스럽게 오르는데 뒤처진 내가 안 되었던지 앞서가던 급우가 돌아서서 기다리더니 내게 손을 불쑥 내밀었다. 가파른 곳을 자기 손을 잡고 오르라고 도움을 주려는 것이었을 텐데 나는 거절하고 순간적으로 발걸음을 크게 내디뎌 혼자 앞서 가버렸었다. 갈등과 우수에 젖어 있던 젊은 날, 먼 하늘의 별을 그리워하는 것처럼 현실적이 아닌 것을 꿈꾸고 이웃에 있는 이들이 소중한 존재임을 깨닫지 못했던 것 같다.

나도 어떤 사람에게 손을 내밀고 싶던 때도 있었고, 어떤 이의 손을 갈망하기도 했다. 어떨 때는 손을 내밀기만 하면 가까워질 수 있었을 텐데 겁이 나서 망설이기도 했다. 손에 잡힐 듯한 무지개를 쫓아가는 헛수고도 있었지 않았는가. 나의 열정과 꿈과 내 삶에 드리워졌던 빛과 그림자를 되돌아보게 된다.

핵가족 시대, 스마트폰 때문에 가족의 손과 이웃의 더운 손이 단절된 지 오래이다. 다른 세대와의 교감이 차단되고 이기적인 생각과 폐쇄된 사고로 편협하게 자랄 청소년을 염려하던 차에 사회적 거리두기는 이 우려를 더욱 증폭시킨다. 문화공간이 폐쇄되면서 인공지능이나 디지털 트윈기술로 가상현실을 만들기도 하지만 진정성 있는 교류와 친밀감 등 인정 없이 더욱 이기적이 될 것 같아 걱정이다. 곁에서 다독여주고 위로하며 함께 기쁨을 나누는 행복은 기대할 수 없게 되었다. 그러나 올해를 결산할 때 이런저런 악조건으로 정신적으로나 물질적으로 텅 빈 손을 내려다보며 허탈해질 사람들이 많지 않았으면 좋겠다.

전쟁과 시련을 통해 한층 성숙해진 역사적 사실도 있듯이 코로나가 종식되면 더 좋아지는 면도 있으리라.

어린 왕자를 쓴 생텍쥐페리는 독일에 점령당한 프랑스를 떠나 미국에 망명했다. 그러나 조국에 있는 프랑스인들에게 용기와 꿈을 주기 위해 어른들을 위한 동화 ≪어린 왕자≫를 썼다고 한다. 초인적인 능력이 있다면 코로나 때문에 외로운 이들에게 설렘과 그리움을 안겨줄 더운 손 아닌 신화 같은 이야기를 쓸 수도 있을 텐데.

슬프고 고독한 이미지를 갖고 있는 어린 왕자가 지구에 도착하여 산꼭대기에 가서 "나는 외로워, 나는 외로워, 나는 외로워."하고 세 번이나 부르짖는다. 요즈음엔 어린 왕자가 외치는 그 고독의 소리가 환청으로 울려오는 것만 같다.

'손이 차가운 사람은 마음이 따뜻하다.'는 영국 속담이 있다. 길에서 멀리 지나가는 이의 손을 바라보며 냉정한 세태에서 마음의 온기를 유지하기를 바라게 된다.

(수필과 비평 2020년 10월호)

가면 속의 삶

  코로나19 사태가 길어지면서 알베르 카뮈의 ≪페스트≫와 주제 사라마구의 ≪눈먼 자들의 도시≫, 스티븐 킹의 ≪스탠드≫ 등 소설들이 잘 팔린다고 한다. 페스트가 점점 수그러들고 도시의 봉쇄가 풀리는 걸로 끝나는 ≪페스트≫에서 끈질기게 싸우는 사람들의 성실함을 보았다면 ≪눈먼 자들의 도시≫에서는 인물과 도시 이름이 특정되어 있지 않지만, 시력을 잃지 않은 의사의 아내와 주변 인물들이 서로 배려하고 치료하며 위로해주어 시력을 회복하는 것을 보고 마음이 놓였다. 그런데 미국의 전염병 소설 ≪스탠드≫(The Stand)의 작가 스티븐 킹이 지난 5월, CBS 심야 토크쇼 화상 인터뷰에서 ≪스탠드≫에서 묘사한 전염병 대유행에 대해 "사람들이 '스티븐 킹의 소설 속에 사는 것 같다'고 말하곤 한다."며 "이에 대한 나의 대답은 죄송하다는 것"이란 보도를 보았다. 소설가의 예지로 쓴 창작품이니 죄송할 것은 없으나, 이어서 "신종 코로나바이러스가 인플루엔자처럼 돌연변이를 일으켜 더 치명적인 바이러스로 돌아오는 게 두렵다."고 말한 것이 더 마음에 쓰였다.

코로나 확진자들에게는 완치와 회복을 바란다. 더 이상 감염자가 안 나오고 치료제나 백신이 어서 개발되기를 바라는 마음도 누구나 마찬가지. 우리나라는 의료진, 방역팀, 자원봉사자들의 헌신으로 세계의 의료 방역 선진국으로 치켜세워지기에 이르렀다. 개인적으로는 끝을 알 수 없는 불안감에 '이 또한 지나가리니'의 솔로몬의 말을 되뇌면서 이전의 평범한 생활이 얼마나 행복한 것인지, 불평했던 것을 후회했다. 거리두기 때문에 친지들과의 만남 취소, 위생 지키기와 마스크 착용, 외출 자제 등으로 우울감과 외로움을 참아내며 어김없는 계절의 순환을 창밖으로 내다보며 찬미하고 이웃과 함께 즐기고 싶기도 했다. 부러웠던 선진국의 부강도 문화와 자유도 속절없이 바이러스의 침범에 무기력한 것을 보았고 발달된 과학도 미처 힘을 쓰지 못하는 현실이 안타까웠다.

번잡하게 지내던 이들은 호젓한 자기 시간 갖기를 구했을 것이다. 그러나 집안에 칩거하여 고립된 생활을 하면서 오히려 안정이 안 되고 무기력해진다는 이들. 바다 가운데 외로운 섬에 갇혀서 많은 사람들과 단절된 채 섬사람처럼 살고 있는지 몇 달째인가. 인생을 어떻게 살고 사랑할 것인가 하는 철학적인 명제 이전에 각급 학교의 학사일정과 모든 산업이 제대로 돌아가지 않아 어려워지는 살림살이가 큰 걱정이다.

시골 사는 친지가 아들이 오래 사귄 친구와 결혼하겠다고 해서 며느

릿감을 보려고 올라왔었다. 어차피 당사자들이 좋다니까 반대할 마음은 없었지만, 얼굴이 마음의 거울이라는데 첫 대면에 마스크로 가려서 인상을 제대로 못 봤다고 한다. "얼굴의 정색으로써 성실함을 보여줘야 한다(正顏色斯近信矣)."라는 증자(논어)의 말처럼 마음을 읽고 싶었던 것이다. 한 달에 한 번씩이라도 고향의 노부모님을 찾아뵙던 이들, 부모님께서 자녀들이 왔다 갔다 하면 안심이 안 되니 오지 말라고 해서 못 간 것이 넉 달째란다. 말로는 오지 말라면서도 많이 보고 싶어 하실 마음을 헤아리는 자녀는 얼마나 될까.

잘못 말한 일이 없어도 그야말로 마스크로 입을 틀어막아야 외출이 가능한 세상에서 바른 말도 못 하고 사는 경우는 없을까. 잘못한 일이 있을 때 위장이 가능한 게 마스크이다. 한편 여성들이 짧은 외출에 화장을 안 해도 좋은 것이 마스크 덕이라고도 한다. 이런 사소한 이로움 외에도 자연환경이 좋아진 보도도 이어졌다. 코로나19 확산으로 전 세계 도시에 인적(人跡)이 줄면서 야생동물이 텅 빈 몇몇 도시에 나타나 활보했다고 한다. 칠레 수도 산티아고에서는 퓨마 한 마리가 나타났고, 콜롬비아 수도 보고타에서도 집 마당에서 여우 한 마리가 돌아다니는 것을 주민들이 사진을 찍었다. 유럽 곳곳에서도 멧돼지와 염소, 늑대 등이 나타났다고 하는데 그중에서도 인도 소식이 생태계 회복의 가능성을 보여주어 반가웠다. 인도 정부는 코로나19 확산세를 막기 위해 지난 3월 말부터 인도 전역에 봉쇄령을 내리면서 해변 출입도 통제했더니 멸종위기에 있던 바다거북들이 인적 없는 해변으로 올라와 알을 낳기 시작, 알들이 부화하여 바다거북의 새끼들이 해변 위에 떼 지어 올라오는 모습을 보여줬다.

전염병을 소재로 한 소설들이 결국은 회복이 되는 것처럼 코로나19 사태는 끝나거나, ≪스탠드≫의 스티븐 킹이 "신종 코로나바이러스가 인플루엔자처럼 돌연변이를 일으켜 더 치명적인 바이러스로 돌아오는 게 두렵다."고 한 것처럼 두려운 사태가 기다리고 있을지도 모르지만, 일단 코로나19 사태가 끝나면 지구 환경에 대해서 이전보다 환경 운동이 더욱 강해지리라는 희망과 기대를 가져본다.

그러나 보이지 않는 가면을 쓰고 국가적인 선한 일을 하는 기관에서 후원금을 착복하거나, 국가적인 목적이라면서 부당한 투기를 한 사람 등 가면 속의 삶을 산 주인공들의 음모를 지켜보는 것이 마스크 쓰는 것보다 답답했다. 뻔뻔하게 가면 속에서 가짜 삶을 사는 사람들의 파렴치함이 코로나 바이러스보다 더 무섭다. 가면 쓴 사람들이 국가를 좀먹는 현실, 코로나19는 치열한 연구로 머지않아 백신이 나오리라는 희망을 가질 수 있지만, 가면 속에서 음모를 꾸미는 이들이 사라질 백신은 아득하기만 하지 않은가.

(창작수필 2020년 가을호)

마음을 뜨겁게 만드는 사람

지난 설, EBS에서 특선영화를 보여준다고 해서 시간 맞춰 TV 앞에서 기다린 영화가 있었다. 1968년 우리나라에서 개봉한 이후 지금까지 이 영화를 대여섯 번은 보았고, 라디오 PD 시절 그 영화에 나왔던 〈도레미송〉 〈더 사운드 오브 뮤직〉 〈내가 좋아하는 것들〉 〈더 론리 셰퍼드〉 등 삽입 음악은 또 얼마나 많이 방송했던가. 너무나 익숙한 영화인데도 TV에서 볼 수 있는 기회를 놓치고 싶지 않았었다.

벌써 50년 전 일이다. 고달픈 퇴근길이라 땅을 내려다보며 터덜터덜 걷고 있는 등 뒤에서 누군가 "앞에 가는 게 아무개 같다."고 해서 돌아보니 오랜만에 뵙는 당숙이었다. 직장 퇴근이 늦어서 오래 못 찾아뵙던 터라 무척 반가운 당숙의 손을 꼭 잡았다. 당시 당숙은 무진회사(국민은행의 전신) 외무사원이어서 길에서 우연히 만나기도 했는데, 그때마다 빵도 사주고 여름이면 냉면도 사주며 '귀한 직장이니 맡은 일을 열정적으로 하라'는 당부를 잊지 않으셨다. 그날은 급한 약속으로 저녁은 못 사주어 안타깝지만, 아주 좋은 영화를 소개할 테니 그 영화를 보고 꼭 기운 내서 매사 열심히 하라고 하셨다. 만날 때마다 민첩하거나 특별한 재주도 없는 당질녀의 적극적인 자세를 일깨워 주려 했는데, 그때 추천 영화는 뮤지컬 영화 ≪사운드 오브 뮤직≫(로버트 와이즈 감독 1965년)이었다.

몇 번 보았어도 정말 마음이 정화되는 영화, 볼 때마다 번번이 새로운 감동이 일었던 영화이다. 세계적으로 죽기 전에 봐야 할 영화 100선에 늘 꼽히는 작품이란 사실을 떠올리며 TV 앞에서 기다리노라니 처음 볼 때처럼 가슴이 두근거리는 것이었다. 영화는 마리아가 눈 쌓인 알프스를 배경으로 〈더 사운드 오브 뮤직〉을 부르는 장면으로 시작되었다. 그 스토리는 이제 전 국민이 모르는 사람이 없을 것이다. 견습수녀 마리아(줄리 앤드류스 扮)는 절제가 부족한 말괄량이여서 수녀원 원장은 해군 명문가 폰 트랩가(家)의 가정교사로 보낸다. 어머니를 여읜 아이들을 군대식으로 엄하게 다루는 아버지 트랩 대령, 좀처럼 마음의 문을 열지 않는 폰 트랩가의 일곱 아이들에게 마리아는 노래를 가르치며 점차 교감을 나누게 된다. 아름다운 음악과 함께 냉담한 아이들과 마리아가 친구가 되는 과정이 감동스럽게 전개된다. 아이들이 마음을 열어가는 과정을 보면서 나는 마리아의 뜨거운 열성과 창의력으로 주는 재미가 그들을 감화시킨 것이라는 마음이 들었다. 엄격한 폰 트랩(크리스토퍼 플러머 扮) 대령 역시 마음의 문을 열게 된다. 물론 ≪사운드 오브 뮤직≫은 아름다운 음악과 잘츠부르크의 아름다운 풍광, 줄리 앤드류스의 연기와 노래가 잘 어우러져서 제38회 아카데미 시상식에서 감독상, 음향상, 음악 편집상, 작품상, 편집상 등 다섯 개 부문을 수상한 명화이기도 하다.

내게 이 영화를 추천했던 당숙은 영화와 음악에 대한 전문지식이 있는 인텔리가 아니었다. 당숙이 문화 예술에 가까이해야 할 방송인인 나보다도 먼저 좋은 영화를 감상한 것은 우연이었을 것이다. 그 이전이나 후에 내게 어떤 영화를 권해준 일도 없었다. 그런데 당시 타성에 젖어서 적당히 일을 해버리는 나의 상황을 눈치채셨던 것일까. 음악이 좋다거나 풍경이 아름답다는 소개도 없이 직장생활을 열정적으로 하라며 권해주셨던 영화 ≪사운드 오브 뮤직≫이었다.

나는 한동안은 영화에서 마리아가 적극적으로 아이디어를 내서 사랑과 열정으로 아이들을 보살피듯이 업무에 임하려 했고, 오스트리아 여행 때는 영화촬영지인 잘츠부르크에 가서 미라벨 궁전과 정원에서 감회에 젖었다. 잘자흐 강변의 얼음동굴이 있는 베르벤에서는 피크닉 간 아이들이 노래하던 도레미송을 불러보기도 했다. 그리고 잘츠캄머굿의 할슈타트 등 아름다운 호수들에서 명작을 쓸 실마리를 찾아보려 했다. 영화촬영지를 답사해보는 것이 열정적인 업무 자세는 아니었지만, 나 같은 정서를 가진 사람이 많은지 오스트리아 관광수입의 40%가 ≪사운드 오브 뮤직≫과 관계있는 장소를 찾는 관광객에 의한 것이라는 얘기도 공감이 되었다.

세상일이 뜻대로 되지 않을 때 생텍쥐페리의 ≪어린 왕자≫처럼 신비한 존재를 만날 수 있는 세상을 꿈꾸기도 하고, "온갖 세속적인 얽힘에서 벗어나 산과 들과 숲속을 걷지 못한다면 나는 건강과 영혼을 온전하게 보전하지 못할 것 같다."고 한 헨리 데이비드 소로우의 저서 ≪월든≫을 읽으며, 호숫가에 오두막을 짓고, 산책하고, 글을 쓰고 오두막 가까이에 강낭콩, 한쪽에 감자와 옥수수, 완두콩 무 등을 가꾸고, 달빛이 밝은 밤이면 호숫가의 모래톱을 거니는 등, 내가 꿈꾸는 세상도 그런 아름다운 곳이라고 생각한 적도 있었다. 그러나 그것은 일면만 생각하는 환상이지 않았던가.

나는 ≪사운드 오브 뮤직≫을 보며 50년 전에는 진지하게 생각해보지 않았던 장면이 가슴을 울리는 것을 절감했다. 종신서원만이 자신의 길이라 믿었던 수녀 마리아는 폰 트랩 대령을 사랑하게 되고, 자신만의 비밀을 간직한 채 아이들의 곁을 떠나 다시 수녀원에 들어가기로 결심한다. 또한 트랩 대령과 결혼을 약속했던 현실적인 결혼관의 슈레더 남작부인은 대령의 열정을 존중하고 마리아에게 그를 돌려주는 일 등이 감명 깊게 다가왔다. 2차 세계대전을 겪은 오스트리아의 상황과 그 속에서 꺾이지 않는 오스트리아 국민들의 모습 등에 일제 강점기 탄압받던 우리네 모습이 비춰지기도 하였다.

어떻든 ≪사운드 오브 뮤직≫은 50년 전이나 지금이나 마음을 뜨겁게 만드는 영화였다. 뜨거운 의욕도 없이 안일하게 사는 내게 좋은 영화를 권해서 마음을 뜨겁게 만든 당숙은 돌아가신 지 오래지만, 마음을 뜨겁게 만드는 사람들이 많은 세상을 꿈꾸고 싶다.

(대한문학 '내가 꿈꾸는 세상' 2017년)

그날의 해바라기처럼

　6·25라는 전쟁을 어려서 겪어서인지 평화의 소중함을 일찍부터 절감하고 있었다. 시간이 지나면서 참화를 입은 건물은 복구되고 있었으나 정신적인 상흔은 계속 가슴에 남아있었다.

　여학교를 졸업하고 톨스토이의 대하소설 ≪전쟁과 평화≫ 두 권짜리 두꺼운 책을 구입하여 그들의 전쟁은 어떤 것이었는지 알아보고 싶었다. 프랑스의 나폴레옹 보나파르트, 그가 러시아를 침략하기 전의 평화롭고 호사스러운 시절의 러시아 사람들, 그들이 전쟁을 겪는 이야기에 이어서 전쟁이 지나간 뒤의 평화를 되찾은 시절로 나누어져 있다는 해설이었다. 그러나 너무 방대하여 읽는 진도가 나가지 않아서 밀쳐둔 지 얼마 만엔가 60년대 초 오드리 헵번·멜 화라·헨리 폰다 주연의 ≪전쟁과 평화≫ (킹 비더 감독, 1956) 영화가 우리나라에서 개봉되어 반갑게 가보았다.

　19세기 초, 유럽 전역을 차지하려는 야욕을 가진 나폴레옹 군대는 모스크바에 쳐들어가 거리에서 당당하게 행진한다. 러시아의 젊은 귀족 안드레이(멜 화라 扮)는 아내의 반대에도 불구하고 군에 자원입대, 중상을 입어 집에 왔는데, 아내가 출산하다가 숨을 거둔다. 그의 친구 피에르(헨리 폰다 扮)는 재산을 탐내 결혼한 엘렌과 별거하게 되고, 아내가 죽어 실의에 빠진 안드레이는 나타샤(오드리 헵번 扮)에게 매력을 느껴 청혼한다. 러시아를 구하려고 전쟁에 참여했던 안드레이와 피에르, 나폴레옹이 후퇴하자 나타샤도 폐허가 된 모스크바로 돌아온다. 모스크바에 돌아온 피에르는 나타샤를 위로하며 새로운 사랑을 느끼게 되는 것이 영화의 줄거리였다.

방대한 소설을 정독하고 감명을 받은 사람들은 영화가 전쟁을 견뎌낸 사람들과 나타샤의 사랑 이야기가 중심이어서 톨스토이 원작의 깊이를 못 살리고 철학적 메시지가 부족하며 사랑 얘기에만 초점을 맞춘 통속적인 작품이라고 폄훼했었다. 그러나 나는 깊이가 덜할지는 몰라도, 영화가 주는 메시지를 분명하게 느꼈다. 행복한 시절에 살면서도 행복을 모르고, 또한 소중함을 알지 못하고 그 시간과 물질을 낭비하는 사람들에게 전쟁을 통하여 반성의 계기를 주고, 쓰라린 추억으로 말미암아 평화 속에서 얻어지는 고귀한 행복의 가치를 인식하도록 만들어주었다고 생각했다.

게다가 나타샤로 연기한 오드리 헵번의 상큼한 매력을 잊을 수 없었다. 어린 나타샤가 낮에 만났던 안드레이 공작에 대한 설렘, 사모하는 마음을 호소하며 창문을 열고 밤하늘을 바라보던 장면이 얼마나 인상적이었던지 첫 수필집(졸저 ≪돌아오지 않는 메아리≫에 〈달빛에 담는 사언))이란 작품을 썼고, 그 영화에 나왔던 음악 〈나타샤의 왈츠〉도 좋아하여 내가 맡았던 라디오프로그램에서도 자주 방송했었다.

영화를 본 지 20년쯤 지났을 때 근무하던 방송사가 여의도 노천 안보전시장이 있던 근처로 이사를 갔었다. 6·25전쟁 때 맹위를 떨쳤던 폭격기 B29를 비롯하여 수송기와 대포, 박격포들이 춘풍세우(春風細雨)에 퇴색되어가고 있던 안보전시장. 6·25전쟁을 모르고 자라는 초등학생들이 단체견학을 오기도 하고 어떤 민간단체에서는 한때 전쟁 당시의 어려움을 체험해보라고 주먹밥을 나눠주기도 하였다. 그곳을 다녀간 어린이들이 전쟁의 공포나 평화의 소중함을 얼마만큼이나 인식하며 자랐는지는 모르겠다.

나는 그 전시물들을 보면 6·25전쟁을 피난지에서 보내고 9·28수복 후 고향에 돌아와서 느낀 좌절감이 생각나곤 했다. 이웃 친구가 실종되어 돌아오지 못했고, 학교에 가보니 교실은 불타버리고 한쪽에 붉은 벽돌의 강당 벽이 그을린 채 덜렁 남아있었다. 운동장 가장자리로 돌아 나올 때 매달려서 뽐내던 철봉대는 녹이 슬어 있는데, 싱싱하고 키 큰 해바라기 두 그루가 보초를 서듯 살아남아서 씨가 여물어가고 있었다.

직장에서 사소한 일로 좌절감에 빠졌을 때 B29의 은빛 날개가 6·25전쟁의 폐허와 절망을 생각하라는 듯 일깨워주었다. 처참한 상황에서도 살아남아 뜻을 세우고 일어서지 않았던가. 달갑지 않은 6·25의 유물들이 뼈아픈 과거를 일깨워주던 날들.

내게 있어서 영화 ≪전쟁과 평화≫는 평화의 소중함과 숭고한 사랑을 알게 해줬지만 안보전시관은 전쟁의 공포에 대한 각성과 교훈을 주는 곳이었다. 그때도 남북분단이라는 우리나라의 현실이 안타까웠고 불확실하고 불안한 일들이 여전히 위협하고 있었다.

남의 질병이나 불행을 보며 자신의 건강함에 다행을 느낄 수 있지만, 우리는 아직도 남의 나라 전쟁을 보며 다행을 느낄 수 없는 것이 안타깝기만 하다. 남의 나라 불행을 알고 어떻게라도 그들을 동정하며 도우려는 마음보다 건망증으로 잊었던 우리네 상처가 되살아나고 그때의 아픔이 재생되는 것을 어쩔 수가 없다.

톨스토이가 살던 러시아에서의 전쟁이 다르고 후일에 있었던 세계 1, 2차 대전, 오늘날의 전쟁위협은 또 얼마나 다른가. 그러나 그 시대를 겪었던 이들의 평화에 대한 갈망은 그 온도가 다르지 않을 것이다.

6·25전쟁 때 피난지에서 돌아왔을 때 폭격으로 교실도 불타 없어져서 허탈했을 때, 운동장 가장자리에서 씨가 여물어가던 해바라기. ≪전쟁과 평화≫의 마지막에서 웅장했던 나타샤의 집이 무너진 돌무덤 사이, 폐허에서 피에르는 나타샤를 발견하고 깊이 포옹한다.

코로나 사태에서는 폐허에서 일말의 꿈과 희망을 주던 해바라기 같은 존재가 무엇이 있을까. 찾고 싶다.

(문예바다 2021년 가을호)

만파식적을 그리워하며

　방송 프로그램이 종료되면서 나오는 애국가를 이따금 들을 때가 있다. 애국가의 심오한 뜻의 가사에 새삼 감동하기도 하고 관현악 반주에 맑고 청명한 대금(大笒) 소리도 있어서 반갑게 듣는다. 국악인들의 우리 악기 보급화로 국악 반주가 가곡, 가요에도 자연스럽게 쓰이는 경향이다.

　대금이라면 어렸을 때는 청승스러운 소리로만 여겼는데, 언젠가 대금정악 〈청성곡(淸聲曲)〉을 들으면서 맑고 청아한 울림의 대금연주가 좋아졌다. 평화스러운 대금 소리의 높낮이에 따라 사람을 어르고 달래는 듯한 위로의 따뜻함까지 느껴졌다. 귀 기울이면서 혼란스러운 마음을 정화시키고 평온해지는 것을 느꼈는데 알고 보니 청성곡은 태평성대를 노래하는 곡이라고 한다. 국악의 대표적인 관악기로 국악기 중 가장 자연에 가까운 소리인 대금. 청성곡은 실낱같이 길게 뻗어가는 고운 소리가 혼탁함이나 걱정, 번민 등이 없는 세상으로 듣는 이를 안내하는 듯하다.

신라 때는 대금, 중금, 소금 등 세 가지가 있었는데 지금은 대금만 남아서 연주되는데 일명 젓대라고도 한다. 대금연주에도 정악(正樂)과 산조(散調)가 있다. 정악은 고상하고 순정한 풍류로 옛날 궁정에서 연주되던 음악을 말하던 아악(雅樂)과 같은 말로 쓰인다. 민간에서 계승되는 민속악, 곧 속악(俗樂)과 대칭이 된다. 대금 정악이 모두 합주 음악에 속하고, 본래부터 독주로 연주되는 음악으로는 〈평조회상(平調會相)〉 중의 〈상영산(上靈山)〉과 〈청성곡〉(청성자진한잎, 일명 堯天舜日之曲)과 〈헌천수(獻天壽)〉 등 몇 곡이 있다.

대금산조는 장구 반주에 맞추어 대금을 연주하는 독주형태의 음악으로, 4~6개의 악장을 구분하여 느린 장단에서 빠른 장단 순서로 연주한다. 오랜 세월 동안 독특함을 간직한 채 전승되어 왔고, 더욱 듣기 좋게 편곡되어 긴장과 흥겨움을 주는 힘을 가지고 있다.

태평성대를 노래하는 청성곡보다 대금산조의 매력에 빠진 것은 언제였던가. 산조는 장단의 변화가 특징이지만 이 속에 희로애락, 사람살이의 애환이 담겨 있어 다채로운 연상에 빠져들게도 한다. 이를테면 작은 시내로부터 도도히 흐르는 강물, 하얀 모래밭과 푸른 소나무들, 산맥이 뻗쳐 있는 풍경과 파도치는 바다의 풍경이 아름다운 우리네 아름다운 자연도 떠올릴 수 있다. 이런 멋들어진 산조가락에 빠지면서 문득 떠오르는 생각이 있다.

예악(禮樂)을 근본으로 삼은 조선 시대에, 난세지음(亂世之音)은 곡조가 빠르고 시끄러운 음악을 이르던 말인데, 음악이 빨라진다는 것은 정치와 예(禮)가 무너진 것이라는 뜻에서 이렇게 불렀다고 한다. 치세지음(治世之音)은 세상을 다스리는 음악이라는 뜻으로, 곡조가 조용하고 느린 노래를 이르는데 정치가 안정적이고(혼란이 없고. 평화스럽다.) 예(법, 정의가 바로 서 있다.)가 있다고 이해할 수 있을 것이다. 우리나라 역사 속에서 난세지음이 울렸던 때가 많았으련만, 코로나19가 종식되지 않아 마음이 불안하고 권력형 비리가 많이 드러나고 거짓이 정의를 앞지르는 현 시국이 난세지음 시대일 것이다. 국태민안과 화평한 마음을 갖게 하는 만파식적(萬波息笛) 같은 구원의 소리가 절실히 요구되는 시점에서 신라 시대의 신문왕(神文王)을 생각하게 된다.

신문왕은 삼국통일의 대업을 이룬 아버지 문무왕(文武王)에 대한 효심이 대단해서 동해 변에 감은사(感恩寺)를 지어 추모했다. 어느 날 대신에게서 '동해바다 가운데 있는 기묘한 섬' 얘기를 듣고 점을 쳤다. 그 섬에 문무왕께서 용이 돼 이 땅을 수호하고 있는데, 왕께서 해변으로 행차하시면 값진 보물을 얻을 것이라는 말을 들었다. "섬에 있는 산 모양은 거북이 머리처럼 생겼고, 그 위에 대나무 막대가 한 개 있어 낮에는 둘이 됐다가 밤에는 하나로 합쳐집니다."는 말에 왕은 감은사에 묵었다. 이튿날 대나무가 합쳐져 하나가 되자 천지가 진동하고 폭우가 7일간 이어지다가 물결이 평온해졌다. 왕이 배를 타고 섬에 들어갔는데 용이 나타나 "대왕께서 소리로 천하를 다스리셔야 합니다. 이 대나무를 가져다가 피리를 만들어 불면 천하가 태평해질 것입니다."라면서 검은 옥대를 바치고는 사라졌다. 왕은 기뻐서 대궐로 돌아와 그

대나무로 피리를 만들어 월성의 천존고에 간직했다. 그 후 피리를 불면 병자가 병이 낫고 적병이 물러날 뿐만 아니라, 가뭄에는 비가 내리고 장마 때는 날이 개었다고 한다. 성난 파도도 잠재운다 해서 사람들은 이 피리를 만파식적이라 불렀다고 전해 내려온다.

이런 설화나 고전적인 서사가 불가능해진 현대에서, 스스로 길 찾기에 매달리며 노력해야 하는 현대인들, 내면의 상처를 극복하는데 대금소리가 위로의 길을 안내할까. 선한 이들이 존중되지 않고, 역병이 좀처럼 물러나지 않고 올바르게 돌아가지 않는 정황이지만 대낮같이 환히 불 밝히고 만파식적을 그리는 것이 어울리지 않는 것 같아 전등을 껐다.

대금산조는 울리지 않아도 창밖에 새벽으로 달리는 달빛이 흐르고 있다.

(문학예술 2020년 겨울호)

8월의 기쁨은

 지난 몇 달 동안 구금 아닌 격리 생활을 하면서 어둠 속의 연주자를 생각했다. 그는 벨기에 태생의 바이올리니스트 이자이다.

 1886년, 이자이는 스승이며 선배 작곡가 프랑크가 64세에 쓴 유일한 바이올린소나타 F장조를 결혼선물로 받았다. 감격스러운 이 음악의 초연을 앞두고 석 달 동안 이자이(Eugène Ysaye 1858-1931)는 연습을 쉬지 않았다. 초연은 브뤼셀미술관 음악회의 후반 순서에서 하게 되었다. 그런데 앞의 연주자들이 시간을 끌어서 정작 이자이 차례가 됐을 때는 악보가 잘 안 보일 만큼 어둑해졌다. 그림이 전시된 미술관에는 불을 켜면 안 되는 규칙이 있어서 2악장을 마쳤을 때는 옆 사람 얼굴도 안 보일 만큼 깜깜했다. 어둠 속에 갇힌 연주자가 망설이는 반주 피아니스트를 격려해서 멋진 연주를 해냈기에 승리의 주인공으로 일화가 전해온다.

 뜻밖의 어둠 속에서 외롭고 당황한 연주자가 멋진 연주를 계속할 수 있었던 것은 스승 프랑크(César Auguste Franck 1822-1890)의 예술적으로 아름다운 음악의 힘이었고, 인간적으로는 피나는 연습의 승리였을 것이다. 프랑크의 제자 작곡가인 댕디는 이 초연 실황을 '실로 기적 같은 시간이었다.'고 회고했다고 한다. 외출을 자제하고 마음의 암흑 속에서 지내는 사람들이 책방을 찾아선지 코로나19 사태 이전보다 일부 책의 매출이 늘었다는 보도이다. 그런데 책에서 멀어진 사람들이 조금씩 책과 가까워진 것 같아도 문단의 말석에 있는 자로서 좋아할 자격이 있는가 묻게 된다. 마음속의 암흑에서 탈출하게 할 구원의 의무도 문학인의 사명인데 그런 작품을 언제나 쓸 수 있을까.

별 하나 보이지 않는 깜깜한 밤, 불빛도 없는 외딴 길을 걷는 것처럼 외롭게 조국광복을 위해 애쓰던 독립운동가들이나, 일제의 억압 아래서도 민족에게 위로를 주고 꿋꿋하게 살아가는 모습을 썼던 선인들의 아름다운 작품을 생각한다. 이자이가 어둠 속에서 연주를 중단하지 않은 것은 늦게까지 제대로 인정받지 못한 스승의 작품 진가를 어떻게든 알려야 한다는 책임감과 청중에게 실망을 주지 않으려는 의지가 컸을 것이다.

일제의 억압 아래서도 우리의 자주성과 예술의 흐름이 끊기지 않도록 명작을 썼던 선인들의 고통, 노력을 소중하게 생각하며 그 작품들을 읽어보는 것도 광복의 달인 8월의 기쁨이 아닐까.

(한국수필 2020년 8월호)

나의 이니스프리

동네 옷가게에 오래전부터 바다 사진이 걸려 있다. 멀리 수평선에 갈매기가 날고 있고 한쪽에 섬이 떠 있는 단순한 것이다. 자주 보니 싫증 나서 여주인에게 바꿔보라고 했더니 "언제 봐도 시원해서 좋잖아요? 그리고 저 섬은 아늑하고 행복만 있을 것 같아요."하며 쓸쓸하게 웃는다.

좁고 구석진 가게에서 넓은 바다를 상상하고 뭔가 잘 풀릴 날을 기대해보는 그녀의 어려운 형편이 안타깝다. 단순한 그림을 보면서 자신만의 상상으로 화려하게 채색하고 있는 것이다. 불확실한 미래, 편안하지 않은 현실에 포기하지 않고 마음으로라도 상상해보는 일이 어찌 그녀만의 일일까.

나도 좋아하는 예이츠(William Butler Yeats 1865-1939)의 시 〈이니스프리의 호수 섬〉을 읽으면서 "나는 이제 일어나 가리 이니스프리로 가리/ 나뭇가지 엮어 진흙 발라 거기 오두막 하나 짓고/ 아홉 콩 이랑, 꿀벌 집도 하나 가지리/ 그리고 벌 소리 붕붕대는 숲속에서 홀로 살리

/ …." 등 시구에 나타난 구절보다도 이니스프리 언제나 돌아가면 아늑하게 품어줄 수 있는 곳, 그리고 아름답고 환상적인 곳으로 상상하곤 했다.

평화롭고 신비로운 섬, 야트막한 산이 둘러 있고 은빛을 뿜어내는 호수에는 설화가 서려 있을 것이다. 끝없는 초원과 양 떼들, 마을 입구엔 하얀 찔레꽃 덩굴과 올리브 등 남국의 멋과 향기가 풍겨나고, 석양이 넘어가는 산마루 골짜기에서 지저귈 홍방울새 소리에 비췻빛 바다에서 해조음이 답하는 곳, 더없이 아름다운 곳으로 꿈꿔왔다.

절제된 문장으로 응축시킨 시(詩)작품이니 사실은 얼마나 더욱 아름다울까.

"나는 이제 일어나 가리 항상 낮이나 밤이나/ 호수 물이 나지막이 철썩대는 소리 내게 들려오기에/ 내가 차도 위나 회색 포도 위에 서 있을 때에도/ 나는 그 소릴 듣노라 가슴속 깊이…."

위 구절로 짐작되듯이, 예이츠는 런던과 더블린 등 도회생활을 하면서 전원생활을 그리워했다.

예이츠는 아일랜드의 수도 더블린에서 태어났는데 외가가 있는 슬라이고우 지방에서 유년시절을 많이 보냈다. 외가에서 멀지 않은 숲에 가면 이니스프리의 아름다운 경치가 보여 멋진 추억으로 간직했던 것이다. "나는 10대 시절에 작은 섬 이니스프리에서 '월든 숲속의 생활'의 작가 헨리 소로를 모방하여 생활하려는 야심을 가졌었다. … 나는 물방울 소리를 듣고 호수 물을 연상하고 서정시 〈이니스프리 호수 섬〉

을 썼다."고 자서전에서 밝혔다.

삭막한 도시의 속박에서 벗어나 혼자서 월든 호숫가에 오두막집을 짓고 자연의 아름다움을 구가한 소로의 ≪숲속의 생활≫을 보고 예이츠는 아름다운 서정시를 쓸 수 있었던 것이다.

≪숲속의 생활≫에 감동하여 아름다운 서정시 〈이니스프리 호수 섬〉을 썼듯이, 〈이니스프리 호수 섬〉을 읽은 감흥으로 또 하나의 아름다운 글을 낳을 수 있다면 얼마나 좋을까. 그러나 예술작품을 낳을 동기를 삼지 못하는 나의 무능이 안타깝기만 하다.

이제는 이 시를 읽으며 이니스프리를 꿈속 같은 파라다이스로 상상하던 것을 수정해야 할 것 같다. 환상적인 섬보다는 나 자신을 혼자 떠 있는 섬으로 여겨야 한다. 가족, 친구와 어울리지만 사실은 언제나 섬에 혼자 갇혀 있는 존재이기에 벗어나기 위해 좋은 관계를 맺으려고 노력해야 할 것이다. 그리고 언제나 넓고 무한한 세계로의 여행을 할 수 있어야 하리라.

옷가게 주인이 바다 그림을 보면서 행복한 미래를 희망하듯이, 나는 섬처럼 외로운 존재로서의 정체를 인식하고 내가 나갈 방향을 찾아보아야 할 것이다.

나의 이니스프리는 아늑하게 꿈꾸는 이상향만이 아니다.

(한국여성문학인회 문집 ≪섬 · 길 · 벽≫ 2021년)

자유를 누리려고

　수필동인의 합평회가 끝나 회식을 하고 나오다가, 길목에까지 옷을 걸어 놓고 손님을 부르는 옷가게에 들렀다. 마침 장례식에 갈 때 입을 만한 여름용 까만 재킷이 필요했던 터라 대충 맞을 만한 사이즈를 고르고 값을 물으니 5만 원이라고 했다. 그때 뒤에서 불쑥 돈을 넘겨주는 손이 있었다. 돌아보니 회식 자리 한쪽에서 술만 마시던 선배 문우였다. 만취한 상태인 선배는 얼마나 힘이 세던지 '선물' '선물'이라고 나를 떠밀며 옷이 든 봉투를 안기는 바람에 어안이 벙벙한 채 쫓기듯 가게를 나왔었다.

　집에 와서 그 옷을 보며 얼마 동안은 취중에 쓴 선심이니 기억 여부는 모르겠지만 돈을 돌려드리겠다고 전화를 할까 망설이면서 그 옷을 선뜻 입게 되지 않았다. 선물이라면 맨정신에 마음을 담아서 주어야 기쁠 텐데. 그리고 비싼 것은 아니더라도 옷을 사주고 받을 처지는 아닌 문우일뿐이었다. 그날 저녁 다른 일행들은 먼저 건널목을 다 건너가 버려서 그 일은 선배와 나만의 비밀이 되어버렸다. 그 후로 누가 그 옷을 산 경위를 물을 것도 아니지만, 한 번도 입지 않고 몇 년이나 묵혀두었다가 동네 의류함에 넣어버렸다.

대부분의 남성들이 만취했을 때의 행적을 기억 못 한다고들 한다. 그런데 '도둑이 제 발 저리다.'고, 월례합평회 때 선배가 빙그레 웃으며 쳐다보기라도 하면 '내가 그때 옷을 사줬는데…' 속으로 생각하지 않을까 하고 짐작해보기도 했다.

나다니엘 호돈의 ≪주홍 글씨≫에서 존경받는 딤스데일 목사는 자신의 유혹으로 임신, 아이를 낳고 간통죄로 체포되어 형대 위에 선 헤스터 프린을 열렬히 변호하여 풀려나게 해준다. 그러나 헤스터 프린이 평생 간통의 표시인 주홍 글씨 'A'자를 달고 다니며 고통받는 것을 보며 괴로워한다. 그런 불륜처럼 지탄받을 일은 아니었지만, 개운치 않았고, 뭔가 숨기고 사는 것 같은 양심의 가책을 받기도 했다. 마침 우리 동인 모임에서 신경 써야 하는 일과 연재 일을 맡아달라는 그 선배의 제안을 거절할 수가 없었다. 약점 잡힌 것처럼 선뜻 수락하여 계속하면서 옷값과는 별개이지만 조금은 상쇄한 것 같은 기분으로 지내고 있었다.

그렇게 몇 년이 지났을까. 그 선배가 갑작스럽게 돌아가셔서 겨우 잊어버릴 만했던 옷에 대한 비밀이 생각났다. 딤스데일 목사는 죄를 숨기고 살다 보니 양심의 가책을 받아 속죄의 마음으로 마음의 채찍질과 단식, 철야기도 등 지나친 고행으로 뼈만 앙상하게 남게 되어 죽음이 얼마 남지 않았음을 짐작했다. 죽기 전에 감추었던 죄를 자수해야겠다는 결심을 하고 많은 관중 앞에서 자신의 죄를 고백하고는 그 자리에서 숨지고 만다.

내 경우는 그까짓 것, 다음날쯤 전화로 그 선배에게 얘기하고 털어버렸더라면 좋았을 텐데 무안해 할 것 같아서 차일피일 미룬 나의 어리석음으로 잊어버릴 수가 없었던 것이다. 지금 생각해보면, 남의 입장에 대한 배려였는지 존중하는 마음이었는지 모르겠다.

40년 전 직장에서는 내게 사과나 용서를 빌어야 할 후배의 비밀스러운 잘못이 있었다. 후배가 프로그램 고정 연사의 출연료를 유용하면서 그 프로그램의 전임자였던 내게 그 책임을 전가해버린 일이었다. 당사자가 내게 사실을 들려주지 않아 나는 알 수가 없었고 주변 동료들도 모르는 사실이었다. 사회적으로 명망 있던 Y 교수가 내게 그럴 수가 있느냐고 사실을 따지지는 않았으나 언젠가부터 내게 멸시하는 표정을 감추지 않았고, 그때 후배가 많은 금전이 필요했던 일 때문에 저지른 일이었음을 짐작하기 어렵지 않았었다. 그 후배는 자존심 때문인지 내가 짐작 못한 줄 알았는지 몇십 년이 지나도록 사과를 하지 않은 채 지났다. 지금 생각해보면 그 후배도 나를 만날 적마다 얼마나 마음이 괴로웠을까 하고 그의 처지에서 생각해보기도 한다. 그리고 그 연사분도 돌아가신 지 오래이다.

오래전부터 나는 내 마음이 편해지기 위해 후배를 용서하려고 노력했다. 절대로 용서하지 않겠다는 마음을 가지면 나만 더욱 괴롭고 고독한 경우가 되는 것이었다. 어떻든 내가 편안한 마음으로 용서하려고 하자 서로 부딪치는 일이 없는 다른 부서에서 일하게 되어 다행이었다. 용서하려고 마음을 먹자 내 마음도 자유로워지는 것이었다. 내가 용서하는 마음을 가졌거나 아닌 것과는 관계없이 그 후배는 계속 일이 잘 풀려서 남보다 먼저 승진하여 남의 부러움을 사기도 했다.

'용서하는 것은 좋다. 잊어버리는 것은 더욱 좋다.'고 한 로버트 브라우닝의 말이 아니더라도 세월이 가면서 저절로 잊히는 일이 얼마나 많은가. 내 자신이 의식하지 못한 순간에 했던 행동으로, 의도하지 않았던 나쁜 말로 누구의 가슴에 상처를 주고 사과하지 못한 일은 얼마나 많았을 텐데.

후회할 시간이 많지 않을 것 같다. 이제는 옛날에 일어났던 작은 일의 구속에서 벗어나 자유를 누리고 싶다.

(리더스에세이 2021년 가을호)

나의 제야의 종소리

잎사귀를 떨군 서어나무 가지에 때까치가 까딱거리며 앉아 있는 초
겨울이다. 때까치는 철새는 아니지만 "무슨 사연이 있겠지/ 무슨 까닭
이 있겠지/ 돌아가지 않는/ 길 잃은 철새/ 밤은 깊어서/ 낙엽은 쌓이
는데/….".오래된 가요 〈길 잃은 철새〉의 가사가 생각난다. 공연히 마
음이 춥던 청춘 시절엔 위로받으며 외로움에 잠겨보던 음악이었다.

그 시절엔 서리가 내렸는데도 강남으로 못 가고 떨고 있던 제비가
안쓰러웠지만, 작년, 올해에는 코로나19로 많은 사람들이 살길을 잃은
형편에 처해있어 안타깝기 그지없다. 1년 넘게 지속된 원격근무에 지
쳐있는 직장인의 고달픔, 학생들은 학교생활의 즐거움을 빼앗기고 부
모들은 자녀들이 제 갈 길을 못 찾을까 봐 스트레스에 싸여 있다. 그래
도 불황으로 폐업하거나 일자리를 잃은 이들보다는 낫다고 할까.

코로나19로 피해입지 않은 이들도 날씨가 추워지면 한해를 마감하
면서 여러 일과 인연에서 어떤 열매를 맺고 있는가, 얼마만큼 이뤄놓
았을까. 자신의 뒷모습을 돌아보고 쓸쓸한 경우가 많을 텐데, 나태했

다고 불행했다고 좌절하지는 않았으면 좋겠다. 가로수나 멀리 보이는 산마루의 잎사귀를 떨궈버린 나무들이 내년 봄을 기약하며 보이지 않는 노력을 하고 있음을 잊기가 쉽다. 우리에게 아쉬움과 미련이 있다면 앞으로의 삶에 희망과 발전도 기대할 수 있다고 다소 공허한 위로를 건네고 싶다.

겨울은 생산의 계절은 아니다. 조락과 죽음까지는 아니더라도 추위가 1차적으로 우릴 주눅 들게 한다. '바깥세상이 폐쇄되면 내부의 세계가 넓어진다. 겨울은 내면의 계절이다.'(이어령 〈우물을 파는 사람〉)는 말처럼 내면의 여유로워진 마음으로 겨울을 견디어내야 할 것이다. 낙엽수들에게는 겨울은 내년의 도약을 위한 평화와 휴식의 계절이라고 할 수 있을 것이다. 중단 없는 발전을 기대하는 것이 사람들이지만 놀라운 지혜와 능력을 발휘해야 할 때이기도 하다.

나는 이 계절이면 러시아의 승전곡인 차이콥스키의 〈서곡 1812〉를 자주 듣곤 한다. 승승장구하던 나폴레옹이 1812년 9월에 60만 대군을 이끌고 모스크바를 점령했다. 겨울이 되기 전에 전쟁을 끝내려고 했던 나폴레옹은 알렉산드로 1세가 항복하고 나와서 협상할 것을 기다렸다. 그러나 러시아는 시간을 끌어서 겨울까지 갔다. 모스크바 시민들은 피난 가면서 적의 양식과 잠자리가 될 만한 것들을 거의 태워버렸다. 아무리 강한 프랑스 군대지만 겨울의 추위에 식량도 떨어져 약해진 것을 알고 러시아 기병대는 공격을 해서 프랑스 60만 군대 중 겨우 3만 명만 살아 돌아가게 했다고 한다.

이건 역사상의 이야기지만 저마다 승리의 겨울이야기를 마련할 수 있으면 좋겠다. 우리나라의 겨울 속에는 한 해의 마지막 달과 새해의 첫째 달 1월이 다 들어있다. 마지막 달, 지나간 것은 돌아오지 않는다는 허무함과 아쉬움에 지난봄의 일들이 벌써 그리워지기도 한다. 그리워질 일들이 많이 있다면 잘 산 한 해이지 않을까. 연초에 자신과 했던 약속이 잘 실행되지 않았다고 서글프게 생각할 것인가. 애초에 실현 불가능할 만큼 커다란 약속은 아니었는지. 욕심을 줄여서 마음에서 갈등을 만들지 않아야 된다는 약속은 없었는지.

〈서곡 1812〉는 15분 정도의 짧은 곡이지만 바로 러시아군의 용감성과 나폴레옹 군대의 패배를 서술적으로 묘사한 전쟁스토리이다. 5부로 이루어졌는데 제1부에서는 프랑스의 침공으로 불안해하는 러시아 국민의 불안한 심리를 나타내고 있다. 제2부에서는 용감히 싸우는 러시아군을 그린 리드미컬한 주제가 나타나고, 다시 빠른 알레그로로 바뀌면서 나오는 프랑스 국가 〈마르세에즈〉의 선율은 나폴레옹 군대가 등장한 것을 묘사한 제3주제이다. 제4주제와 제5주제는 유연한 러시아민요 선율과 또 다른 러시아민요 선율로 끈질긴 러시아의 국민성을 표현했다.

마지막 부분은 프랑스와 러시아 선율이 마구 얽힘으로써 양국의 전투 장면을 그렸고, 이어서 러시아의 선율이 장엄하게 울리며 러시아군이 승리했음을 알리는 대 합주로 웅대한 클라이맥스에 도달한다. 모스크바의 종소리와 축포가 승리의 절정을 알리고 러시아 국가의 전체

합주 위에 낭랑한 종이 울리며 힘찬 승리의 개가로 끝난다. 사실 나는 이 끝부분 승리의 개가가 좋아서 연말이면 제야의 종소리 대신 듣기도 한다.

"울려라 우렁찬 종이여, 거친 창공에/ … 울려라 우렁찬 종이여, 이 해를 가도록 하라/… 이 해는 가나니 가도록 두어라/ 거짓을 울려 보내고 진실을 울려 맞아라."는 테니슨의 힘찬 목소리와 함께.

(그린에세이 2021년 11·12월)

은은한 감동이 오래 가는

스탕달이 위대한 예술품들을 보고 격한 감동에서 어지럽고 호흡곤란을 일으켰다는 산타 크로체 성당에 간 일이 있다. 그 앞에서 혼절할 뻔했다는 작품들은 못 보고, 그 성당의 위대한 이탈리아인의 묘들 중에서 하얀 꽃다발이 놓여 있던 음악가 롯시니의 묘를 보았다. 꽃을 보고 아직도 살아 있는 이들과 대화하고 있음을 짐작하고, 그의 오페라 ≪윌리암 텔≫ 서곡의 힘찬 멜로디가 들려오는 듯 했었다.

스탕달 신드롬이란 많은 관광객들이 예술품을 보고 스탕달처럼 호흡곤란, 어지러움 증세를 일으켜서 스탕달의 이름을 붙인 병리 현상이다. 책을 읽으며 혹은 여행지의 풍경에서 찬탄한 일은 있지만 스탕달처럼 신드롬을 일으켜 본 적은 없었다.

바티칸 시스티나성당의 천정화에 눈이 부시고 큰 규모에 압도당했고, 베드로 성당의 피에타 조각 앞에서 죽은 예수를 안고 바라보는 마리아의 슬픔에 공감하기는 했다.

코로나 사태로 칩거하면서, 이제는 가보기 어려운 곳이라 그립기도

하다. 읽다 만 책도 뒤적여보고 음악을 들으며 모든 예술인들에게 고마운 생각이 든다. 문학과 예술품들은 좌절한 이들에게 위로가 되고 희망을 갖도록, 예술과 문학 창조를 위해 분투한 이들이 이루어놓은 것이 아닌가. 오늘은 새삼 감사를 느끼며, 백건우 피아니스트의 베토벤의 ≪열정 소나타≫ 연주를 유튜브로 보았다.

오래전, 그의 연주회 후 CD에 사인을 받으면서 보니 얄팍한 인상과 달리 굵은 손가락의 두툼한 손이어서 놀랐다. 손등이 두껍고 굵은 손가락의 연주자가 원하는 소리를 내기 쉽다고 들은 일이 있다. 문인들이라면 체격의 크기나 손의 맵시가 아닌 폭넓은 느낌의 가슴과 비범한 창의력을 가진 뇌의 소유자가 좋은 작품을 쓸 것이다.

신동으로 주목받은 백건우 씨는, 15세에 줄리아드 스쿨로 유학, 사진 일로 아르바이트하며 고학을 했다. 학위를 못 마친 채 유럽으로 옮겨서 빌헬름 켐프에게서 사사하여 인생의 전환점이 되었다. 그는 70대 중반인 오늘에도 깨어 있는 시간의 거의 전부가 연습시간이라고 한다. 학력이 없는 베토벤은 독서에 힘썼고, 19세엔 대학에서 철학과 고전문학을 열독했다. ≪열정 소나타≫가 완성될 무렵에 베토벤은 청력이 거의 잃은 상태여선지 1악장에도 고통과 전율이 느껴진다. 안식과 슬픔이 스며드는 2악장, 운명을 거부하는 듯 폭풍을 불러일으키는 3악장으로 구성되었다. 이 작품 작곡 얼마 후, 청력이 아주 떨어진 처절한 상황을 극복하고 감동 벅찬 작품들을 이뤄낸 것을 생각하면 정말로 고맙기만 하다.

음악이나 문학작품은 미술품들처럼 한곳에 비치되어, 보는 순간 숨이 막히는 신드롬에 빠지게 할 수는 없으리라. 그러나 은은한 감동으로 영원히 이어질 작품을 쓰고 싶은 것이 문학인들의 소망일 것이다.

(한국수필 2021년 2월호)

나비와 문학

"플레이 스토어에서 멸치를 치고 화면에 나오는 빨간 m자를 클릭하면 동영상이 나옵니다."

시니어 미디어 학교에서 첫 시간 수업을 받고 있다. 동영상을 열기까지는 잘 따라 했는데 그다음 사진 갈아 끼우기부터 헤매고 있다. 초등학교 1학년 때 눈이 나빠서 칠판 글씨가 명확하게 안 보여서 쩔쩔매던 시간이 떠오른다. 옆의 동무에게 글자를 물었는데 선생님께서 공부 시간에 동무와 잡담하지 말라고 주의를 주셨다.

얼마 전 전북에 사는 할머니가 운전면허시험에서 4년 반 만에 합격했다는 보도를 보았다. 960번이나 도전하여 수험경비도 2천만 원이나 들여서 2종 면허를 얻었다니 그 도전정신이 놀라웠다. 나는 도전이라는 이름 붙일만한 것은 감히 시도도 못 하는 겁쟁이이다. 그러면서도 살아오면서 몇 번의 계기마다 어쩔 수 없는 시도를 계속했었다. 힘 덜 들이고 위로 향하는 에스컬레이터 앞에 서 있는 나를 발견하곤 했는데, 꼭대기까지 오를 수 있을까 망설이던 때가 많았다.

오래전에 읽은 트리나 폴러스의 ≪꽃들에게 희망을≫이 생각난다. 호랑 애벌레는 수천수만 마리의 애벌레가 뒤엉킨 애벌레 기둥을 발견하고는 그 위에 오르면 무언가 다른 삶이 있겠지 기대하며 애벌레 기둥을 오르기 시작한다. 이를 악물고 오르지만 구름에 가려진 꼭대기는 보이지 않는다. 그곳에서 호랑 애벌레는 노랑 애벌레를 만나 기둥에 오르는 것을 포기하고 내려와, 마음껏 풀을 뜯어 먹고 신나게 놀며 사랑을 키워 나간다. 그러나 시간이 지나면서 호랑 애벌레는 기둥의 끝에 뭐가 더 좋은 것이 있을 것을 기대하며 노랑 애벌레와 헤어져 다시 애벌레 기둥을 오른다. 남겨진 노랑 애벌레는 늙은 애벌레를 만나 고치를 만들고 나비로 태어나고, 호랑 애벌레는 올라간 기둥 끝에 아무 것도 없음을 알고 충격을 받는다. 그때 앞에 노랑나비가 나타나 호랑 애벌레는 그를 따라가 고치를 만들어 나비가 된다.

어찌 보면 현재보다 더 나은 삶을 찾으려는 사람들의 노력하는 모습을 그린 동화 같은 이야기였다. 호랑 애벌레가 그냥 먹고 자라는 것과는 다른 삶이 있을 것 같아 애벌레 기둥의 높은 곳을 향해 다른 애벌레들을 밟고 올라가기 위해 노력하는 모습, 그것은 경쟁 사회에서 더 좋은 위치를 차지하려는 사람들의 노력하는 모습이기도 하다.

오래전 직장의 업무와 분위기에 싫증이 났을 무렵, 회사가 K 신문과 합병하여 인사교환이 있었다. 나는 호랑 애벌레처럼 더 좋은 삶이 있을 거라고 여겨 호기심과 모험정신으로 업무 성격이 전혀 다른 인쇄

매체부서로 옮겼었다.

　나는 다른 층으로 향하는 에스컬레이터 앞에 선 것이었다. 내가 다른 에스컬레이터 앞에 선다는 것은 꿈과 이상을 향해 간다는 의욕이었다. 그러나 서로 높은 곳에 오르려고 다른 애벌레를 밟고 올라가야 하는 괴로움 같은 갈등이 있었다. 그래서 있던 곳, 했던 일이 더 좋은 것이었음을 자각한 후 몇 년 만에 다시 돌아올 수 있었던 라디오국에서 정년을 맞을 수 있었던 것은 행운이었다.

　승리나 성공은 에스컬레이터를 끝까지 오르는 게 아니라 용기를 내어 시작하는 일이라는 생각이다. 열정은 없었어도 성실하려고 노력했을 뿐이다.

　직장생활 중에도 내가 오르려고 했던 기둥은 직장에서의 승진보다도 문학에의 추구에 중점을 두었던 것 같다. 문학은 인류를 구원해주고 인생의 궁극적 아름다움을 추구하게 하는 것이 사명이라고 들어왔다. 그러나 투철한 문학정신으로 독자의 가슴을 울리는 명구를 얼마나 썼는가는 회의적이다. 내 딴엔 책을 자주 펴냄으로써 위로 향하는 에스컬레이터에 오르는 기분만을 느껴온 것 같다.

　≪꽃들에게 희망을≫에서 다른 애벌레를 짓밟고 마침내 정상에 올라선 호랑 애벌레는 그 정상에 아무것도 없음을 알고 허무해서 분노한다. 나는 아직 정상에까지 이르지도 못했는데 지금 내 손 안에 있는 스마트폰의 발달로 문학이 외면당하고 있음을 안타까워해야 한다. 스마트폰의 유용한 정보와 그 정보가 주는 즐거움과 편리함에 길들여져

사유와 성찰의 필요 없이 집안에 읽을 책이 한 권도 없이 살아가는 사람이 많다. 문단의 말석에서 소수의 사람들에게라도 유익함과 위로를 주려고 생각한 일도 있다. 글을 쓰면서 나 자신을 위로하기도 한다. 수필은 나를 주인공으로 해서 글 안에서 괴로움도 해결하며 행복을 추구할 수 있었다.

그런데 문학이 거의 쓸모없음으로 취급됨을 안타까워하면서도 웬만한 필요를 해결해주고 즐거움도 누리게 해주는 스마트폰의 이용을 외면할 수는 없어 기초이용법을 배우는 중이다.

첨단 문명 기기의 노예가 된 이들에게 그 속박으로부터 자유로워져서 너른 상상의 날개를 펴라고 문학은 부추길 수 있을 것으로 위안을 삼아야 할까.

애써서 정상에 올라간 호랑 애벌레는 높은 곳에 가기 위해서는 나비가 되어야 함을 깨닫는다. 문학도 호랑 애벌레처럼 변신, 나비가 된 것처럼 진화되어야 우리에게 무한대의 세상을 누릴 가능성을 줄 수 있을 것이다. 나비가 된 애벌레가 꽃들에게 희망을 주듯이 좋은 작품은 읽는 이들에게도 생명이 영원히 이어지리라는 희망을 줄 것임을 잊지는 않고 있다.

(수필시대 2022년 여름호)

먼 북소리는

무더운 초여름의 주말, 쏟아져 나온 젊은이들로 거리의 열기는 더욱 높을 것 같다. 코로나 팬데믹이 끝나지 않아 마스크를 쓴 사람들이 더 많았지만 웃으며 대화하는 표정에 기쁨이 묻어나 보였다. 너무 어려서 보았던 8·15광복 때 거리로 뛰어나왔던 어른들의 표정이 저랬던 것 같다. 얼마 만인가. 식물에게서 초록과 생명감을 앗아간 겨울도 길었지만 코로나로 사람들은 그동안 회색빛 마음으로 주눅 들지 않았던가.

2년 반만의 문인들의 대화모임에 참석했다가 문우 두 분과 햇살 드는 커피숍에 앉아 젊은이들의 행진을 볼 수 있는 호사를 누렸다. 낙원동 길목은 한동안 노인들의 집합지였는데 이제는 젊은이들의 거리로 바뀐 듯하여 반가웠다. 나도 젊은 시절의 한때 서성거리던 동네였다. 일찍이 헐렸지만 문화극장은 영화 재 개봉관이었고 여성국극단의 공연이 유명했었다. 지금 젊은이들은 어디로 향해 가고 있을까. 북촌 골목의 카페를 찾아갈까 청와대일까 궁금한데, 책을 옆구리에 끼고 가는 청년이 있어서 반갑게 바라보았다.

여성국극단의 공연에서 개막을 알리는 징소리에 가슴 설레며 극적 장면을 예상하던 것처럼 거리를 지나는 이들은 어떤 기대를 갖고 가고 있을까. 젊은 무리가 한 무리씩 지날 때마다 젊은 날 기억의 조각들이 커피잔 속의 장식무늬처럼 풀어져 흩어진다. 어디선가 북소리도 들려 왔다. 익선동, 낙원동엔 국악인들이 많이 살았던 곳이다.

멀리서 들려오는 북소리에 이끌려
나는 긴 여행을 떠났다.
낡은 외투를 입고
모든 것을 뒤로한 채…
　　－터키의 옛 노래

무라카미 하루키는 이 노래처럼 어디선가 들려온 북소리에 이끌려 유럽으로 떠나 3년 동안 여행했다. 특유의 유머러스한 문장으로 그의 진지한 내면세계가 이국적인 일상과 함께 살아나 있는 글들로 에세이 집 《먼 북소리》를 냈다.

환경이나 외부의 자극에 예민하기도 했지만, 먼 북소리에 긴 여행을 떠났던 무라카미 하루키는 문학적인 재능 외에도 여러모로 신의 한 수를 지니고 있음을 깨달았다.

광복의 달 8월, 북소리가 아니더라도 마스크를 벗어 던진 젊은이들이 희망적인 부름에 끌려가기를 바라면서 커피숍을 나왔다.

(한국수필 2022년 8월호)

3

마음속의 미나리 밭

미국으로 이민 간 한인 가족이 뿌리내리려고 애쓰는 영화 ≪미나리≫(정이삭 각본 감독, 2020년)가 작년엔 화제였다. 꿈을 이루려고 치열하게 사는 삶과 따뜻한 가족애를 그려서 호평을 받았다. 더욱이 윤여정이 한국 최초로 아카데미 여우조연상을 비롯, 유명 영화상들을 받은 쾌거로 의미가 더 부여되었다. 고향과 부모에 대한 향수, 아메리칸 드림을 가진 남자주인공의 고립감과 외할머니의 정서까지 인물의 심리와 주제의식을 잔잔하게 엮어냈다.

나는 이 영화를 보면서 조선 후기 실학자 정다산(茶山 丁若鏞 1762-1836)이 생각났다. 전남 강진 유배 때 몇 년간 강진 읍성 생활을 마친 다산은 숲속에 다산초당을 짓고 안착했다. 그는 다산초당으로 오르는 길에 있는 시냇물을 이용하여 자신의 소유도 아닌 산정(山亭)을 아름답게 꾸몄다. 물을 끌어서 인공폭포를 만들고, 물 고이는 곳에 연못을 파서 물고기를 기르고, 흐르는 물을 받아 산자락에 계단을 일구어 미나리를 가꿔 용돈도 벌고 반찬값도 장만했다. 다산이 다산초당 주변의 풍경 8곳을 노래한 〈다산팔경사〉 중 제18수에 그 미나리 밭이 나온다.

> 사랑채 아래다 세외전(稅外田)을 새로 일궈
> 층층이 자갈을 쌓고 샘물 흘러 보냈네
> 금년에야 처음으로 미나리 심는 법을 배워
> 성안에 채소 사는 돈 들지 않게 되었다네

임금바라기 정철(鄭澈) 같은 이는 시조 훈민가(訓民歌)에서 "임금과 백성과 사이 하늘과 땅이로되/ …/ 우린들 살찐 미나리를 혼자 어찌 먹으리."했고, '봄 미나리 살찐 맛을 님에게 드리고자' 하는 속요(俗謠)에도 나오는 살찐 미나리. 봄 생일인 나도 생일상에서 받았던 어릴 적 기억도 났다.

그러나 다산이 미나리를 식품으로 사용한 사실보다도 차가운 물이나 얼음 밑에서도 잘 자라는 미나리의 생명력처럼 산 생애가 소중하게 생각되었다. 다산은 얼음 낀 논 속에서도 새파랗게 새싹이 나는 강인함, 소박하고 질긴 생명력을 상징하는 미나리 같다. 그는 정조의 총애를 받을 만큼 과학적·기술적 업적을 남긴 관료였으나 천주교와 관련된 혐의로 낯선 귀양지에서 유배 생활을 했다. 그러나 유배 중에도 학문 연구로 ≪경세유표≫ ≪목민심서≫ 등 5백여 권의 저서를 남기고 우화 시를 썼다. 그리고 나라를 위한 개혁안을 마련한 점 등도 놀랍다. 장기간의 유배 중에 당시 사회의 퇴폐상을 확인하며 정치·경제·사회

·문화·사상 등 분야의 개혁안을 정리하는 업적을 남겼다.

　영화에서 남주인공 제이콥은 큰 농장을 꿈꾸고 LA에서 아칸소의 시골로 이사를 한다. 트레일러에서 생활하며 아내 모니카는 물 사정 등 여건이 나쁜 곳에서 농사하려는 남편의 꿈을 못마땅해 한다. 생계를 위해 병아리감별사로 일하는 아내는 딸과 심장이 나쁜 아들 데이빗을 돌보게 하려고 한국에서 친정엄마 순자(윤여정)를 미국으로 오게 한다. 외손자 데이빗은 이상적인 할머니의 모습과는 다른 순자를 멀리하려 한다. 순자는 너무 다른 정서로 아이들과 마찰했으나 여러 사건들을 겪으면서 아이들과 가까워진다. 순자는 데이빗이 튼튼하다면서 신체 활동을 활발히 하도록 격려하고, 한국에서 몰래 가져온 미나리 씨앗을 아이를 데리고 나가 개울가에 가서 심고 미나리가 탄력 있고 유용한 식물임을 알려준다. 제이콥은 어렵게 농사한 채소를 댈러스의 채소상이 막판에 주문을 취소하는 등 상황이 나빠져서 아내 모니카는 캘리포니아로 되돌아가고 싶어 한다. 하지만 제이콥은 아칸소에 남고자 하여 결혼생활은 파탄 직전에 이른다. 그런데 심장 나쁜 아들이 수술받지 않아도 된다는 의사의 말에 안심을 하는데, 순자가 뇌졸중으로 움직임과 언어 장애자가 되었다. 그런 순자가 쓰레기를 태우려다 실수하여 농작물 창고가 타버려서 한순간에 모든 걸 잃게 된 제이콥 부부. 제이콥은 미국에서 농사짓는 방법을 따라 다시 농사를 지으려고 수맥 찾는 사람을 찾고, "할머니가 좋은 자리를 찾으셨어."라며 미나리를 뜯는 장면으로 영화는 막을 내린다. 위기에 처한 가족들이 긍정적 희망을 느끼게 하는 결말이 좋았다.

외로움과 고통 속에서 긴 유배 생활을 한 다산은 18년의 유배 생활을 마치고 57세에 고향 생가인 경기도 남양주 마현으로 돌아가 75세까지 학문을 마무리하며 실학사상을 집대성하였으니 결과적으로 희망적인 결말이었다. 그의 저작은 183책 503권에 이르는 ≪여유당집≫으로 완간되었다. 마음을 다스려 학자로서 큰 업적을 남긴 정약용. 그는 1836년 봄 회혼 60주년에 아내에게 바치는 회혼가를 쓰고 생을 마무리했다.

현재의 다산초당은 흔적만 남아 강진에 가서도 옛 모습을 볼 수 없어 허전하다. 이 봄 살찐 미나리를 먹으며 영화 ≪미나리≫는 어떤 환경에서든 뿌리내리고 잘 자라는 미나리가 이민자들의 삶에 희망을 주고 버텨주기를 바라는 상징이었다는 생각을 하게 된다.

영화를 다시 보면서 오랜 코로나 팬데믹으로 침체해 있거나 불안한 분들에게도 강인한 삶의 의지와 희망을 주는 마음속의 미나리 밭이 마련되면 좋겠다는 마음이다.

(그린에세이 2022년 3·4월호)

국보 지킴이

30여 년 동안 살던 집에서 이사하면서, 대학 시절에 배운 무애(无涯 梁柱東) 선생님의 ≪조선고가연구≫(朝鮮古歌研究 1960)를 서가 한쪽 잘 보이는 곳에 꽂아놓았다. 한우충동(汗牛充棟)이라는 말이 생각난다. 책이 많아서 책을 수레에 실어 옮기게 하면 소가 땀을 흘릴 정도(汗牛) 이고 집에 쌓으면 대들보를 고정하는 마룻대까지 닿는다는 뜻으로, 책 (장서)이 많고 학구열이 높음을 비유하는 한우충동이라는 말도 무애 선 생님에게서 배웠다. 무애 선생님은 책을 생명처럼 여기고 어려운 생활 속에서도 훌륭한 장서를 마련했었는데 6·25전쟁이 터져 급히 피난하 느라 몸만 빠져나갔었다고 한다. 그런데 사모님이 용기를 내어 목숨이 위태로운 적진(敵陣)을 뚫고 들어가 중요한 책을 묶어서 머리에 이고 나온 것이 너무 고맙다고 말씀하셨던 생각을 하며 그 책을 쳐다보곤 한다.

문화와 전통의 도시 전주에서 올해 수필의 날 행사가 있어서 이번에 는 꼭 가보고 싶었다. 숙소를 한옥마을에 정했다고 해서 더욱 끌렸다.

일제가 호남지방의 쌀을 쉽게 운송해 가려고 전주, 군산 간에 신작로를 만들면서 전주부성(全州府城)의 성벽을 헐자, 전주 서쪽 문밖에 살던 일본인들이 성안으로 들어왔다. 이때 전주 사람들이 일본가옥이 못 들어오게 하려고, 교동과 풍남동 일대에 **빽빽하게** 한옥을 지었다는 전주한옥마을. 10여 년 전에 잠시 한옥마을 중심에 있는 경기전(慶基殿)에 들렀었다. 태조 이성계의 어진(御眞)과, 임진왜란 때 춘추관, 충주, 성주사고(星州史庫)에 있던 ≪조선왕조실록≫(朝鮮王朝實錄)은 모두 불탔는데, 마지막 남은 전주사고의 실록이 왜군들의 손에 들어갈까 봐 온갖 고초를 겪으며 지킨 선인들의 이야기가 서린 전주사고(全州史庫)에도 다시 한번 가보고 싶었다.

무애 선생님은 영문학 전공의 시인이셨지만, 일본의 오꾸라신뻬이(小倉進平)가 ≪향가 및 이두연구≫(1929)를 내자 국문학을 연구하는 이들이 일본 학자에게서 배우는 것을 보고, 우리 것을 연구해야 할 책임을 느껴 혼자서 우리 시와 옛 노래를 연구했다. 특히 사뇌가(詞腦歌: 향가는 일본인이 우리 것을 시골노래라고 비하하여 쓴 것으로 신라의 노래라는 사뇌가로 명칭)를 대상으로 해독과 평설인 ≪조선고가연구≫(1942년 발행)로 시작, 고려조 가사 연구로 큰 공적을 남겼다. 중등학교 재직시 방학 내내 학교 도서실에서 연구, 천 페이지 정도의 ≪조선고가연구≫라는 책을 단기간에 출판한 천재 학자로 그때부터 알려졌다.

무애 선생님은 자칭, 타칭 국보(國寶)로 통하셨다. ≪조선왕조실록≫도 국보(제151호)이고 유네스코 세계기록유산이다. 무애 선생님께서 계속 연구할 수 있도록 좋은 책도 구입하게 하고 6·25전쟁 때 단신 사지에 들어가 책을 구해온 이는 사모님이셨다. 임진왜란 때 전주 사고(史庫)에만 남아있던 어진과 실록을 구한 이는 누구였던가. 10여 년 전 경기전에 갔을 때 구입했다가 밀쳐뒀던 연혁 책을 다시 읽어보았다.

《조선왕조실록》은 태종 때부터 편찬되기 시작했는데 현명한 세종대왕은 어떤 일이 생길 것을 대비하여 4부씩 만들어서, 한양의 춘추관, 충주, 성주, 전주 사고(史庫)에 1부씩 보관하게 했다. 임진왜란(1592년)이 일어나면서 한양, 충주, 성주의 실록이 불타버렸고, 전주에서 멀지 않은 금산에 왜군이 쳐들어 왔다는 소식에, 경기전의 진전관인 '오희길'은 전라감사 이광, 전주부윤 권수와 함께 태조의 어진과 사고의 실록을 옮길 논의를 했다. 내장산의 용굴암을 어진과 실록의 피신처로 결정하고 학행이 뛰어난 선비 안의(安義)와 손홍록(孫弘祿)에게 도움을 청했다. 두 분은 사비를 들여 노비와 머슴 30여 명을 동원, 전주로 달려가서 어진과 전주사고의 1천여 권의 책을 50여 개의 궤짝에 넣어서 내장산으로 옮겼다. 태조 어진과 제기들은 용굴암으로, 실록은 몇 권씩 지게에 지고 험난한 길로 올라가는 더 깊숙한 비래암으로 옮겼다. 이듬해(1593년) 7월 조정에서 충청도 아산으로 옮기라는 명이 내려질 때까지, 64세의 안의와 56세의 손홍록은 노령에도 불구하고 내장산에 살며 불침번을 서서 지켰다. 내장산에 겨우 옮겨 지키던 중 왜군이 다시 진주성을 함락하자, 선조의 명으로 임금이 있던 해주로 어진과 실록을 옮기고, 이후 강화도에 갔다가 다시 묘향산으로 이동했다. 안의는 실록이 아산을 떠난 직후 병을 얻어 귀가하여 생을 마치고, 손홍록 일행은 실록이 묘향산에 도착할 때까지 5~6년간 실록과 함께했다고 한다.

≪조선왕조실록≫은 역사에 대한 치우치지 않은 사관의 노력, 단일 왕조 세계 최대 규모의 역사책으로 유네스코 세계문화유산에도 등재된 귀중한 우리의 유산이자 역사이다. 전주사고의 책은 조선왕조실록 외에 고려시대, 조선 초기에 편찬된 중요한 사서들이 포함되어 있다. 그 귀중한 유산 등을 버슬도 없는 노년의 선비들이 사비와 노력으로 지켜냈으니 안의와 손홍록은 국보 지킴이가 아닌가.

두 분에게 선조임금은 공로를 치하하여 별제(장부를 관리하는 정, 종6품직책) 벼슬을 내리는데 그들은 '벼슬을 바라고 한 일이 아니다.'라며 사양했다고 한다. 안의와 손홍록의 이야기는 선조실록에는 실려 있지 않고, 이들의 자랑스러운 이야기는 훗날 영조대왕 때에 그들의 자손인 손대익과 안처명이 안의와 홍록이 작성했던 일기, 상소문 등을 모아 올려서 알려지게 되었다.

근년에 내장산에서는 문화재 지킴이 행사에서 그들의 공적을 기리고, 2019년에 서울대 규장각 앞뜰에는 이들의 공적비가 세워졌다. 경기전, 전주사고를 다녀가는 사람들도 해설사에게서 두 분의 숨겨진 비화를 듣고 감탄할 것이다.

일본인에게 주권을 빼앗길 뻔한 국문학 연구에 힘쓴 국보 무애선생님의 내조자였던 사모님, ≪조선왕조실록≫을 일본인에게서 지켜낸 안의, 손홍록은 명실공히 국보 지킴이였다.

수필의 날, 전주행사가 일정이 빽빽해서 키 큰 은행나무들이 연녹색 새잎을 틔우고 있는 경기전 입구를 보고만 지나쳐야 했다. 누렇게 바랜 ≪조선고가연구≫ 책이나 들추어보며 우리 고가(古歌)지킴이가 될 수 있을까.

(제21회 수필의 날 전주대회 기념문집
≪전주, 한옥마을 골목길따라≫ 2021년 7월 23일)

물빛 라일락의 영원

남산기슭에 있는 D대학교 3학년에 편입했던 것은 국문과의 전통과 학계·문단에서 이름 높던 양주동, 서정주, 조연현, 이병주 선생님 등 명교수님이 계셨기 때문이었다.

초봄의 을씨년스러운 강의실, 〈귀촉도〉〈학〉〈국화 옆에서〉 등 멋진 시로 익숙했던 미당 서정주(未堂 徐廷柱 1915-2000) 선생님께선 옥색계통의 조끼까지 갖춘 정장 차림으로 강의실에 들어오셨다. 느릿한 말씀으로 교단 이 끝에서 저 끝으로 왕래하며 들려주신 미당 선생님의 강의는 시만큼 멋지진 않았다.

내가 재학 중(1962-1964)일 때 선생님께서는 신라정신, 정신적 영원성을 새롭게 정리하는 작품을 쓰시노라 강의시간에도 선덕여왕을 짝사랑했던 지귀, 용이 되어 동해를 지키겠노라고 바다 가운데 묻어달라 했던 문무왕 일화 등 ≪삼국유사≫ 이야기를 들려주셨던 기억이 남아있다.

유수한 시인 선배가 많았고 동급생 중에도 일간지 신춘문예나 문학지로 등단한 이들이 있어서 나도 용기를 내보았다. 졸업반 때 권위 있던 여성지 신인상에 응모, 최종심 두 편에 올랐으나 당선되지 않았다. 그 글과 습작들을 들고 선생님 댁을 찾은 것은 졸업한 해 가을이었다. 공덕동 골목에 있던 납작한 한옥, 한복차림의 온화한 사모님이 맞아주셨고 건넌방의 선생님께서도 한복의 선비 모습이셨다. 벽 한쪽에 세워져 있던 가야금, 윗목엔 향기 좋은 소국(小菊)을 베갯속에 넣는다고 말리고 계셨던 것도 인상적이었다.

일상 언어와 비속어를 사용하여 신화적인 상징성과 토속적, 전통적인 정서로 피워내는 대시인께 조잡한 언어, 미숙한 트릭으로 줄만 바꿔 써 내려간 글들을 갖고 갔으니 지금 생각해도 무모했다. 몇 가지 도움 말씀을 주셨는데 꾸미기보다 자연스러운 언어를 쓰되 말줄이기 연습이 많이 필요하다시며 수필을 쓰는 게 어떠냐고 권유 아닌 제안을 해주셨다.

그 후 방송에 입사해서 바쁜 업무에 쩔쩔매느라 습작도 못 쓰다가 K신문 신춘문예에 한 번 응모하여 최종심 두 편에 뽑혔다가 역시 당선작이 내 것 아닌 결과를 보고 시인의 꿈을 접었다.

미당 선생님께선 방송 출연이나 인터뷰 때 만나면 '시는 안 쓰나, 결혼은 언제 하느냐'고 물으셨다. 한 번은 우리 동료들에게 놀림감이 되게 한 말씀을 하셨다. 우리 라디오국 사무실은 넓은 공간에 칸막이도 없이 편성, 제작 1, 2부가 함께 있었다. 녹음을 마치고 사무실로 들어서던 내게, 옆 부서 프로그램에 출연차 오셨던 선생님께서 큰소리로 말씀하셨다. "아직도 그 녀석은 뚜벅뚜벅 느리게 걸어오고 있는 모양이네. 아직 한강도 못 건넌 모양이니. 일만 하다 늙을라." 그 일이 있던 뒤로 동료들은 걸핏하면 내게 "아직도 그놈은 뚜벅뚜벅인가요?" 하며 놀렸었다.

1972년에 방송 주변의 얘기 중심으로 수필집 ≪돌아오지 않는 메아리≫를 낸 후 1977년 한국적인 서정수필을 모아 ≪거울 속의 손님≫을 내려고, 미당 선생님께 추천의 글을 부탁드렸을 때, "…그대에겐 할머니가 한 천 명 들어 있다."라고 인품과 수필세계가 도량이 넓고 깊다는 내용으로 과찬을 해주셨다.

1980년 선생님께선 군부 정권이 들어설 때 환영하는 방송으로 존경하던 이들과 제자, 후학들이 실망했다. 그 후로 나도 미당 선생님을 멀리하게 되었다. 후일 알게 된 것은 그 방송을 거절하면 미국에 유학하려는 늦게 둔 막내아들이 피해 입을까 봐 허락했고 혜택받은 것도 없었다는 사실이다. 그 사실에 동정하는 이도 있었지만 거의가 등을 돌리고, 돌아가실 때까지 한 번도 찾아뵙지 못해서 후회하는 이도 많다.

미당 선생님께서는 선배, 동료 교수에 대한 이해가 높고, 제자들을 동생이나 자녀처럼 정으로 대해주셨다. 사모님께서도 후덕하셨는데 평소에나 특히 명절에 찾아온 제자들에게 대접한 빈 술병박스가 마당에 쌓여 있어서 놀랐다는 이웃의 증언도 들었다.

일제 때 우리 청년들에게 학병 지원 권유의 글을 쓴 친일 행위와 군부정권 옹호 등에 가해지는 도덕적 비판을 피할 수 없지만, '한국 사람의 마음에 흐르는 가락을 가장 아름다운 말로 표현한 결정체'인 시편들, '인간 세상에 더 말할 나위 없는 어울림이고, 교감이고, 상생이고, 생명의 본향 그 자체'라는 그의 시 세계를 외면할 수는 없다.

소학교 때 담임 일본 여선생님을 사모하면서 잘 보이기 위해 글을 쓰게 되었다는 미당 선생님. 시 〈내 영원은〉은 좋아하던 요시무라 선생님이 1년 만에 떠났는데 후일 그 아픔과 추억의 순간을 시 속에서 승화한 것이다. 어렸을 때 선생님께 드릴 것을 찾다가 제각(祭閣) 뜰에서 몰래 라일락 한 가지를 꺾어 들고 달려가다가 구렁에 넘어지면서 아늑히 잠들고 싶어 했다고 한 미당. "내 영원은/ 물빛/ 라일락의/ 빛과 향의 길이로라//…"는 시를 생각하며 행복해했던 선생님의 영원을 짐작해보고 싶다.

(2022년)

푸른 삶을 사신

– 김열규(金烈圭) 교수

　　한국 최초로 제정된 '한국수필문학상'(수필문학 진흥회 · 『수필문학』 발행인 김승우 제정) 두 번째 시상식이 1979년 서울출판문화강당에서 있었다. 대상은 김소운 선생님이셨고, 제2회 신인문학상(문단 10년 이상 경력자에게 수여. 후일에 현대수필문학상으로 개칭) 수상자이던 김열규(金烈圭 당시 서강대 교수) 선생님을 그때 처음 뵈었다. "… 삶에서 시적 통찰과 그 아름다움의 서정을 치밀하게 엮어 나가는 그의 수필세계에 많은 이들이 공감을 더하리라 믿는다(신동욱)."는 평의 수필집 ≪노을진 메아리≫(배문사 발행 1978)가 수상 작품집이었다. 이미 국문학계엔 서울대와 대학원을 마치고 하버드대 옌칭학회 객원교수를 지낸 한국문학과 한국문화, 민속학 연구와 저서들로 독보적인 영역을 개척했다고 알려진 터였다.

　　그 후 1981년 수필동인 '수필문우회'의 창립회원이셔서 한동안은 월례합평회에서 뵐 수 있어서 좋았다. 특히 모교 대학원에 뒤늦게 진학했을 때, '동악(東岳)'의 높은 학풍이 널리 알려져 있어서 선망했었는데 함께 해서 영광'이라고 첫 시간 출강에서 김 교수님이 말씀하셨다. 그때 대학원생들이 김 교수님의 명강의를 요청하여 한 학기만 출강하셨는데, 나는 운 좋게도 그때 '현대소설론'을 배운 제자였다. 어려서부터 글 읽기를 좋아하셨던 선생님은 그 무렵 디스크로 6개월이나 누워 계시면서 70년대의 우리나라 소설을 100권 쯤 읽을 수 있었다면서 그것으로 펴내신 ≪한맥원류—한국인의 응어리와 맺힘≫(주우 1981)을 몇 사람에게 주셨다.

정상옥(鄭相玉) 사모님도 한국일보 신춘문예 출신 수필가로 조경전문가여서 좋은 나무와 훌륭한 정원이 있던 갈현동 선생님 댁을 여성문우들이 방문하기도 했다. 그때 선생님께선 문우회는 못 나오셨어도 수필문우회의 근황을 꼭 묻고 수필계에 관심을 보이셨다. 강의와 연구서 집필, 그리고 연재 글을 쓰기 위한 집 안은 책 밭 같았다. 안방, 거실, 2층으로 오르는 계단들에도 메모지와 관계 서적이 장식품처럼 무더기로 있던 것이 눈에 선하다.

연구와 집필 등 바쁜 중에 방송 동료가 간곡히 부탁하여 한때 내가 맡았던 인기 라디오프로그램의 원고를 집필해주셨던 것도 잊을 수 없는 고마움이고 행운이었다.

그러나 정년을 6년이나 남겨둔(1991년) 처지에 선생님께선 고향 경남 고성군 송천리로 낙향하셔서 지인들과 제자들이 섭섭해했다. 천식, 위장병과 허리디스크 등 몸이 약하셨던 선생님께선 미국 유학 시절 보스턴 근교의 월든 호숫가를 거닐며 일찍이 자연과 하나의 리듬으로 살았던 헨리 데이비드 소로(1817-1862)의 삶을 동경했다고 한다. 고향에 가신 지 2년 만에 수필집 ≪빈손으로 돌아와도 좋다≫(제3기획 1993)를 펴내어 그 책에 나온 고향집 뒷산인 좌이산의 나무와 새들 그리고 자란만(紫蘭灣)의 작은 섬들, 수국촌 등 아름다운 풍광을 상상하게 되었다. 그러던 중 1994년 현충일 연휴에 수필 선배 이병남 선생님과 변해명 선생, 이국자 소설가와 비행기 표를 끊어 고성읍 송천리로 떠났다. 사천 비행장으로 마중 나오신 선생님의 고향 안내대로 따라다니며 우리 대로의 꿈을 꿀 수 있었다. 자란만의 바다를 보며 '바다바라기'가 되셨다는 선생님께선 길도 없는 그윽한 곳들까지 안내하면서 '길을 내면서 고향, 원점에서 다시 시작하는 삶'이라고 하셨다. 고향에서도, 인제대·계명대에서 후학을 가르치고, 매년 책을 써서 고향에서 쓴 책만도 70권이나 된다.

귀향 이전부터 ≪한국인 우리들은 누구인가≫ ≪한국민속과 문학연구≫ ≪독서≫ ≪한국문학 형태론≫ ≪김열규 평론선집≫ 등 저서가 유명했지만 귀향 후 쓴 ≪메멘토 모리, 죽음을 기억하라≫ ≪한국인의 자서전≫ ≪행복≫은 베스트셀러였다.

선우미디어에서 '선우명수필선 24'권을 위해 선생님께 원고선정을 부탁했을 때, 원고선정을 내게 맡겨주셔서 송구스러웠지만, 문고판에 꽂혀 있는 ≪바다바라기≫(2003)를 볼 때마다 행복하다. 선생님께선 몇몇 후배들의 수필론을 써주셨고 지방 출신의 수필가를 중앙문단에 소개하는 등 후배들을 격려해주기에 힘쓰셨다. 졸저 ≪사막의 장미≫

의 수필론을 써주셔서 그 책의 민낯에 화장을 해주신 점이 송구하고 고마웠다.

통영에서 있던 수필세미나에 참여했다가 정명숙 선생님과 선우미디어의 이선우 씨와 함께 선생님댁을 찾았을 때 선생님을 마지막으로 뵈었다. 자신이 커피 담당이라며 손수 끓여주시던 '블루마운틴'의 향기와 맛이 너무 좋았다. 그 후로 날씨와 안부 메일을 이따금 보내주셨는데 "…세계일보사의 청탁을 받고는, 장장 30회에 걸쳐서 '한국의 예술의 맥'을 한 주일에 두 번씩 연재하기로 한 것에 그나마 기운이 나서, 컴퓨터 자판기 두들기기를 하고 있는 중입니다. 하지만 진도가 지지부진입니다. 앞으로 근 한 달은 더, 무더위를 버텨낼 것이 걱정입니다."는 메일을 끝으로 한 40일쯤 소식이 없어 궁금하던 중 별세하셨다는 소식을 들었다. 더러 글 쓰시면서 덥고 피곤하다는 말씀이었는데, 난데없는 혈액암이라니.

생전에 120여 권(귀향 이전의 50권과 귀향 후 70권)의 저서를 낸 데는 "타계 하루 전인 10월 21일 경상대 병원에서 항암 주사를 맞고 고성 자택으로 와서는 당일 오후 5시까지 에세이집 《아흔 즈음》 탈고를 위해 생의 마지막 순간까지 펜을 놓지 않았다."는 열성이 있었다. "선생님의 방에서 타계 하루 전까지 열정적으로 글 쓰던 유고 원고가 책상 위에 있었고, 컴퓨터 모니터에는 유고 에세이집 《아흔 즈음》의 초고 원고가 소롯이 저장되어 있었다."는 제자(정해룡 시인)의 말로도 증명이 되었다. 항암치료 중에도 〈세계일보〉 연재물을 쓰고, 에세이

집 탈고며, TV 인터뷰까지 소화하려는 삶의 열정을 끝까지 보이셨다
고 한다.

돌아가시기 2년 전 ≪김열규의 휴먼드라마 푸른 삶 맑은 글≫(한울 2011)을 보내주셨다. '더러 역사와 얽힌 삶의 실타래를 풀면서'라는 제목의 머리글에 "20세기 중 후반기에 한국이 겪은 역사, 일제강점기와 광복, 남북(좌우)의 갈등, 6·25전쟁과 그 종전을 거치는 동안의 토막들도 함께 아로새겨져 있다."고 한 자전적인 글들이었는데, 그야말로 늘 청청한 정신으로 푸른 삶을 사셨던 인생을 엿볼 수 있었다. '푸른 물결 넘실대는 푸른 바다, 태초부터 변함없을 영원이여' 하고 바다를 바라보며 영원을 노래하셨지만, 선생님 가신 지도 내년이면 10년이라는 생각에 허무해지는 마음을 금할 수가 없다.

(2022년)

지금도 진행 중

세계적인 피아니스트 슬렌친스카(Ruth Slenczynska 1925-)의 이름을 처음들은 것은 50여 년 전이었다. 그때 그녀의 예술의 전당 연주회 포스터를 보았지만 연주회엔 못 갔었다. 2009년 슬렌친스카가 '제1회 예술의전당 음악영재 캠프 & 콩쿠르'에 마스터 클래스 강사로 우리 영재들에게 따뜻하고 섬세하게 지도한 기사를 보며 감동한 일이 있었다. 그런데 최근 '97세에 새 음반 내는 피아니스트'라는 제목으로 세계적 음반사 데카에서 피아노 독주곡 음반을 녹음, '음악 속의 내 삶'이라는 타이틀로 3월에 발매될 예정이라는 보도에 놀랐다. 20세기의 피아니스트 아르투르 루빈스타인이 90세에 음반 녹음을 하고 95세에 별세했을 때에 감탄한 지 40년이나 됐는데 슬렌친스카가 그 기록을 깬 것이다.

1999년, 라흐마니노프를 사사한, 생존 마지막 제자인 슬렌친스카가 75세에 녹음했던 슈만 앨범이 찬사를 받았을 때도 흐뭇했다. '마술적인 프레이징 처리와 놀라운 페이스 조절, 흠잡을 데 없는 음악적 취향,

라흐마니노프를 연상시키는 황금색 톤은 위대한 피아노 전통의 감격스러운 모습을 모두 보여준다.'는 평가였다. 그보다 10년 전, 방송하러 오신 국창 김소희(金素姬) 선생께 몇 살 때쯤 가장 좋은 소리를 낼 수 있느냐고 여쭤봤을 때 '50대가 되어서야 다듬어진 소리에 기운도 있어서 가장 좋다'던 말씀이 생각나서 75세의 피아니스트가 대단하다고 생각한 기억이 있다.

슬렌친스카는 미국 서부의 폴란드계 이민 바이올리니스트인 부친이 4살 때부터 피아노를 하루에 9시간씩이나 연습하게 하는 엄격한 훈련을 시켰다. 6살 때 베를린에서 데뷔, 9살에는 라흐마니노프가 취소한 로스앤젤레스에서의 협연 무대에 대타로 나선 것이 인연이 되어 후일 그의 제자가 되었다. 풀 오케스트라와 협연 데뷔는 11살에 파리에서 했다. 유럽에서 모차르트 이후의 천재로 센세이션을 일으켰던 초기 경력은 화려했으나, 아버지가 주는 심리적 압박 때문에 15살에 공식적인 연주 활동을 중단했다. 그때 캘리포니아 대학에서 심리학을 전공했다.

자신이 겪었던 스트레스 때문인지 영재 캠프에서 "누구에게 보여주기 위해 음악을 하는 게 아니라 스스로의 즐거움과 발전을 위해 인내심을 가지고 꾸준히 지속하는 게 중요해요. 조급하게 마음먹지 말고, 차근차근 한 단계, 한 단계 밟아나가라고 이야기해 주고 싶어요."라고 했다는 기사를 읽었다.

20세기 신동 중의 신동으로 모던 피아니즘의 효시로 평가받은 피아니스트 요셉 호프만은 슬렌친스카에게 "그녀는 매 순간 자신이 무엇을 하고 있는지를 알고 있다. 경이롭다. 확고한 철학과 인간미가 느껴지는 교수법으로 교육자로서도 큰 업적을 쌓아 왔다."라고 찬사를 퍼부었다고 한다.

은퇴 10년 뒤인 1951년 무대로 돌아와 1960년까지 바흐·쇼팽·리스트 등 음반 10장을 발표했을 때 그의 팬들은 얼마나 반가웠을까. 콘서트도 다시 열어 경력을 쌓고 완벽한 기술과 상당한 음악적 통찰력의 피아니스트로 자리매김한 슬렌친스카. 그는 일리노이 대학(1964-1987년)에서 '아티스트 인 레지던스'(Artist-in-Residence)로 풀 타임 직책을 맡아 제자들을 육성했다. 1970년대 초 미국에 유학한 피아니스트 조영방(단국대 음대 교수)의 스승으로 처음 한국과 인연을 맺었으며, 이후 여러 명의 한국인 음악가가 그에게서 공부했다.

슬렌친스카는 라흐마니노프의 제자로 입문하여 긴장했을 때. 선생님이 제네바 호수에 있는 자신의 모터보트를 보여주며 긴장을 풀어줬다고 회고했다. 피아니스트이고 작곡가인 선생님은 가르치는 방법이 일반 피아니스트와는 많이 달랐다고 했다. 슬렌친스카가 라흐마니노프에게 받은 영향은 우리나라의 음악영재 캠프에서 가르칠 때 그대로 적용했다. 음악가로서의 태도에 대해 "작곡가는 창조하는 사람이고, 연주자는 작곡가의 뜻을 파악해 음악을 재창조하는 사람이에요. 작곡가의 의도를 알아내기 위해 항상 악보를 제대로 보고, 숙지해야 합니다. 그러기 위해선 시간, 노력, 주의력, 인내가 필요하지요. 발전하기 위해서는 때때로 스스로에게 까다로워질 필요도 있어요." "레가토(계속되는 음과 음 사이를 끊지 말고 부드럽게 연주하는 기법)를 페달에 의존하면 안 된다. 페달 사용을 최소화해라." "손가락 힘을 기르기 위해 스타카토를 많이 연습해라." 등 스승에게서 배운 세세한 부분까지 지적했다고 한다.

영재 캠프 마스터 클래스에서 쇼팽의 콘체르토 2번을 연주한 김보영(17) 양의 연주를 전체적으로 들은 슬렌친스카는 "쇼팽이 이 곡을 작곡했을 때 한 여인을 짝사랑했다."며 선율의 아름다움을 강조하고, 마치 꽃이 피는 것처럼, 그리고 지는 것처럼 음표들을 부드럽게 이어가라고 주문했다고 한다. 예민한 그의 귀엔 빠른 속도도 문제로 지적됐다. "오페라를 좋아한 소년(쇼팽)은 곡도 오페라처럼 작곡했는데 지금 속도는 사람이 노래 부르는 속도보다 더 빨리 가버렸다."고 했다. 세심한 그는 시선을 잡아주는 것도 잊지 않았다. 오케스트라 협연곡이라 지휘자와 시선을 언제 어느 부분에서 교환해야 하는지도 짚어줬다.(세계일보 2009년 9월 22일자 참조)

라흐마니노프의 따뜻한 가르침을 자신이 가르칠 때도 실천한 슬렌친스카.

"아직도 기억이 생생해요. 그의 아파트를 처음 방문했을 때 어쩜 저렇게 느리게 칠 수 있을까 싶을 정도로 아주 천천히 연습하고 있었어요. 나중에 생각해보니 그 연습법만 한 게 없어요. 음을 정확하게 이해해야 자신이 생각하는 소리를 낼 수 있죠. 그래야 음악에 자기감정을 담아낼 수 있어요."라고 말하는 슬렌친스카는 '천천히 연습하라.'고 학생들에게 늘 요구하고 있다고 한다.

지금도 무대나 유튜브로 왕성하게 활동하는 그에게 파이낸셜타임스 기자가 장수비결을 물었더니 "20대에는 '서른까지만 연주해야지'라고 생각했고, 서른이 되자 '마흔이 되면 은퇴해야지'라고 결심했다. 그렇게 하다 보니 아흔까지 오게 됐다."고 했다.

천천히 연습하다 보니 오래 살게 된 것이 아닌지, 지금도 진행 중인 그의 연주하는 삶이 더욱 빛나기를 기대해본다.

(2022년)

오랜만에 만난 답신

　추사 김정희(秋史·阮堂 金正喜, 1786-1856)가 제주도로 귀양 갔을
때에 제자 이상적은 구하기 힘든 서책, 화첩을 구해 스승을 찾아가 세
상의 소식과 함께 전해드렸다. 그의 지극한 정성이 고마워서 추사가
이상적(藕船 李尙迪 1803-1860)에게 그려준 〈세한도(歲寒圖)〉. 광복 직
전 조선 문인화의 최고봉인 세한도가 일본인 소유였던 것을 서예가
손재형 씨가 간청해 찾아왔다. 그런데 40여 년 전 개성상인 손세일,
손창근 씨가 구입했고, 2021년 벽두 손창근 씨가 국립중앙박물관에
기증한 빅 뉴스를 기억하는 이들이 많을 것이다.

　1960년대 초엔 세한도가 지금처럼 많이 알려지지 않았다. 평소 추
사의 위대함을 강의하신 이병주(石田 李丙疇 杜甫硏究의 대가 1920-
2010) 교수님께 졸업 후 찾아갔다가 세한도 왼쪽에 쓰인 발문의 설명
을 듣고 그 그림의 유래를 알게 된 것은 행운이었다. 교수님께선 알고
보니 이상적의 고손 벌되는 분이셨다.

　많은 역관들을 배출한 우봉(牛峰) 이씨 집안 출신 역관 이상적은 시

오랜만에 만난 답신　135

(詩)·서(書)·화(畵)를 가르쳐준 스승에게 드리려고 북경에서 서책과 화첩, 중국 문인들의 편지들을 싣고 조선으로 들어왔다. 그리고 다시 배에 싣고 비바람 치는 뱃길의 고초를 겪으며 제주로 가서 스승을 뵈었다고 한다. 나는 배 위에서 겪었을 이상적의 모습을 상상하며 감회가 깊었다. 그러나 교육자의 입장인 석전 선생님께선 스승이 제자 덕분에 연구를 계속하여 서예의 추사체(秋史體)를 완성했고, 문집인 ≪완당집≫(阮堂集)을 편집할 수 있었다고 제자의 덕을 치하하셨다. 더욱 중요한 것은 조선의 서화가, 문인, 금석학자, 실학자인 추사를 동양의 추사로 군림케 한 징검다리 역할을 한 공로가 컸다고 강조하셨다. 20세 무렵 선친을 따라 중국에 가서 대학자 옹방강(翁方剛)과 완원(阮元)에게서 배우고 교유를 지속하던 추사이지만, 귀양지에서도 이상적의 덕분으로 귀한 자료를 얻어 추사의 학문, 예술세계가 깊어지고 중국에서도 크게 인정되어 존경받게 한 공신으로 인식시키려고 하셨던 것 같다.

스승께서 이상적의 공로를 치하하는 사이 나는 감상적인 생각에 잠겼었다. 스승의 그림을 받은 이상적의 마음이 어떠했을까, 혹시 그에 대한 답장이 전해오지 않는지 궁금했지만, 못 여쭈어보고 한동안 세한도에 대해 잊고 지냈다.

10여 년 전, 석전 선생님께서 돌아가셨을 때 다시 이상적의 답신 유무에 궁금증이 일었다. 선생님의 수상집 ≪한 우물의 사연≫(민족문화문고간행회 발행 1986)을 펼쳐보다가 〈은송당 이상적 주변기〉에서 이상적에 대한 상세한 얘기를 읽을 수 있어서 다행이었다. 그러나 그 책에도 이상적의 답신 얘기는 없었다. 이상적은 중국어와 문학에 뛰어나 현종이 그의 시를 읊조렸다 해서 당호를 은송당(恩訟堂), 시문집을 ≪은송당집(恩訟堂集)≫이라고 할 정도로 우수한 문인이었다는 것은 반가웠다. 그의 시가(詩歌)는 국내보다 오히려 청나라에서 알려졌고, 그 시문집도 왕명에 의해서 간행될 뻔했으나 굳이 사양하고 청나라 문우들의 추렴으로 청나라에서 간행되었을 정도라니 훌륭한 스승에 출중한 제자였음이 흐뭇했다.

두 사람의 훈훈한 일화를 다시 생각하고 세한도(인쇄화)를 들여다보니 쓸쓸하고 메말라 보이던 세한도에 따스한 인정이 감도는 듯 했다. 초라한 토담집 안마당에 벼락으로 동강이 난 듯한 앙상한 노송(老松), 그 옆에 오롯한 소나무 한 그루가 서 있다. 그 그림을 추사의 자화상으로 보는 석전 선생님은 노송 옆의 소나무는 '추금 강위(秋錦 姜瑋, 추사의 문하생)일지 모른다.' '바깥마당에 싱싱한 소나무 두 그루는 하나는 허소치(許小癡 그림 제자)이고 다른 하나는 우선(藕船 이상적)일시 분명하다.'고 하셨다.

그림에는 세한도라는 그림 제목과 함께 '藕船是賞(우선은 감상하라)'이라고 썼는데, 우선은 이상적의 호이다. 마지막으로 '長毋想忘(오래도록 서로 잊지 말자)'이라는 인장도 찍혀 있다. "추사는 논어의 '한겨울 추운 날씨가 된 다음에야 소나무와 측백나무가 시들지 않음을 알게 된다(歲寒然後 知松柏之後凋)'는 구절에서 세한도의 모티브를 얻었다.

아무도 자신을 거들떠보지 않고 피할 때도 해마다 책을 보내준 제자 이상적에 대한 감사의 마음과 죽고 싶을 만큼 외롭고 힘든 고난의 삶을 〈세한도〉 속 노송과 집을 통해 자화상처럼 풀어냈다.”는 해설에서 그동안 어설프게 기억했던 것들이 되살아났다. 〈세한도〉를 받은 이상적은 얼마나 감격이 컸을까. 이상적은 이 그림을 혼자 감상하지 않고 이듬해인 1845년 중국 사행 때 북경 우원(寓園)에서 베풀어준 연회 자리에 들고 가 청나라 문인 16명으로부터 시와 발문을 받기도 했다.

얼마 전(2021년 4월 세한도기증기념 특별기획전시, 국립중앙박물관) 전시회에 나온 원본 〈세한도〉를 보고 왼쪽 옆에 청나라 문인 16명으로부터 받은 감상문과 우리나라의 오세창, 정인보 선생의 글이 붙어서 전체 길이 14m가 넘는 두루마리의 대작을 보는 감회가 컸다.

그런데 우연히 도서관에서 발견한 ≪선비의 탄생≫(김권섭 지음 다산초당, 2009) ‘9. 추사 김정희 편’에서 가슴 뭉클한 사연을 읽었다. 뜻밖에도 이상적이 세한도를 받고 감격하여 쓴 편지를 읽게 될 줄이야.

삼가 〈세한도〉 한 폭을 받아 읽으니 눈물이 흘러내림도 깨닫지 못하였습니다. 너무나 분수에 넘치게 칭찬해 주셨으며 감개가 진실되고 간절하였습니다.

아아! 제가 어떤 사람이기에 도도히 흐르는 세파 속에서 권세와 이익을 따르지 않고 초연히 빠져나올 수 있겠습니까. 다만 구구한 작은 마음으로 스스로 하지 않을 수 없어 그렇게 했을 뿐입니다.’

—≪선비의 탄생≫ 446쪽

비록 전문(全文)이 실리지는 않았지만 나는 몇십 년 만에야 받은 개인적인 답장보다 훨씬 반가웠음을 잊을 수가 없다. 우선(藕船)은 그림 앞에서 '자신도 권세와 이익을 따르며 살고 싶을 뿐'이라며 눈물 흘렸다. 그러나 스승께 책을 구해서 보내드린 것은 구구한 작은 마음에서 솟아난, 스스로도 억제할 수 없는 기운 때문임을 고백했다. 이 편지가 실린 ≪은송당집≫에는 우선이 추사에게 보낸 〈김추사가 보내준 묵란에 감사하며〉를 비롯해서 시 작품 6수가 전해진다고 한다.

이렇게 훈훈한 정이 오갔음에 세한도가 한결 가치가 높을 것이다.

(2022년)

언제나 뜨겁게

러시아가 철의 장막을 연 지 얼마 안 되어서 생 페테르부르크에 갔을 때 도스토옙스키(Fyodor Mikhailovich Dostoevskii 1821-1881) 문학기념관을 관람하지 못하고 온 것이 오랫동안 아쉬웠다. 여학교 때 옆자리 친구 Y가 《죄와 벌》을 읽으며 쉬는 시간에 감탄하며 들려준 내용도 있었지만, 도스토옙스키의 두 번째 부인 안나(Анна Григорь евна Достоевская 1846-1918)의 내조가 훌륭했다는 선생님의 얘기에 감동했었기 때문에 안나의 방을 보고 싶었다.

안나보다 나이가 스물다섯이나 많은 도스토옙스키는 신경질적인 성격에 간질환자, 광적인 도박꾼이었고 형의 가족까지 부양하느라 빚에 쪼들렸다고 한다. 안나는 학생 시절부터 그의 소설을 무척 좋아했기에 속기사로 채용되었을 때 기뻤다. 빚 때문에 출판업자에게 소설을 제때 넘기지 못하면 모든 저작권을 몰수당할 위기에 놓여 있던 도스토옙스키. 그가 작품을 구술하면 안나가 속기하고 다시 정서하는 식으로 집필하여 저작권 몰수의 위기를 넘겼다. 《도박꾼》(1866), 《죄와 벌》(1866)의

뒷부분은 그때 완성한 작품이다.

최근 인터넷에서 '도스토옙스키 문학기념관'에 다녀온 이들이 올린 사진으로 안나의 방을 볼 수 있어서 그의 헌신적인 내조를 다시 생각해보게 되었다. 남편의 작품 ≪백치≫ ≪도박꾼≫ ≪악령≫ ≪카라마조프 가의 형제들≫은 그 집에서 태어났다. 좁은 방에 서랍이 달린 장식장이 붙은 책상과, 찻상만한 작은 책상이 놓여 있는데 그 위엔 도스토옙스키 사진액자, 시계, 주판, 빽빽하게 글씨 쓴 노트가 놓여 있다. 평생 도스토옙스키의 충실한 친구이자 아내, 비서였고 속기사였던 안나의 흔적들이었다. 빚으로 허덕였고 도박으로 생활이 안정되지 않았던 도스토옙스키의 작품인 책들을 홍보, 직접 인쇄하여 판매하는 등 출판에도 수완을 발휘하여 말년에 도스토옙스키 부부는 비교적 경제적으로 안정된 말년을 보낼 수 있었다는 얘기가 생각났다. 아마도 그녀의 방 곳곳에 눈물과 땀의 흔적이 배어 있으리라.

나는 몇 년 전, 도스토옙스키가 돌아간 지 45년 만에 출간(1925)되었다는 안나의 회고록 ≪도스토옙스키와 함께했던 나날들≫(최호정 옮김 엑스북스)에서 그들의 행복과 고통을 읽을 수 있었다. 작가이면서 한 인간으로서의 도스토옙스키의 모습도 생생하게 그려져 있었다. 가족과 빈민들에게 부족한 재산을 내주고, 욱하는 성격에 질투가 강하면서 마음은 무척 여린, 도박을 좋아하면서 작가로서 성실하게 집필하는 모습들. 안나가 서술한 이야기는 생생해서 한 편의 장편 소설 같았다. 가난과 빚 독촉에 시달리면서도 창작 활동을 이어가는 남편에 대한 존경과 사랑의 마음이 가득 담겨 있었다.

도박으로 돈을 잃고 극한 절망에 빠졌을 때, 오랜 시간 그와 산책했다는 장면을 보면서 일반인이라면 가능했을까 하는 생각도 해보았다.

우리는 돈이 들어오기까지 길고 긴 시간 동안 바덴바덴 근교를 수십 베르스타씩 돌아다녔다. 그러면 남편은 온유한 기분을 회복하곤 했다. 우리는 몇 시간이고 다양한 주제에 관해 담소를 나누었다. 우리가 가장 좋아한 산책길은 '새 궁전'이었다. 거기서부터 산림이 울창한 오솔길을 걸어 '옛 궁전'으로 가서는 커피나 우유를 꼭 마셨다. …… 산책과 대화가 얼마나 좋고 재미있던지……. (223쪽)

죽음이 임박해서 아내에게 작별인사를 하는 작가의 참사랑 또한 감동적이었다.

"그는 내게 다정하고 부드럽게 말을 건네며 나와 함께 살았던 행복한 생활을 감사드렸다. 그는 내게 아이들을 부탁하면서 나를 믿으며 내가 언제나 아이들을 사랑하고 지켜 주기를 바란다고 말했다. 그런 다음, 14년 동안 결혼생활을 한 아내에게 남편으로서는 좀처럼 하기 드문 말을 내게 했다. '기억해 줘, 안나. 내가 당신을 언제나 뜨겁게 사랑했다는 걸. 그리고 꿈에서라도 당신을 배반한 일이 없다는 걸 말이오.'"(563~564쪽)

'언제나 뜨겁게' 이 말을 14년이나 함께 산 남편이 아내에게 쉽게 할 수 없는 말로 회상한 안나는 남편이 죽은 후에도 그에 대한 추억을 떠올리고 그를 찬미하는데 헌신했다. 남편의 사후 37년간 그의 작품과 생에 대한 자료를 수집, 편집을 했으며 몇 년 뒤 '모스크바 도스토옙스키 박물관'이 열렸을 때 그녀가 모은 자료가 초석이 되었다고 한다.

재작년 러시아에 방문했던 이에게서 '도스토옙스키 문학기념관'에 한국어 음성안내 서비스가 시작되었다는 소식을 들었다. '언제나 뜨겁게' 사랑했던 안나 부부의 소설이 아닌 실화, 순수하고 열정으로 살아갔던 이들의 생애에 다시 한번 감동해 보고 싶어진다.

(순수문학 2022년 8월호)

달은 발이 없어도

C일보에서 특집 '대선주자와 경선자들의 내 인생의 책' 기사(2021년 9월 25일)를 읽었었다. 열세 분의 책 중 대부분은 위인들의 이야기나 정치, 역사, 환경에 대한 책인데 두 분이 명작소설인 ≪죄와 벌≫(국민의 힘 최재형 경선자), ≪레미제라블≫(무소속 김동연 전 경제부총리)이어서 이색적이었다. 기독교인으로 31년 판사로 일했던 최씨는 "학창시절 인간의 삶에 대한 고민을 시작하게 한 책"이라며 "판사생활을 하며 매일 같이 고민해야 하는 인간의 죄와 고난, 그에 대한 벌함과 용서의 의미를 배우게 한 책"이라고 했다. 김동연씨는 대선 출마 선언에서 "청계천 무허가 판잣집 출신"이라며 "힘이 없는 사람들에 대한 이해와 공감이 있다."고 했다. 문학 소설을 꼽은 두 분도 실은 소설의 미학적인 면이나 문학적 완성도가 좋아서라기보다 죄인과 가난한 사람에 대한 연민, 선한 마음에서 비롯된 정치적인 성향의 선택으로 짐작되었다.

1992년 체코에 갔을 때 프라하에서 관광 가이드는 체코 깃발이 나

부끼는 어느 저택을 가리키며 그곳이 하벨 대통령이 사는 관저라며 엄지손가락을 치켜세웠다. 그는 우리도 하벨 대통령이 민주화운동의 선구자로 최고지도자로 알고 있다고 했더니, 또한 우수한 극작가라면서 자랑스러워하던 게 생각났다.

우리나라 대통령 중에도 문인, 문학적인 재량이 풍부한 이에 대해 대학 시절 B 교수에게서 몇 번 들은 내용이 생각난다. 그가 이승만(李承晚) 초대 대통령이다. 어렸을 때부터 문재(文才)가 있어 시(漢詩)를 짓고 배재학당 시절부터 학생회보인 협성회보 창간, 23세에는 우리나라 최초신문 ≪매일신문≫의 사장, 주필, 기자로 활약했다는 우남(雩南 이 대통령의 호)은 우리나라 최초 한글신문인 ≪제국신문≫도 창간하여 주필 겸 논설위원으로 논설을 썼고, 투옥 중 옥 안에서도 2년 2개월간 논설을 썼다. '그의 논설은 인기가 있어 왕비였던 엄비(嚴妃)가 애독자였고 규방의 부녀자, 상인들이 애독자였다. 훗날 엄비는 청년 이승만을 뒤에서 음으로 양으로 도와 은혜를 베풀었는데 바로 논설 애독자가 된 것이 그 계기가 되었던 것이다.'(유현종의 ≪걸어서라도 가리라≫ 34쪽 참조) 청년 이승만의 독립운동에 엄비의 도움이 있었던 것은 논설의 글솜씨가 뛰어났음을 유추해 볼 수 있을 것이다. 그 논술보다도 문학적인 면에서 재평가되어야 한다는 평론가들의 주장이 있는 뛰어난 한시(漢詩) 2백여 수가 전해 온다는데 궁금해진다. 번역된 그의 한시집도 몇 권 출판되었다는 반가운 소식이다. 특히 본인도 아꼈다는 6살 때의 동시를 인터넷에서 볼 수 있었기에 소개한다.

바람은 손이 없어도 나무를 흔들고(風無手而撫樹)

달은 발이 없어도 하늘을 간다(月無足而行空)

이 시를 보면 예민한 감수성과 탁월한 두뇌를 지닌 천재임을 짐작할수 있겠다. 문학적 재능뿐만 아니라 시대요구에 맞는 정치철학도 옥중에서 쓴 ≪독립정신≫에 나타나 있다고 한다. 그 책은 국민의 자유정신을 구가한 책으로 유명하다. 무엇보다 우리나라를 자유민주공화국으로 세운 정치적인 공로가 지대한데 말년에 독재자라는 과실로 하야, 하와이에서 숨을 거두어야 했는데, 그의 위대함과 또 문학적인 성과도재평가되고 있는 실정이다.

하벨 대통령처럼 대통령이 되기 전이나 재직 시에 인정받지는 못했지만 미국의 지미 카터 전 대통령은 79세(2003)의 나이에 첫 소설 ≪대소동≫을 발간한 바 있다. 그는 이전에 회고록 등 16권의 책을 저술했지만 소설로서는 역대 대통령 중 처음이었다. 미국의 훌륭한 대통령중의 하나인 링컨 대통령은 몇 편의 시를 남겼다고도 하는데 문학적성취도가 어느 만큼인지는 확인된 바 없다. 최근 오바마 전 대통령의회고록 ≪약속의 땅≫이 화제이지만 2007년에 이미 ≪버락 오바마의담대한 희망≫ ≪내 아버지로부터의 꿈≫(자서전)이 우리나라에서도출판된 적이 있다. 이들이 대통령의 임기가 끝나고도 세계적으로도 영향력이 있는 것은 글의 힘이 아닐까. 조선조(朝鮮朝)에는 고급 관료가되어 출세하려면 과거(科擧)시험에서 문과를 보아야 했다. 소과(小科)

와 대과(大科) 2단계로 진행된 문과 시험에서 소과는 유교 경전의 이해도를 알아보는 생원과와 시·산문 등 문장력을 시험하는 진사과로 나뉘었다고 한다. 진사과 시험에서 좋은 시(詩)를 지어야 합격했다는 사실은 많이 알고 있을 것이다.

문학, 글쓰기에 능해야 고급관리가 되었던 얘기는 시대에 맞지 않는 옛날이야기일지 모른다. 공정하고 의로우며 바람직한 정치적인 비전을 제시하여 실천할 수 있는 인물이 경선에서 통과되기를 바랐었다. 대선 출마자, 경선자들의 '내 인생의 책'이 어떤 것인가로 그 인물의 일면을 알 수 있었다.

일각에서 이승만 전 대통령이 건국공로와 외교면에서 국익을 위해 끝까지 양보하지 않았던 탁월한 점 등 재평가 움직임이 있는 것을 바람직하게 여기며 그의 시구(詩句)를 떠올린다.

'달은 발이 없어도 하늘을 간다(月無足而行空)'는 것처럼 젊은 시절, 이국땅에서 우리나라의 독립을 위하여 애쓰면서 달빛을 바라보며 호소하고 기원했을 모습을 생각해보게 된다. 발이 없어도 하늘을 가는 달처럼 고향에 가고 싶던 청년 이승만의 고독이나 연상해보는 나는 센티멘탈리스트인가.

(문예운동 2022년 봄호)

별들의 축제

덕수궁 대한문 앞을 지나노라면 그 옆에 있던 광학빌딩 14층, 초기 수필문우회 월례회 모임을 갖던 파나마 여행사 회장(金宇玄 회원)실이 생각난다. 서울의 한복판, 시청 앞 로타리(지금은 시청 앞 광장)가 보이고 주변에는 신문사들, 조선시대 궁궐인 덕수궁이 있어서 우리 역사도 생각해볼 수 있는 그야말로 노른자위 같은 위치였다.

70년대 초기부터 활기를 띠기 시작한 우리나라 수필계에서 1972년 창간된『수필문학』을 중심으로 활약하던 수필인들이 '글 좋고 사람 좋고'를 인선 기준으로 삼아 1981년에 27명의 동인들이 모여 월례합평회를 갖고 수필의 질적 향상과 친목을 다지던 곳이다. 회원들은 당시 수필계의 중추인물로 구성되었었다. 윤리 철학의 권위 있던 학자로 서울대 교수이던 김태길 회장님을 비롯하여 소광희 철학과 교수, 영문과의 황찬호 교수, 중국 문학의 차주환 교수도 서울대에 계셨었다. 허세욱 교수는 외국어대 교수인 중국 문학자였다. 숭실대의 정봉구 불문학과 교수, 국문과의 교수로 경희대의 김우종, 서강대의 김열규, 전북대의 최승범 교수가 회원이셨다. 그리고 의학계에서 이름 높은 의사 수필가 김사달 박사와 이장규 원자력병원장, 한형주 병원장, 고급공무원이었던 박재식, 정진권 선생님, 기업인 김우현, 덕성무역의 김종수 사장, 육군 정훈감이었던 김병권 선생님, 윤형두 범우사 사장, 조선일보 논설위원 유경환 선생과 경남신문의 정목일 회원 등 유명 언론인, 여성회원(이병남, 변해명, 정재은, 유혜자)도 중학교 교장, 교감 등이 계셔서 나 같은 신인으로서는 우러러볼 분들과 함께한다는 영광을 누렸다. 매회는 아니어도 부산의 유병근, 대구의 김시헌·김규련·정혜옥, 광주의 송규호 선생 등 각 지방을 대표하는 수필가들도 창립회원으로 가끔 참여하였다.

월례합평회 외에도 연 1, 2차 세미나와 문학기행, 10주년 때 〈한·중·일 세미나〉 20주년에 국내 수필모임을 통합하여 참가게 했던 〈한국수필문학의 방향〉(세종문화회관 소강당) 세미나와 해외(중국, 대만, 황산) 여행 때의 일들이 떠오른다. 그중 1997년 초 타이베이 시내와 타이쭝, 일월담, 타이루거(太魯閣) 협곡을 찾았던 대만 여행도 잊을 수가 없다.

낮 동안 타이루거 협곡 구곡동의 터널과 절벽 아래 골짜기를 내려다보며 감탄을 자아냈던 일행이 높은 산의 아늑한 자락에 있는 뿌로완(布洛灣)산장에 도착했을 때는 저녁 어스름이었다. 저녁 식탁에 털썩 주저앉은 황필호 철학교수(창립 얼마 후 영입)가 "나도 원로교수로 대접을 받는 사람인데 여기서는 층층시하에서 설설 기어야 하나…." 하고 웃으며 불평을 하였다. 문우회가 처음 결성되었을 때 60을 갓 넘긴 회원 몇 분과 주로 50대, 그리고 40대 초반이었던 필자의 경우가 끝에서 두 번째 막내였다. 막내는 진주의 정목일 회원으로 당시 경남신문 기자여서 자주 참석하지는 못했었다.

숙소 뿌로완 산장은 40년 만의 대만 추위라는 영하의 기온 때문인지 너무 추웠다. 추워서인지, 낮에 본 타이루거 협곡 바위를 뚫는 공사 때 목숨 잃은 젊은 군인들의 원혼이 안타까워서인지 좀처럼 잠들지 못하다가 눈을 붙였을 때였다. 호로로록 새소리인지 바람 소리인지 거듭되는 바깥소리에 눈을 떴다. 곁에 누운 이병남 선생님, 변해명 선생도 잠이 깬 눈치였다. 뒤척였더니 이선생님이 나가자고 손을 잡아끌었다.

"아, 저 별 좀 봐."

먼저 문밖을 나선 변 선생이 외쳤다.

북두칠성·직녀성·카시오피아 등등 두 분은 신나게 별들을 찾아냈다.

"내일 날씨 좋겠다. 별이 총총하니, 춥다 들어가자."는 바람에 숙소로 들어왔어도 별을 데리고 들어온 듯 정신은 초롱초롱해졌다. 좀 있더니 우리 건너 초막에서도 문이 열리고 마당에 누가 나서더니 "남산 위에 저 소나무 철갑을 두른 듯…" 하고 열창하는 애국가 소리를 들으며 설핏 잠이 들었다.

다음날, 새벽안개가 걷히며 드러나는 산봉우리가 반가웠다. 전날 눈과 비가 내려서 동서횡단공로, 험한 대우령을 넘어 타이쭝(臺中)으로 갈 예정인 우리는 염려했었다. 그야말로 하늘의 도움으로 여겼는데 머지않은 곳에서 은은한 향기가 풍겨왔다. 담 옆에 활짝 핀 매화나무들 옆에서 일찍 나온 회원들이 웃으며 사진을 찍고 있었다.

23년 전의 일이니 그때 동행했던 동인들이 반쯤은 돌아가셨고 노쇠하여 못 나오시는 분도 있다. 대만에 유학하셨던 허세욱 회장님의 동창들이 문화계 중추인물들이어서 그들의 초대로 융숭한 대접을 받았고, 대만 고궁박물원에서는 진지하고 품격 있는 허 회장님의 해설로 일행은 감동을 받았다. 문우회 창립 때 셋째 막내였던 변해명 교장은 중국기행 때도 총무여서 온갖 편의를 위해 애썼는데 일찍 떠나버려서 너무도 섭섭하다.

뿌로완 산장의 별빛 축제를 보며 애국가를 불렀던 고위공무원 박(朴在植) 선생님은 건강문제로 문우회에 못 나오신 지 오래이다. 보수적인 박 선생님은 룸메이트 황 교수, 김진식, 구양근 회원과 박정희 대통령의 공과에 대하여 토론하던 중 부정적인 견해를 굽히지 않은 두 교수의 말에 흥분하여 문을 박차고 나와 별들에 호소하듯 애국가를 불렀다는 것이다. 당시 몇 년 연하였던 황 교수도 떠나셨고.

인간적인 친밀감이 친척보다 끈끈했고 글도 다른 모임보다 차별화된 작품으로 초기의 『수필공원』과 1991년에 창간, 100호를 맞은 『계간수필』에 별빛의 축제처럼 빛나는 작품들로 장식해온 회원들. 창립 초기, 한 5년 동안엔 문우회의 빛나는 위상으로 유명출판사에서 문우회 연간선집을 출판해주어 반응도 좋았었다.

문학에 대한 일반인들의 관심이 없어진 현실에서 요즈음 말로 "라떼는 말야…" 하고 옛날얘기만 해서 송구한 마음이다. 이어가는 젊은 회원들이 분발해서 더 좋은 입지를 마련하여 변화, 발전하는 『계간수필』 200호, 300호 아니 영원히 발전하기를 기원한다.

(계간수필 100호 2020년 여름호)

섬김과 양보의 미덕으로

- 변해명 선생

　북한산의 푸른 숲을 보노라면 주변 사람들을 이모저모로 보살펴준 변해명 선생이 생각난다. 선배, 후배들인 수필문우회원들에게 섬김과 자상한 배려로 살펴주었다. 수유리 4·19탑에서 내려 북한산 푸르고 정기어린 산줄기와 마주하며 걸어가면 변 선생 댁이 있었다. 인천에서 재직 시엔 주말에만 내려왔으나 퇴직 후엔 어머니와 언니, 함께 사는 집에서 산의 아름다움, 숲의 나무들과 호흡하며 살았는데 이 세상을 떠난 지도 8년이 넘었다. 느티나무가 다른 나무보다 싹이 늦게 터서 붙인 이름이라는 변 선생의 설명에, 나야말로 느티나무 같은 늦둥이구나 자책하며 명석한 두뇌로 일찍이 숙성했던 변 선생을 부러워한 일이 많았다.

　변 선생을 처음 만난 것은 1976년 겨울이었다. 종로5가에 있던 기독교방송 지하홀에서 있었던 그의 첫 수필집 ≪먼 지평에 홀로 뿌린 발자국들≫의 출판기념회에서였다. 평론가 원형갑, 수필가 윤호영, 구인환 교수 등 중진 문인들이 들려주신 '장래가 촉망되는 재능 있는…'

운운 성의와 애정 어린 내용의 축사들이 기억에 남아있다. 1975년『한국문학』의 수필 당선으로 수필계에 입문한 변 선생과『수필문학』출신이던 나는 1970년대 후반 ≪한국수필75인선집≫을 비롯한 선집이나 공저에서 서로의 존재를 확인했기에 출판기념회에 초대받았다. 당시엔 여성 수필가가 10명 내외였다. 그래서 서울에서 문인 모임이 있으면 변 선생에게 참석 여부를 확인, 함께 만났었다.

나는 70년대 경제개발 5개년계획으로 현대화되면서 우리 미풍양속이 사라지는 것이 안타까워 한국의 미를 재현시키려고 자연, 고향의 아름다움을 자주 썼고 변 선생은 산골 외가에서 산과 나무와 벗하며 살았기에 둘이는 자연, 고향 이런 소재로 글을 쓰는 공통점이 있었다. 수필문우회 창립멤버(1981)가 되면서 우리는 매월 한 번씩은 만나게 되었다. 수필 동인으로서 〈달맞이꽃〉〈빨래를 하며〉 등 변 선생의 작품이 너무 좋다고 하면, 나의 〈병풍 앞에서〉〈후문〉 등이 참 좋은 글이라며 오히려 격려해주었다. 그러나 내 글이 회고조로 담백한데 비해 변 선생의 글은 깊이가 있었다. 6·25이후 강원도 홍천의 산골 외가에서 10여 년간 가족과 떨어져 지내는 외로움으로 인정의 목마름이 간절했다고 한다. 그래서 자신을 침묵으로 세월을 이겨내는 나무와 바위에 일치시켰다. 그리고 죽음의 정체도 사유하며 시골 중학교에 다니는 동안 문학적 소양을 닦았다. 훌륭한 선생님 댁에서 문학 서적들과 어려운 철학책까지 읽으며 일찍이 문재(文才)를 인정받았다. 좋은 시도 쓰고 동생들에게 들려주려고 자신이 이야기책을 만들었고 읽은 책들에 대한 독후감을 쓰면서 문학적 깊이를 쌓아온 처지였다.

수필문우회 동인이면서 우리 수필계에서 최초로 발족한 한국수필가 협회(회장 조경희) 회원이기도 했는데 당시 좋은 글 많이 쓰고 교장이 던 이병남 선생님, 변 선생과 나를 삼총사라고 지칭해 주는 것에 긍지 를 갖기도 했다.

1984년도에 박재삼·김석(金汐) 시인과 『시와 수필』을 창간한 변 선 생은 시와 수필을 같은 중량으로 다루는 문예지로서 다른 장르보다 폄훼되는 수필의 위상을 높이려고 노력하였다. 수필문우회 회원들의 작품을 수록하여 사기를 높여주기도 했으나 경영난으로 3호를 끝으로 계속하지 못해서 아쉬워했다.

교육계에서는 일찍부터 인천의 큰 학교들의 교감, 교장을 거치며 건 물 짓기, 교육과정 확립 등 성실한 업적으로 인정받는 바쁜 처지였지 만, 수필문우회에서 두 번씩이나 총무간사로 봉사했다. 잡다한 업무 외에 『계간수필』의 편집과 계간수필 아카데미 행사주관으로 말년까지 쉬지 않았다. 뛰어난 역량과 큰언니처럼 회원들을 돌봐주려는 마음을 타고났기에 가능했던 일이었다.

수필문우회 김태길 회장님은 '글재주 있는 변 선생'으로 치하하면서 매사 일처리에 능한 변 총무간사를 매우 신임하여 문우회 주관의 행사 나, 해외 기행 때 뒤치다꺼리를 맡기곤 했다. 일행들의 식사, 명소 관 광 안내 등을 앞장서서 인솔하고 경비 지출 등으로 밤에는 돈 계산으 로 잠을 설치면서도 남보다 일찍 깨어서 일정을 챙기는 것이 안쓰러웠다. 2002년에 허세욱 선생님의 중국문학 문하생들과 실크로드기행 때는 복잡한 책임을 안 맡아서인지 9박 10일의 여행 후 알차고 수준 높은 기행수필집 ≪길 없는 길을 따라≫를 내는 역량에 감탄했었다.

김태길 회장님의 '글재주 있는 변 선생'으로 인정받기 이전에 원형갑 평론가에게서는 뛰어난 작가로 인정, 작품 〈섬인 섬으로 서서〉에 대해 '수필세계에서는 찾아보기 힘든 아방가르드적 명작수필로 꼽을 만하다.'며 "하이데거의 휄더린론과 〈방하(放下)〉를 읽고 있는 것 같은, 인간존재론적 해명"이라는 극찬을 받았고, 김열규 교수의 '정감에다 교훈을 담는 기술이 뛰어난 작가, 이념을 감각에 무쳐서 한 쟁반 잘 차려 내놓는 솜씨가 아주 그럴듯한 작가'로 인정받을 만큼 높은 경지의 수필세계를 확보했던 변 선생, 몇 년 만 더 살았더라면 어떤 발전과 변화를 보여주었을까. 수필 이론에도 해박하여 자신의 집필은 물론 도봉구에서 문하생을 열심히 지도하고 이론 저서도 출간, 몇몇 후배들과 문하생들의 작품 고쳐주는데도 성의를 다했다.

어린 시절 의사가 되려는 꿈을 지녔던 변 선생은 전쟁의 고통과 가난을 겪으며 자랐기에 슈바이처 같은 가치관을 지녔다고 했다. 의사, 수녀, 교수도 되고 싶었던 꿈은 못 이뤘지만 교감, 교장 시절에도 평통자문위원, 대한교육연합회 부회장 등으로 봉사했다. 앞서 말한 대로 교장 재직 시, 퇴직 후 두 번이나 수필문우회 총무간사로 창의력을 발휘하며 일할 수 있었던 것은 자기 하나의 양보와 노력으로 여러 사람들이 편할 수 있으리라는 슈바이처 정신에서 비롯되지 않았을까. 가정에서도 셋째 딸이면서 어머니께 극진히 효도하며 살림을 주관했고 언니, 동생들에게도 각별한 우애로 지내는 것이 부러웠다.

어렸을 때 하이데거의 철학책을 읽고, 괴테의 ≪파우스트≫도 정독했으며 독창적인 탄탄한 수필세계를 이룬 변 선생에게 나는 기가 죽었으면서도, 수필계엔 조금 먼저 등단했다고 몇몇 상을 내가 먼저 받는 등 혜택 누리는 것을 묵묵히 보며 축하를 아끼지 않았던 너그러움에 뒤늦게 감사한다. 파우스트가 제자 바그너 앞에서 "내 가슴속엔 아아 두 개의 영혼이 깃들어서 하나가 다른 하나와 떨어지려고 하네 하나는 음탕한 애욕에 빠져 현세에 매달려 관능적 쾌락을 추구하고, 다른 하나는 과감히 세속의 티끌을 떠나 숭고한 선인들의 영역에 오르려고 하네."라고 토로한 것 같은 갈등은 아닐지라도 내가 세속적인 욕심으로 흔들릴 때 변 선생은 흔들림 없이 인간적인 감동을 주는 청결한 영혼의 소유자였다.

큰 산처럼 깊은 골짜기와 넓은 품으로 푸른 숲을 가꾸어주신 변 선생님이 계셔서 행복했습니다. 나도 한 그루 나무처럼 하늘에 순명하고 운명을 감수하며 안분지족의 도량으로 세상에 서 있으렵니다.

(계간수필 '뵙고 싶습니다'(7)회 2020년 가을호)

참 많이 컸구나의 격려

지난봄 〈미술이 문학을 만났을 때〉 전시회(국립현대미술관 덕수궁전
시장 2021.2 .4-5.30)에서 '조풍연 결혼 축하 화첩'을 보았다. 청사 조
풍연(晴史 趙豐衍 1914-1991) 선생님은 내가 라디오프로그램의 연사로
여러 번 모셨던 분이라 무척 반가웠다. 재치와 달변의 언론인으로 TV,
라디오에 이야기 손님으로 출연, 해박한 지식과 유머로 구수한 이야기
를 들려주셨다. 당시 소년한국 주간이던 선생님은 색동회를 이끌며 어
린이들을 사랑하셨고, 개인적으로는 1982년도 '제4회 현대수필문학상
시상식' 때 오셔서 수상 축사도 해주셨다. 그때만 해도 청사 선생이
문단 선배이신 줄을 몰랐었다.

청사 선생께서 연희전문재학 중, '삼사문학'을 창립하여 문단 활동
을 시작했고 매일신문 신춘문예에 소설 당선, 1956년엔 『청사수필』을
비롯, 1960년까지 총 5권의 수필집을 내셨다는 것을 오랜 후에야 알
게 되어 아쉬웠다. 그런데 이번 전시회에서는 1941년 『문장』 잡지의
편집을 담당했던 사실을 또 알게 되었다. 청사 선생의 결혼 축하로 당

시 잡지의 표지화, 삽화를 맡았던 화가 길진섭·김용준·김규택·윤희순·김환기·이승만 등이 238㎝ 길이의 종이에 한 토막씩 그림을 그려 그에게 선물한 '조풍연 결혼 축하 화첩'.

이번 전시회는 화가와 문인들(畵文)이 하나로 어울렸던 1930~50년대를 살피면서 그들의 어울림이 문학에, 미술에 어떤 영향을 줬는지를 관람객들에게 전하려고 한 전시회였다. 우리 나이 든 처지에서는 작품을 통해 서로 연대하고 마음을 털어놓았던 예술인들의 끈끈한 정을 느낄 수 있었다. 다 열거할 수는 없지만, 조풍연 선생의 결혼 축하 화첩이라든가 특별한 우정을 나눴던 상허 이태준과 근원 김용준의 경우, 서정주·김환기 선생의 학(鶴)그림의 인연 등 어쩌면 그들의 사적인 관계이기도 했지만 예술 작품 뒤에 감추어 있던 인간적인 따스함을 느끼게 해주는 전시회였다.

청사 선생은 방송출연자 오시면, 그때 나는 성인이었는데도 어린 아이에게처럼 "참 많이 컸구나." 하셨다. '컸다'에 함축된 의미를 정신적인 성장, 발전을 뜻하는 것으로 짐작했기에 불쾌하지 않았었다. 설날 세배 온 사람들에게 "복 많이 받으세요."하는 대신 "복 많이 받았구나." 하고 기정사실로 말하라던 말씀도 생각이 난다.

문단 선배, 그것도 ≪한국수필문학대전집≫ 제11권(1975 범조사)에 좋은 수필들이 수록되어 있는 수필계의 대선배이신데 너무 사무적으로만 대했던 지난날이 후회된다.

청사 선생님처럼 만날 때마다 변함없이 "참 많이 컸구나."라고 해주시던 말씀과, 선배님들의 격려가 그리워진다. 후배를 격려해 주시던 선배님들이 거의 떠나시니, 나는 후배들에게 어떤 말로 사기를 돋우어 줄 수 있을까.

(한국수필 2021년 8월호)

사과 향기와 함께

자신의 의도와는 관계없이 어깨가 무거운 일을 맡아야 하는 부담을 피하고 싶던 차에 독일로 가는 음악여행 팀에 낄 수 있었던 것은 행운이었다. 낮에는 바흐·슈만·멘델스존 등의 생가, 기념관에 다니면서 흥얼거리는 기분으로 즐거웠고 단풍 곱게 물든 시가지의 가로수에서 서울보다 빠른 늦가을의 정취를 만끽했다.

그러나 밤이 되면 잠이 안 와서 뒤척이다 설핏 잠들면 꿈속인지 생시인지 보이지 않는 길 앞에서 어디를 향해 나아갈 것인지 쩔쩔매다가 아침을 맞는 날이 많았다. 여행 일곱째 날엔가 라이프치히의 교외 호텔에서 빨간 열매가 달려 있던 사과나무를 보았다. 우리나라 과수원에서 본 것처럼 탐스럽고 예쁘지는 않았으나 객지에서 고향 사람을 만난 듯 반가워서 낯섦도 피곤도 잊히는 것 같았다.

그날엔 괴테(Johann Wolfgamg von Goethe 1749-1832)가 오래 살았던 바이마르에 갔었다. 괴테와 열 살이나 젊은 실러(Johann Crisroph Friedrich von Schiler 1759-1805)와의 우정은 많이 알려져 있다. 실러

의 희곡 ≪빌헬름 텔≫을 괴테의 연출로 공연했다는 바이마르 극장 앞에 나란히 서 있는 문호 괴테와 실러의 멋있는 청동상을 보면서 그들의 일화가 떠올랐다. 실러의 ≪빌헬름 텔≫은 괴테와의 우정에서 태어난 작품이다. 원래는 괴테가 스위스에서 모은 빌헬름 텔의 자료로 서사시를 쓰려고 했는데, 실러가 그 설화로 희곡을 쓰겠다는 말에 괴테는 수집한 자료를 선선히 내주며 격려했다고 한다. 스위스가 오스트리아의 지배를 받을 때 횡포를 부리던 게슬러 총독에 저항한 빌헬름 텔이 체포되었다. 그런데 아들의 머리 위에 얹힌 사과를 명중시키면 살려준다는 명령에 위험을 무릅쓰고 맞혀서, 결국 스위스인들에게 자유와 정의를 가져다준 내용은 언제 생각해도 통쾌하다.

괴테와 실러는 생존 시에는 시대와 인생의 고통을 함께 끌어안고 이상을 추구했고, 실러가 먼저 숨진 뒤 27년 후에 돌아간 괴테가 사랑하던 연인 곁이 아닌, 바이마르 대공가의 영묘(靈廟), 실러의 관 옆에 나란히 놓여 있던 것도 그날 보았다.

≪빌헬름 텔≫에서 텔은 아들의 머리 위에 사과를 올려놓고 맞히면 용서하겠다는 게슬러 총독의 턱없는 명령을 받고 잠이 제대로 오지 않았을 것을 생각하니 물론 작품 속의 이야기지만 내가 처했던, 일을 맡느냐 피하느냐 하는 것은 문제도 아닐 것 같이 여겨졌다.

그날 이후로 아침 뷔페엔 작고 빨간 사과가 놓여 있어서 가는 곳마다 우리를 따라다니는 사과의 향기를 느끼며 다녔다. 인류 역사상 사과와 얽힌 얘기는 많지만 따뜻한 얘기도 계속 생각나게 해주었다. 그

중 프랑스 소년사관학교 학생 시절 나폴레옹의 얘기는 얼마나 감동적인가, 가난한 나폴레옹은 학교 앞 할머니의 사과가게에 붐비는 학생들을 바라보기만 했다. 부러워하면서, 한편 가진 자들에 대한 분노의 눈으로 쏘아보며 "내가 어른이 되면 이 세상에 복수해 주겠다."라고 다짐했다. 그러던 어느 날 주인 할머니가 사과 하나를 주며 "학생은 돈이 넉넉하지 않은 모양이지? 이거 먹어봐요. 앞으로는 돈이 없다고 걱정하지 말고 사과가 먹고 싶으면 언제든지 와요." 나폴레옹은 그 일을 계기로 세상에 대한 분노를 잊고 세상의 아름다움을 깊이 새기게 되었다. 나중에는 황제가 되어 그 할머니에게 은혜를 갚았다고 한다.

사과나무에 달려 있는 사과도 더 추워지면 떨어지거나 없어져서 시간의 강물에 흘러갈 테지만 그 맛과 향기는 가슴에 남을 수 있다. 문인들은 색깔과 향기, 촉감들을 살린 생생한 작품으로, 화가들은 생생하게 그 형상을 그릴 것이다.

사람들마다 예쁜 사과 꽃 필 때 환호했거나, 열매 맺히고 성장하는 사과에 보람을 느끼고, 눈부신 햇살 아래 주렁주렁 매달려 익어갈 때 자신의 꿈도 익어가는 듯해서 뿌듯함을 가져보았을 것이다. 다 익었을 때 그윽하고 환상적인 향기로 채우고 싶던 설렘. 모든 열매를 떨궈낸 과수원에서 흙에서 나서 흙으로 돌아가는 생명 순환의 원리도 터득하지 않았던가.

그런데 실러에게는 색다른 일화가 전해온다. 그는 글을 쓰거나 집필할 때 영감이 잘 떠오른다는 이유로 썩은 사과를 책상 서랍에 넣어두었다. 물론 사과는 썩어도 씨앗은 남아 계속 이어지는 생명이지만 썩은 사과의 향내에서 어떤 영감을 얻을 수 있었을까. 괴테는 "인간은 누구나 이상한 버릇을 하나쯤 갖기 마련이다. 그런 버릇을 모두 없앤다면 시시할 것이다."라고 실러를 이해하였다.

실러는 20대부터 평소 괴테의 정신세계를 숭배하면서 괴테를 매우 만나고 싶어 했다. 괴테의 나이 39세에 29세의 실러를 만났으나 처음에 괴테는 달갑지 않게 생각했다. 실러의 작품 분위기를 싫어한 괴테는 '강렬하지만 미숙한 재능을 지닌 남자'라고 비난했는데 시간이 가면서 실러의 정체 모를 매력에 빠져들었다. 서로의 작품세계를 신뢰하고 만난 지 10년 만에 괴테는 실러를 자신이 거주하는 바이마르에 초청하고 동료로 대했다고 한다. 자신과 다른 캐릭터의 연하의 남자를 동료로 대했는데, 실러가 46세에 숨지자 괴테는 한 달 동안이나 슬픔에 잠겨 있었고, 석 달 후에나 실러의 추모회를 열었다고 한다.

나는 오래전 독일 여행을 생각하면 사과향기와 함께 한 기억이 새롭기만 하다.

(인간과 문학 2021년 겨울호)

시인과 농부

나는 〈시인과 농부〉라는 제목을 들으면 음악보다 먼저 생각나는 사람이 있다.

"동트기 전 혼자서 이 숲을 걷고 있으면 나를 향해서 부르는 소리가 여기저기서 들려오죠. '이쪽 팔이 아픕니다. 어서 와보셔요.'하고 애절한 소리가 들려오는 쪽으로 달려가 보면 틀림없이 병이 난 나무가 보살펴주기를 기다리고 있습니다."

평생을 나무와 함께 살아온 한태현(충북 청원군 남이면) 씨가 진지한 표정으로 들려준 말이다. 긴 세월 비바람에 시달려 검붉은 피부의 투박한 외모였지만 섬세하고 예리한 관찰력으로 고운 감성의 말을 막힘 없이 이어가던 나무 할아버지. 오래 전 취재로 만났지만 그때 들은 귀한 말들이 가슴에 살아 있다. 우리나라 땅에서는 재배가 불가능했던 중국의 특산물 두충(杜沖)나무 재배를 50년 만에 성공하여 청원군 남이면 양촌리 야산에 두충나무와 여러 가지 나무를 보유한 농장주로 인간승리의 주인공이었다. ≪동의보감≫에 실린 두충의 약효는 고혈압, 간과 신장 기능 촉진, 임산부의 산전 산후 보신 등에 탁월한 것으로 되어 있다. 고려 문종 때 송(宋)에서 약재로 수입해 왔었고, 두충나무를 들여온 것은 일제 말 조선총독부 임업 시험장의 일본인 시험장장이 중국 사천에서 묘목 15그루를 가져와 서울에 7그루를 심고 8그루를 일본으로 가져갔다. 일본인들이 한국 땅과 일본 땅에서도 재배를 시도했으나 번번이 실패하여 재배를 포기했다고 한다. 당시 임업 시험장에 근무하던 한태현 씨가 두충 재배에 성공하여 양촌리를 두충 마을로 만들어 놓았다.

청년 한 씨는 묘목을 갖고 고향에 돌아와 꼭 살려보겠다는 집념으로 주위의 비웃음과 거듭된 실패 끝에 이뤄냈다. 늘 바람 부는 야산에서 지내기에 눈이 충혈된 것을 모르고 동네 사람들은 '대낮부터 술이나 마시는 놈' 취급하며 헛수고하지 말라고 반대했다. 야산에 이뤄놓은 넓은 농장을 한 씨의 안내로 둘러보며 싱싱하고 활기 있는 각종 나무에 대한 설명을 듣는 대신 '나무가 말하는 소리를 듣는다.'는 할아버지의 얘기에 취하여 정작 할아버지 키보다 큰 희귀한 두충나무를 자세히 들여다보지 못했다. 자녀들보다도 더욱 아끼며 사랑과 깊은 이해로 자상한 대화를 나누며 보살펴왔다는 늠름한 두충나무 여섯 그루.

1980년대 초에 한태현 씨의 두충 재배 성공으로 효능이 알려지며 강원도, 경북 영천 등에서도 재배하여 약재와 차로도 애용되는 두충나무를 잊고 지내던 중, 10여 년 전, Y시인(≪새의 얼굴≫의 시인 윤제림)의 인터뷰를 보고 한 씨 할아버지와 두충나무 생각이 났다.

"저는 삼라만상 두두물물이 이야기를 둘려주는 덕분에 제 시의 점포는 시원찮은 물건이라도 꾸준히 채워놓게 되는 것 같습니다. 생명 가진 것들, 생명 있는 것들, 모든 것에게 평등하게 애정을 나눠주고 관심을 가져주면, 모든 것들이 고백합니다. 내 얘기 좀 써줘요. 책상이, 의자가, 안경이 종이컵이 말을 합니다. 받아쓰라고 합니다."

시인은 나무나 사물들에서 이야기를 듣기도 하고 자신들이 먼저 말을 걸기도 한다.

그러나 그것은 문학의 언어이기에 대개는 상상의 언어이다.

사람들은 자신의 안목으로만 판단하려 한다. 눈에 보이는 유형(有形)의 것이나 차원이 다른 무형의 것도 단순한 헤아림, 혹은 자신의 가치 기준이나 체험의 폭 안에서 판단하기에 시인이 될 가능성을 닫아 버리고 만다.

한 씨는 이웃과의 왕래도 끊다시피 하고 나무에게 먼저 말을 걸며 기르기에 전념했는데, 가족들의 끼니 걱정도 안 해서 나무가 더 중하냐는 비난도 많이 받았다. 밭과 논농사에 그만큼 열중했으면 가난은 일찍이 면했을 거라고 했다.

'일찍이 정을 준 나무'와 헤어질 수 없었고 시간이 지나면서 나무와 대화를 나누게끔 됐었다는 회고담이 그칠 줄 몰랐다. 그는 사람들의 마음속은 짐작하기 어려웠으나 줄기와 가지로 물기를 올려 잎새를 피워내는 나무의 마음을 짐작하기는 어렵지 않았다. 나무의 아픔이나 흐느낌, 기쁨까지.

마음이 닿으니까 잎사귀에 윤기가 돌고 가지가 든든해져서 무성한 나무가 되었다는 그의 신앙은 경전 없는 종교인 듯했다. 문득 그의 간절한 표정을 보며, 모태 신자인 나는 높은 분에 대하여 한 씨가 나무에 마음을 두고 있듯이 간절한가, 자괴감이 들었다.

농장을 둘러보고 나서 군데군데 커다란 웅덩이를 판 듯한 것의 연유를 여쭤보았다.

"딸이 시집갈 때는 혼수를 아끼지 않고 듬뿍 해줘야 잘살게 되는 법이여." 영문을 몰라 의아한 내게 자신이 키우던 나무가 팔려가는 것이 딸을 시집보내는 것이라며 뿌리내렸던 땅의 흙만큼 좋은 혼수가 어디 있겠느냐고 너털웃음을 웃던 할아버지.

자신이 기르는 나무를 아들·딸로 여기는데 그 속삭임을 들을 수 있는 귀가 열리지 않겠는가.

오페레타 ≪시인과 농부≫ 서곡, 제목만큼 멋있는 음악이다. 첼로의 전주 뒤 장쾌한 행진곡으로 이어지다가 후반은 한가로운 왈츠, 다시 행진곡이 되는 밝은 관현악으로 원래의 오페레타는 오래 전해오지 않고 서곡만 사랑받는 곡이다.

두충나무 재배에 성공한 할아버지는 돌아가셨겠지만 두충나무는 그 산비탈에서 크게 성장했으리라.

멀지 않은 숲에라도 가서 청청한 나무들의 숨결과 생명력을 느껴보고 싶다. 시인의 귀가 열리지 않아서 비바람을 견디며 지내온 은밀한 얘기는 듣지 못하겠지만.

(계간수필 2022년 여름호)

매일 산에 가는 사나이

큰동생은 퇴직 후 인정이 메마르고 급변하는 속에서도 중심을 잃지 않고 살고 싶다며 산에 다니는 것을 중요 일과로 삼았었다. 한동안은 계절 따라 설악이나 지리산 종주를 했지만, 나이가 많아져서는 집에서 내다보이는 북한산으로 매일 향했다. 부지런하나 성격이 급했는데 산길에 다니면서 수양을 했는지 나이 탓인지 어느 정도 차분해졌다. 그런데 몇 년 전부터 잠이 일찍 깨서 걱정이라며 새벽 등산을 시작했다. 손전등을 들고 바위가 많은 험한 길을 오르는 것도 걱정이었지만, 최근엔 멧돼지가 출몰한다고 해서 새벽 등산을 말려보려고 전화를 걸었더니 껄껄 웃으며 의외의 대답을 했다.

"멧돼지를 몇 번 만났지. 그놈들이 나를 보면 놀라서 도망치니까 염려 말아요."

하는 게 아닌가. 멧돼지도 키 큰 사람을 무서워하느냐고 했더니 그보다도 환한 손전등과 등산 장구를 들고 있는 걸 보고 그런 것 같다면서 자신은 '멧돼지를 쫓는 사람'이라고 호언했다.

6·25전쟁이 났던 해 겨울 초등학교 2학년 때 외가로 피난 갔는데 동생은 나이보다 덩치가 컸다. 친구도 없던 시골에서 혼자 군인 놀이를 했다. 헌 군복에 나무로 깎은 총을 메고 동네를 다니면 어른들도 군인인 줄 알고 슬슬 피했고, 호루라기를 불며 씩씩하게 걷는 기세에 집 앞에 매어뒀던 소가 놀라서 도망치려 한 적도 있었다. 힘세고 목소리 크고 부산스러워서 또래 아이들은 슬슬 피했지만, 이웃에선 장군감이라고 하고 어른들은 대견스러워했다. 머리가 크기만 한 게 아니라 암산도 잘해서 두뇌가 좋은 모양이라고 기뻐하셨다.

네댓 살 무렵에 찍은, 늠름하고 호기 있게 두발자전거를 타고 달리는 사진을 보면 그의 만만찮던 기질이 떠오른다. 자전거도 귀하던 시절, 네댓 살 어린이가 발육이 빨라 성인용보다 조금 작은 두발자전거를 으스대고 타고 다녔다. 그뿐인가. 말타기 흉내라든가 전쟁놀이로 철조망 울타리를 넘어 다니노라 자주 얼굴을 긁혀서 하얀 피부의 얼굴에 빨간 상처가 아물 날이 없었다.

어른들은 유치원에 가서 규칙 생활을 하면 덜 부산스러울 걸로 여겨 유치원 갈 나이를 고대했으나 유치원에서는 너무 커서 다른 원아들에게 위압감을 줄 것 같다고 입학을 허락하지 않았다.

대학교 1년을 마치고 군에 입대, 제대 후 복학하여 졸업하기 전에 아버지가 갑자기 돌아가셨기 때문인지, 진취적이고 적극적인 노력으로 분발하면 나은 위치에 오르련만, 주변의 안타까움을 모른 척했다.

졸업 후 미션계 사립고등학교에서 수학교사로 30여 년을 보냈다. 중학교 때까지만 해도 장군, 그것도 용맹하고 지혜 있는 지장(智將)을 꿈꾸기도 하고 고교 때는 미국에 유학하여 물리학자가 되고 싶다더니 현실과 타협했는지 별 고민 없이 교사생활을 했다. 학생들은 덩치에 비해 꼼꼼한 선생의 눈을 적당히 속일 수 없어 불편했을 것이다. S고교가 한때는 야구 명문교였던 만큼 재능 있는 선수들을 좋아해서 집에 와서도 그 선수들의 자랑이 그치지 않았고, 학업과 멀리 지내는 그들의 장래를 걱정했다. 졸업 후에도 그런 마음이 고마워서 찾아오는 선수도 있었다고 한다.

어렸을 때는 욕심이 과하다고 여겼는데 성인이 되어서는 분수에 맞지 않는 일엔 전혀 욕심을 내지 않았다. 일례로 S대 동기들이 학교근무 중 대학원에 진학, 졸업 후 대학 강단으로 옮기는 추세였다. 주위에서 권하면, 모교 대학원에서 후배들과 경쟁하려면 실력이 딸릴 것 같다고 했다. 학생들 수업을 동료들에게 맡기면서 사립대학원에 가서 적당히 학점 얻으려는 요식행위는 하지 않겠다고 고집을 부렸다. 후에 방송에서 만난 C교수는 동료였던 내 동생이 종례나 잔무 등 편의를 봐줘서 대학원을 마칠 수 있었다고 고마워했다.

자녀들의 대학 진학도 유학이나 좀 나은 학교를 택하려는 본인들의 뜻을 꺾고 안전한 선에서 택하게 하여 한동안 원망의 마음을 갖게 했다. 무슨 일에든지 한 단계 낮춰서 임하는 동생을 보면 어렸을 때의 욕심이 다 주저앉은 것 같았다. 진취적인 취향은 고사하고 모험심과도 외면하고 살아온 듯하다. 경비가 들지 않는 운동 하나만큼은 욕심껏 하면서 산에 오르는 일과 건강지킴이로 노년을 보내고 있어서 아버지를 일찍 여의었던 처지에서 고맙게도 여겼다.

기독교 모태 신자로서 교회 일과 복음 전하는 일에 적극적이지 못한 나와 비슷하여 아쉬움도 있었다. 다소 부정적인 일도 행하는 목회자에 대해 비판했지만, 바울이 아니었으면 유대교 분파로서 기독교가 성립되지 않았을 것이라며 성경 속의 바울을 존경하는 것은 바람직하게 생각되었다.

사람들은 여건에 따라 쉽게 변해버리는 세태에서, 생태계를 고스란히 보존하고 있는 산에 대한 믿음이었던가. 어렸을 때 피난 가서 천자문을 좀 배웠다. 그때 배우지는 않았지만 "호연지기는 평온하고 너그러운 화기(和氣)다. 기(氣)는 광대하고 올바르고 솔직한 것으로, 이것을 기르면 우주 자연과 합일의 경지에 이른다."고 맹자가 말한 호연지기를 기르려 했던 것일까. 이제는 저세상 사람이 되었으니 매일 산에 갔던 이유를 자세히 들을 수도 없다.

지금은 금강이 내려다보이는 고향 선산에 머무르고 있다. 임종하기 전 인간적으로도 좋아하던 목사님과 천국에 대한 확신이 있다고 대화하고 떠났으니 천국에서도 명산에 오르고 있다고 믿고 싶다.

(2022년)

4

르누아르의 〈초원에서〉

우리 세대의 젊은 시절엔 국내에서 출판된 천연색 명화집이 없었다. 70년대 초, 우리 사무실(MBC)엔 비공식으로 입수한 일본 책을 파는 상인이 가끔 들렀다. 일본 집영사(集英社) 발행의 ≪현대세계미술전집≫(애장보급판) 몇 권을 들고 온 그에게서 나는 르누아르(Pierre Auguste Renoir 1841-1919)의 명화집을 빼앗다시피 해서 펼쳐보던 때의 감격을 잊지 못한다. 누드 여인의 표지가 민망하여 얼른 펼쳐본 책 속에서, 그동안 지면에서 흑백으로 보았던 〈시골무도회〉〈책 읽는 소녀〉〈뜨개질하는 여인〉〈목욕하는 여자들〉 등 화사하고 매력 있는 그림들을 보다가 중간쯤에서 색다른 그림 〈초원에서〉를 발견했다.

대개 르누아르의 소녀들은 젖살이 통통하고 밝고 화사한 얼굴인데 이 그림은 푸른 나무 옆에서 두 소녀가 등을 뒤로 돌리고 앉아 있는 점이 특이했다. 선배의 도움으로 책 뒤에 있던 해설을 본 내용은 이러했다. 이 작품은 1890-1895년 사이의 작품으로 르누아르의 소녀상 연작(連作) 가운데 하나인데 얼굴의 이목구비나 손, 팔 등의 묘사보다 길게 늘어뜨린 머리채나 아름다운 의상의 뒤태에다 역점을 두고, 이를 자연과 하나의 아름다움으로 융화시켰는데 인상파 특유의 빛깔 세계를 보여준다고 했다. 한가운데 두 소녀가 주요 대상물이 되고, 여기에 무성한 나무들이 주변 배경으로 받쳐지면서 배경이 밝게 멀리 뻗어나가고 있다. 밝고 어두운 농담(濃淡)의 적절한 처리가 유연하고 자연스러운 르누아르 작품의 특징을 담고 있다는 해설이었다.

초원이라면 보통 평평해서 달리고 싶은 너른 들판, 햇살이 펼쳐있고 풋풋한 풀냄새 풍기는 초원을 생각하게 되는데, 이 그림의 앞에는 평평한 초원이 없어서 소녀들이 앉아서 저 멀리 펼쳐질 초원을 상상하는 것일까 여겨졌다. 두 소녀는 당시 TV에서 방영하는 외화 ≪초원의 집≫(Little House On The Prairie. MBC TV에서 1974–1983년에 방영)에 나오는 꿈 많은 로라 잉걸스 자매 같았다. 그림의 끝부분에서 이어나가면 초원이 나올 거로 기대되는 그림. 무엇보다도 그림 전체에 시적인 분위기가 느껴지는 아름다움이 맘에 들어 나는 그 비싼 화집을 선뜻 사버렸고, 2년에 걸쳐서 전집 25권을 사들이는 사치를 누렸다.

여성과 아이들의 행복한 순간들을 주로 그렸다는 르누아르는 빛과 그림자의 어울림을 살려 인물들의 표정과 모습을 더욱 생생하게 표현했으며, 밝고 화사한 색으로 인물의 아름다움을 강조했기에 르누아르 화집을 사무실 책상에 두고 피곤하거나 우울할 때 펼쳐보기도 하였다.

가난한 재봉사 집안 태생으로, 13세 때부터 도기 공방에 첨화 직공으로 일하면서 화가가 될 꿈으로 데생을 배우고 미술관에 다닌 르누아르는 도기에 그림을 붙이는 기계가 발명되자 그만두고 회화에 전념했다. 그는 글레르의 문하에 들어가, 모네, 시슬레, 피사로 등 인상파운동을 지향한 젊은 혁신 화가들과 어울렸다. 초기의 르누아르의 화풍은 인상주의 영향을 받았지만 섬세하고 고전주의 느낌도 어느 정도 자아내며 테크닉 면에서는 거의 회화의 극치라고 할 만큼 정교했다. 1860년대에서 70년대 초기까지의 그의 그림들은 서로 다른 사람이 그린 것이라고 할 정도로 1870년대부터는 인상주의의 영향에 점점 기울어졌다. 인상파 제1회 전시회(1874)에 〈유명한 관람석〉을 출품했을 때 그 당시는 비난을 샀지만 1876년에는 대작 〈물랭 드 라 갈레트〉를 발표하여 나무 사이로 스며드는 광선과 춤추는 군중으로 완성된 아름다움을 보여주었다. 인상파 시대의 대표작이다.

자연보다 인간에 흥미를 기울이는 르누아르는 1881년에 이탈리아를 여행하여 라파엘로의 그림과 폼페이의 벽화에 감명을 받아 그 후는 데생의 부족을 생각하여 형상을 나타내는 작품으로 제작 방향을 바꾸었다고 한다. 〈초원에서〉의 제작연대가 1890~1895년대로 추정되고 있으니 인상파에서 화풍이 바뀐 그림이다.

르누아르는 19세기 후반 미술사의 격변기를 살았던 대가 중 비극적인 주제를 그리지 않은 유일한 화가라는 사실이 중요하게 생각된다. "그림은 즐겁고 유쾌하고 예쁜 것이어야 한다."는 예술철학으로 삶의 기쁨과 환희를 현란한 빛과 색채의 융합을 통해 무려 5,000점이 넘는 유화작품을 남겼다. 삶의 어둠 대신 기쁨과 환희의 순간을 표현했기에 보는 이에게도 기쁨과 희망을 주고 행복해지게 한다.

우리나라에서도 르누아르전시회(2009, 20017년 등)가 있었는데 기회를 놓치고 못 가보았지만, 뉴욕의 메트로폴리탄 미술관 소장이라는 〈초원에서〉는 81~65cm의 크지 않은 그림이지만 숲의 나무 곁에서 소녀들이 바라보던 초원은 한없이 넓을 것이다. 끝없는 세계로 뻗어가는 꿈과 이상의 세계. 명분 있는 삶을 찾아가는 꿈을 품었을 소녀들. 무한한 사랑 속에 행복의 중심에 놓여 있는 듯한 소녀들의 뒤태가 아름다워 나를 대입시키고 싶은 유치한 욕심도 있었던 지난날.

말년에 르누아르는 류머티즘성 관절염으로 휠체어에 의지하고 손은 점점 뒤틀려서 손가락에 붓을 묶어서 그림을 그려야 했다. 그런데도 절망하지도, 분노하지도 않았다. 대신 찬란한 햇빛 속에 비친 아름다운 세상을 그렸고, 행복을 노래하는 작품들을 그렸다는 그의 말년의 이야기에 가슴이 아릿하다. 그의 초기의 작품보다도 고통 속에서 그린 세월의 작품들이 대작으로 좋은 평가를 받았다니 예술가의 고통과 비애는 어디까지 가야 할까.

〈초원에서〉의 그림을 찬찬히 들여다보면 좁은 길에 보일 듯 말듯한 빨간 모자를 쓴 사나이가 걸어가고 있다. 그는 어디로 가는 걸까.

'고통은 지나가지만, 아름다움은 영원하다.'는 르누아르의 말을 생각하며 나의 모호한 행로를 생각해보게 된다.

(에세이21 '내가 좋아하는 그림' 2021년 겨울호)

살아있다는 희망을 주는

― 들라크루아의 〈오필리어의 죽음〉

　우리 세대가 젊은 시절엔 중요한 선택을 해야 할 때면 셰익스피어의
≪햄릿≫에 나오는 명대사 '죽느냐 사느냐 이것이 문제로다'를 농담처
럼 말하기도 했고, 행동의 소극적, 적극성을 양분하여 투르게네프가
햄릿형 인간, 돈키호테형 인간으로 분류한 말을 일상생활에서 적용하
여 자주 쓰기도 했다. 그만큼 셰익스피어의 작품만이 아닌 문호들의
명작이 우리 생활에서 자주 회자될 만큼 친근했던 것 같다.

　나는 20대에 영화 ≪햄릿≫(감독, 주연 로렌스 올리비에, 진 시몬즈.
1948. 영국)을 보았었다. 비명으로 숨진 아버지가 햄릿에게 유령으로
나타나 숙부가 자신을 독살했다는 사실을 알린다. 그 숙부와 결혼한
어머니에 대한 분노로 햄릿의 가슴은 소용돌이쳤다. 그리고 자신이 왕
조를 이을 수 있을까, 이 세상에 혼자 남은 것 같은 두려움과 공포에
사로잡혀 고뇌하던 음울한 햄릿의 모습. 햄릿의 애인 오필리어는, 햄
릿이 장막 뒤에서 엿듣는 오필리어의 아버지를 숙부인 줄 알고 칼로
찔러 죽인 충격과, 그 햄릿이 외국 항해 중 죽은 줄 알고 미쳐버린다.

오필리어는 개울가에서 버드나무 위를 오르려다 떨어지는데, 붙들었던 가지마저 부러져서 물에 빠져 죽어가면서도 노래를 불렀다. 아버지를 잃은 슬픔과 사랑마저 잃은 그녀가 자살하려 한 것인지, 실족인지. 물속에 빠진 그녀가 죽음을 앞둔 줄도 모르고 노래를 흥얼거리며 떠내려가는 모습은 너무도 애처로웠다.

영화에서 본 슬픈 영상이 잊힐 무렵, 들라크루아(Eugène Delacroix, 1798-1863)의 화집에서 〈오필리어의 죽음〉을 발견했다. 그런데 자세히 보니 제목 죽음과는 달리 그림 속의 오필리어는 아직 살아 있었다. 몸은 물속에 잠겼지만 오른손으로는 나뭇가지를 힘 있게 움켜쥐고 왼손으로는 가슴을 가리고 있었다. 무언가 말하려는 듯 아름답고 수줍은 듯한 불가사의한 아름다움이 한층 느껴지고 신비로운 노래가 들려오는 것 같던 그림. 그 그림에는 무한한 이야기를 품고 있는 듯 느꼈다.

19세기 프랑스 낭만주의 예술의 최고 대표로 낭만주의 시대를 꽃피웠던 들라크루아는 17세에 유명한 관학파 화가인 피에르 나르시스 게랭의 문하에 들어가 화가가 되었다. 그는 화가 테오도르 제리코와 테리즈 필딩, 음악가 쇼팽, 작가 조르주 상드 등과 교류하면서 그들의 문학과 예술에서 영향을 받았다. 첫 번째 걸작인 〈단테의 조각배〉는 ≪신곡≫에서 영감을 받았지만, 셰익스피어극단이 파리에 오면 빠지지 않고 구경하는 셰익스피어 팬이었다. 그래서 그의 회화적인 구성에 자주 쓰였다. 그리고 미묘한 인간 심리에 흥미를 갖고 그것을 표현하고 싶어 했다. 그래선지 〈오필리어의 죽음〉은 감정에 호소하는 듯한 아름다움이 느껴진다. 그는 셰익스피어 외에도 월터 스코트, 괴테 등의 많은 작품을 묘사했다. 그의 작품에는 자연을 구사하여 현실을 초월한 진실 속에 상상 세계에서의 인간의 모습과, 영웅적인 모습이 되려고 노력하는 인간의 표상이 담겨 있다. 들라크루아의 표현적인 붓놀림과 색의 광학적 효과에 대한 연구는 인상주의자들의 작업에 영향을 끼쳤고, 동시에 이국적 취미에 대한 열정은 상징주의를 태동케 했다고도 한다.

죽음마저 아름답게 느껴지는 오필리어의 비극적 죽음은 수많은 예술가에게 영감을 주었다. 여러 가지 꽃들이 화려하고 아름다우나 죽은 듯한 오필리아가 물에 떠 있는 것을 그린 존 애버릿 밀레이와 살바도르 달리의 그림 외에도 존 윌리엄 워터하우스 등 그녀를 주제로 그린 화가들의 그림이 많지만 처음 봤던 들라크루아의 그림에서 가졌던 감정에 호소하는 듯한 느낌이 들지 않았다.

우리나라의 판소리 ≪심청전≫에서도 주인공 심청은 익사한다. 맹인 아버지의 눈을 뜨게 해드리려고 뱃사람에게서 돈을 받고 인당수에 빠져 죽는 효심에서 비롯된 심청의 익사, 자살인지 실족인지 모를 오필리어의 익사가 비극적이라면, 심청의 익사는 해피엔딩을 예상할 수 있어서인지 희망적이다.

1992년 파리여행 때 루브르미술관 전시실에서 작은 보물 같은 들라크루아의 〈오필리어의 죽음〉을 발견했을 때의 감격을 잊을 수 없다. 가로 23cm, 세로 30.5cm의 작은 그림은 소리 없이 나를 부르고 있었던 것 같다. 많은 인파와 넉넉지 않은 관람시간으로 그림 감상보다 벽을 훑어보듯 하던 중이었다. 그런데 오필리어의 신비한 흐느낌이 나를 이끌었던가. 크고 화려한 그림 앞에 젊은이들이 몰려 있고 작은 그림엔 관심을 두지 않는 것이 고마워서 나는 고즈넉하게 짤막하게나마 마음의 대화를 나눌 수 있었다. 나는 잠깐의 해후로 이별하고 와야 했지만 한동안 들라크루아의 화집을 내 곁에 두고 보았다.

예술가들은 순간, 찰나의 형상과 행동을 표현, 영원히 우리의 가슴속에 남기고 있음을 들라크루아의 〈오필리어의 죽음〉에서 확인한다. 특히 아직 숨이 끊어지지 않은 아름다운 형상으로 죽지 않고 있어서 희망을 갖게도 한다.

햄릿형 인간은 자신의 선택에 따른 결과와 영향력에 대해 고민하다 뒤늦은 결정을 내린다는데, 나는 많은 화가의 오필리어 그림 중에서 고민 없이 선뜻 들라크루아의 것을 선택한다는 것을 자랑으로 삼을 수 있을까.

(2022년)

클레의 〈무제〉

1972년도 첫 수필집 ≪돌아오지 않는 메아리≫를 출간할 때 대학
동문인 Y 작가가 앞장서서 만들어 주었다. 당시 표지는 대개 세계 명
화에서 골라서 쓰던 시절이었다. 나는 밀레나 세잔느, 르누아르 풍의
부드러운 구상화를 고르고 있었는데, Y작가는 현대 추상회화의 시조
라는 클레(Paul Klee 1879-1940)의 작품이 세련되었다고 그중에서 택
하자고 했다. 기호와 문자, 도안 같기도 한 판화들, 난해한 그림들 중
에서 그래도 평범한 그림 〈박명(薄明)에서의 꽃〉을 골라서 썼다. 책이
나왔을 때 좋은 반응이었고, 한 달쯤 후 서점에서 본 원로 J선생님의
수필집 ≪나지막한 목소리로≫의 표지에도 같은 그림을 사용한 것을
보고 놀랐다. 유명출판사에서도 고른 전문가의 수준이었음에 만족하
기도 했었다.

사실 그때 클레의 그림 중에서 내가 고른 것은 〈무제〉라는 그림이었
다. 클레의 다른 그림들과 달리 알아볼 수 있는 사물들을 검은 바탕에
선과 색깔이 뚜렷하게 그렸다. 무엇보다도 선명한 여러 색깔의 여러

사물로 꽉 찬 충만감이 있어서 오래 기억하고 있었다. 최근에는 인쇄화로도 많이 나와 있고 인터넷으로도 많이 볼 수 있어서 다시 보면서 옛날 일도 기억해본다. 오른쪽에는 꽃잎이 뿌려진 원형 테이블 위에 초록색 주전자와 연보랏빛 조각품이 나란히 놓여 있다. 그리고 왼쪽 윗부분에는 빨간색 반원 위로 꽃과 화병들, 원주 모양의 막대기가 있는 정물화인데, 중간에 둥근 달이 떠 있고 왼쪽 앞부분에 그려진 천사의 드로잉이 좀 이색적이다.

1940년 6월, 61세에 사망한 클레의 방 이젤 위에 있었다는 이 그림은 클레가 이전에 그린 그림과는 다른 분위기이다. 약간 변형된 정물들이 조화로운데 왼쪽 밑 부분의 천사 그림은 그의 만년의 다른 그림에서도 자주 볼 수 있어서 클레가 죽음에 대해 많은 생각을 했던 것으로 추측하고 있다. 그는 만년에 손이 잘 움직여지지 않는 난치병에 걸려 등받이 있는 의자에 앉아서 그림을 그렸다고 한다. 이 그림은 화가가 제목을 붙이지 않아 〈무제〉 혹은 〈정물화〉로 부르고 있다.

추상미술을 대표하는 현대미술가 중에서 가장 지적이고 창의적이었다는 클레의 초기부터 말기까지의 그림을 비교해보면서 전문적인 기법상의 변화와 특징을 정리하지는 못했다. 그러나 엄격한 입방체와 점묘법, 자유로운 드로잉 등을 실험한 것을 느낄 수 있다. 미술 사가들도 그의 작품은 너무 다양하여 어느 특정 사조에 속한다고 단정 짓기가 불가능하다고 한다. 문외한인 나로서는 그의 끝없는 상상력과 놀라운 재능만은 짐작할 수 있다. 그는 크고 작은 그림 9천 점을 남겼다는데 추려진 화집만 봐도 문자 기호 색채, 형상의 변화 등 경계가 없는 실험을 연속적으로 한 것을 알 수 있다.

그는 오늘날 추세인 미술과 음악, 다른 예술과 융합이라는 시도를 일찍이 한 것 같다. 음악에 조예가 깊어 바이올린 솔리스트로 오케스트라와 협연도 했던 클레가 '음악적 구조물을 조형적인 것으로 번역'했다는 것은 널리 알려진 사실이다. 시인 라이너 마리아 릴케는 지인에게 이렇게 써 보냈다. "그가 바이올린을 연주한다고 말해주지 않았어도, 나는 그의 드로잉이 음악을 옮겨 적은 것이라고 추정했을 겁니다." 클레는 당시에 이름을 날리던 쇤베르크의 현대음악보다는 모차르트, 베토벤, 특히 바흐의 고전음악을 더 선호했다고 한다.

1879년, 스위스의 베른 교외에서 태어났지만 클레의 국적은 독일이었다. 아버지는 사범학교의 음악교사, 어머니는 성악가인 음악가 집안 태생이었다. 클레도 7세 때부터 바이올린 교습을 받은 프로급의 바이올린 연주자, 1906년에 결혼한 부인도 피아니스트였다. 그런데 클레는 졸업을 앞두고 자신의 진로를 '회화'로 바꾸었다. 데생에 남다른 재능을 보였던 그는 그림에 몰입한 뒤에도 오랫동안 음악을 회화적으로 표현하는 데 열정을 바쳤다. 〈인벤션〉(1905) 연작 시리즈나 〈팀파니 연주자〉 등 음악과 관련된 주제와 형식으로 끊임없이 작품 활동을 했다.

1898년부터 1901년까지 뮌헨 미술학교에 다니며 F. 슈투크에게 사사도 한 클레의 초기 작품들은 블레이크, 고야 등에게서 영향을 받아 어두운 환상적인 판화가 많다. 1911년 칸딘스키, 마르크 등과 사귀고 1914년 튀니스 여행을 계기로 색채에 눈을 떠 새로운 창조세계로 들어갔다. 다시 1916년부터 1918년까지 제1차 세계대전에 종군하였던 클레는 1919년 이후 색채에 대한 자각이 독특하게 실현되어간다고 평론가들이 인정하는 화가가 되었다. 일찍이 아동화의 모방이라며 냉소를 받은 클레의 작품은 제1차 세계대전을 치르고 몰락의 위기에 허덕이던 유럽문화의 전통에 색다르게 청신한 숨결을 불어넣어 주는 것으로 기대되었던 것이다.

1921년부터 1931년까지는 바우하우스에서 후진을 지도하는 한편, 파이닝거와 칸딘스키를 다시 만나게 되어 활발한 제작과 저술 활동도 하였다. 1931년에는 뒤셀도르프의 미술학교에서 교수가 되었고, 1933년까지 독일에 머물렀다. 그런데 당시 독일에서는 나치스에 의한 예술탄압이 한창 진행되던 시기여서, 유대인이 아닌 클레도 자유가 박탈되고 작품 102점이나 몰수당하고 독일에서 추방되어 1933년 고향 베른으로 돌아와 수년간을 지냈다.

스위스로 돌아온 그는 아랑곳하지 않고, 수많은 작품을 출시했다. 원래 다작을 하던 클레이지만, 귀향 후 1940년 그가 세상을 떠나기 전까지 유독 이 3년간의 작품이 많다고 한다. 6년이나 기다린 스위스 국적을 얻기 직전에 숨을 거뒀다는 클레.

마지막 작품 〈무제(정물)〉는 세계 제2차 대전이 일어난 1939년에 완성했는데 서명도 하지 않고 이젤에 놓인 채 구급차로 병원에 실려 간 클레를 기다리던 유작이기도 하다. 그의 대표작으로 거론되지는 않지만 미완성 작품이라는 평가는 본 일이 없어서 다행이고 처음에 느꼈던 충만감이 지금 보아도 좋다.

(2022년)

기쁨이 묻어나는 방

- 〈고흐의 방〉

나의 삶 속에서 만난 인상적인 예술가들의 방이 있다. 영국 시인 엘리자베스 브라우닝(Elizabeth Browning 1806-1861)은 어려서부터 병약하여 부모님이 정상적인 생활을 못하는 딸을 지붕 밑 방에 감금하듯 방치했다. 그러나 그는 창문 밖으로 펼쳐진 초록 풍경을 보며 시심(詩心)을 키워서 훌륭한 시인이 되었다. 후배 시인 로버트 브라우닝의 열렬한 구애로 결혼한 엘리자베스가, 그 방에서 탈출하게 해주고 사랑과 희망·생의 의욕을 심어준 남편에게 바친 시 〈당신을 어떻게 사랑하느냐구요?〉는 셰익스피어의 소네트와 더불어 영시에서 가장 아름다운 사랑 시 가운데 하나로 알려졌다. 영국의 소설가 버지니아 울프(Virginia Woolf 1882-1941)의 ≪자기만의 방≫은 여성이 부당한 대우를 받는 것을 느끼고 남성과의 동등한 권리를 주장하고, '여성이 글을 쓰기 위해서는 자기만의 방과 일정한 소득이 필요하다'고 역설했는데 자신이 '자기만의 방'을 가지게 되기까지 20년이 걸렸다는 내용이 담겨 있다.

프랑스의 오베르 쉬르와즈에 있는 '반 고흐의 집'에 다녀온 친구가 고흐가 죽기 두 달 전부터 머물렀다가 숨진 고흐(Vincent van Gogh 1853–1890)의 방 얘기를 들려주었다. 그 집은 여인숙이었는데 고흐가 세 들었다가 숨졌을 때의 가구를 그대로 보존해서 그 여인숙을 '반 고흐의 집'으로 만들어 고흐 관련 자료를 전시하여 관광객에게 보여준다는 것이다. 그런데 스프링이 드러난 낡은 침대, 작은 책상과 의자가 하나뿐으로 너무도 초라해서 눈물이 났다고 했다.

나는 고흐의 집엔 가보지 못했지만 고흐의 화집에서 환한 노란색 창문과 노란 그림 액자가 걸려 있고, 의자와 침대, 베개가 있는 〈고흐의 방〉을 보았다. 그 그림은 물론 마지막 숨진 방이 아니다. 강렬한 터치와 어두운 빛깔의 고흐의 다른 그림들과 달리 단조롭고 밝은 느낌의 〈고흐의 방〉. 고흐가 아를 시절에 머물던 방을 그린 작품으로 두껍고 거칠게 칠한 강렬한 색채의 대비에 중점을 두었다. 라일락색의 벽과 노란색 침대의 나무 부분과 의자, 진홍색 담요, 오렌지색 세면대와 파란색 세숫대야 등 그 빛깔들이 대비가 되었다. 그리고 그의 그림 몇 점이 벽에 걸려 있는데 방의 내부를 평평하게 하여 그림자가 없다. 원근법도 정확하지 않게 하여 사물들이 약간 위로 솟아오른 듯이 보이는데, 고흐는 일본 판화처럼 채색하려 했다는 것이다.

반 고흐는 〈고흐의 방〉이라는 이름으로 세 작품을 그렸다. 첫 번째는 새 인생의 설계로 파리를 떠나 남부 프로방스의 아를에 간 1888년에 그렸다. 고흐는 '남프랑스 아틀리에'라는 예술가 공동체를 만들려는 꿈에 부풀어 벽이 노랗던 집을 빌려 고갱을 초대했다. 작기와 뜻을 함께할 고갱을 기다리면서 고갱의 방을 장식할 해바라기 그림들도 그렸다. 방에 의자가 두 개, 침대 위에 노란 베개가 둘인 것은 고갱이 오면 사용할 것이었다.

고갱과 고흐의 만남은 성격과 예술관의 차이로 두 달 동안의 동거 끝에 헤어져야 했다. 고흐는 고갱과 함께해서 '남프랑스 아틀리에' 공동체도 오래 갈 것으로 믿었다. 그러나 고갱은 열대지방으로 갈 여비와 정착금만 마련되면 떠날 계획이었다. 어느 날 고흐의 자화상이 귀가 안 닮았다는 고갱의 말에 고흐는 멸시를 당한 것 같아 귀를 자르고 정신병원에 강제 수용되었다는 일화는 많이 알려져 있다. 그 후 고흐는 생 레미 요양병원에서 요양 생활을 하게 되었다. 그때 홍수로 작업실에 방치해 두었던 최초의 〈고흐의 방〉의 일부가 손상되었는데 이 최초의 작품은 현재 암스테르담의 반 고흐 미술관에 소장되어 있다고 한다.

1889년에 생 레미 요양병원에서 나온 고흐는 같은 주제로 두 점의 작품을 더 그렸다. 이중 하나는 원본과 동일한 크기인데 어머니와 여동생 윌을 위해 그린 것이고, 나머지 하나는 앞의 두 그림보다 약간 작은 '축소'라고 부르는 것으로 현재 오르세 미술관에 소장되어 있다. 친구이자 화가인 에밀 베르나르에게 보낸 편지에 고흐는 이 작품을 그릴 수밖에 없었던 이유에 관해 설명했다. 그는 색채의 상징주의를 이용하여 고요함을 표현하고, 방의 간결하고 단순한 모습을 부각시키고 싶었다고 말했다.

세 개의 〈고흐의 방〉 그림은 세부적으로 조금 다르다. 가장 쉽게 차이점을 알아볼 수 있는 부분은 오른쪽 벽에 걸린 그림들로서, 특히 캔버스 프레임 바로 아래에 있는 초상화 두 개와 침대 머리맡 위에 걸린 풍경화에 변화를 주었다. 첫 번째 그림에는 그의 친구인 시인 외젠 보호와 군인 폴 외젠 밀리에의 초상화가 있다. 이듬해 고흐는 이 그림을 동생 테오에게 보냈고, 9월에는 그가 '반복'이라고 부른 두 번째 그림(시카고 아트 인스티튜트 소장)을 그렸다.

독특하고 개성이 강한 고흐의 다른 그림보다 〈고흐의 방〉을 자주 들여다보는 것은 작가의 방이라는 것에 대한 관심에서이다. 처절한 인생에서 붓을 놓지 않았던 그의 혼신의 역작들. 〈해바라기〉 〈밀밭〉 〈별이 빛나는 밤〉 〈몽마르트에서 본 풍경〉 등 생명의 불길, 생명의 아름다움을 그려낸 강렬하고 격정적인 전율이 느껴지는 그림들에서 감명을 받았지만, 〈고흐의 방〉을 보면 잠깐이라도 마음이 평화로워진다. 그가 그림을 그린 작업실과는 별개의 것으로 창작에의 열정이나 노력의 흔적이 실감되는 것은 아니지만 그의 빛나는 영혼이 숨 쉬던 곳, 그의 굴곡 많고 어두운 생애에서 새로운 공동체를 만들 희망으로 행복했던 시기여서 기쁨이 묻어나는 것을 느껴보려고 자주 들여다본다.

(창작수필 2022년 봄호)

모네의 꽃

- 〈양귀비 들판〉

인상파 화가인 모네(Claude Monet 1840-1926)의 그림은 대부분 듬성듬성 붓 자국을 내어 묘사하고 사실적으로 그리지 않아 얼핏 친근감이 들지 않았었다. 어느 날 그의 대표작선 중에서 〈인상, 해돋이〉 〈수련〉 등과 함께 학용품 노트 표지와 수첩 등에서 본 〈양귀비 들판〉도 대표작 중의 하나인 것이 반가웠다.

프랑스 인상파의 창시자. 인상파라는 명칭이 모네의 작품 〈인상, 해돋이〉에서 비롯되었다고 한다. 빛은 곧 색이라는 인상파 원칙을 고집스럽게 지키고 빛과 컬러에 대한 독자적인 해석, 특유의 작업 방식으로 후대 화가들에게 큰 영향을 미쳤다는 모네.

1840년 파리에서 태어나 다섯 살 때 해변 도시 르아브르로 이주했던 모네는 그림에 뛰어난 재능이 있어 화가가 되기로 마음을 먹었다. 르아브르 지역에서 미술을 공부한 그는 청소년기에는 풍자만화가로서 그림값도 넉넉히 받았다고 한다. 그의 인생에 큰 변화를 준 것은 모네의 풍자화를 보고 제자로 삼고 싶다고 한 화가 외젠 보댕이었다. 모네는 거절하다가 자신에게 용기를 준 보댕을 스승으로 모셨다. 보댕에게서 자연을 관찰하는 것의 중요함을 배워, 그 후 모네의 그림에는 오랜 관찰을 통한 섬세한 묘사가 두드러진다.

내가 좋아하는 〈양귀비 들판〉은 1871년 모네가 31세에 그린 그림이다. 1870년 프로이센과 프랑스의 전쟁 때 영국으로 피난 갔다가 파리 근교의 아르장퇴유에 돌아온 모네는 거기서 7년을 살면서 많은 그림을 그렸는데 그중의 하나이다. 모델로 만나서 사랑하는 아내가 된 카미유와 자녀를 낳고 가족과 함께 한 가장 행복한 시간이자 예술적 성취의 시기였다. 들판 가득 채운 개양귀비 핀 풍경을 빠른 붓놀림으로 묘사했는데, 가로로 분할된 화면의 절반 위는 하얀 구름이 가득한 하늘, 아래는 붉은 양귀비꽃 들판이다. 앞부분에 그려진 양산 쓴 여자와 어린아이는 아내 카미유와 아들 장이다. 이들은 멀리 보이는 언덕 위에도 등장한다. 지평선의 경계는 희미하고 인물의 세부묘사는 과감히 생략됐다.

이 그림은 1874년 모네, 르누아르, 드가를 포함한 일군의 화가들, 살롱 전시회에서 거절당한 동료 인상파 화가들과 함께 독립 전시회 '앵데팡당 전(展)(Salon des Artistes Indépendants)'을 열었을 때, 모네는 〈인상, 해돋이〉와 〈양귀비 들판〉을 출품했었다.

이 전시에 대해 비평가들은 〈인상, 해돋이〉는 '스케치에 지나지 않는다.' '날로 먹는 장인 정신이 참으로 인상 깊다'는 등 혹평을 했다. 기존의 풍경화와는 다른 형체가 불분명하고 개성이 강한 모네의 작품에 대한 최악의 평이었다. 그때는 애매모호한 그림이라고 온갖 모욕을 견뎌야했지만 지금의 눈으로 보면 추상미술의 전조를 보여주는 혁신적인 그림이다. 평론가들이 부정적인 의미에서 이 전시회에 '인상주의자들의 전시회'라는 별칭을 붙였다. 하지만 이들은 인상주의자들이라는 단어를 자랑스럽게 받아들였다.

모네는 1870년대에는 어느 정도 경제적인 성공을 이뤘으나 1879년 아내의 죽음 이후 그의 그림에서 자기성찰적인 면이 드러나기 시작했다. 1880년대 중반 이후 모네는 인상파의 화풍을 고수했으나 인상파 운동은 점차 활기를 잃어갔다. 급진적인 신인상파 화가들의 작품이 등장하면서 그의 명성도 차츰 힘을 잃었다. 이후 10여 년 동안 런던과 이탈리아 등지를 여행하며 다양한 풍경을 그렸다.

런던에 피난 갔을 때 영국 낭만주의 풍경화의 거장 존 컨스터블과 터너의 그림을 연구했다. 모네는 자연을 직접 관찰하며 빛의 변화, 공기의 흐름 등에 주목해 색을 사용한 그들의 작품에 큰 영감을 얻었다.

1883년에는 파리에서 약 100Km 떨어진 지베르니라는 시골 마을에 농장을 구입해 연못이 있는 정원을 꾸며 놓고 여생을 보냈다. 모네는 정원을 직접 가꾸고 그림에 담은 것으로 유명하다. 사실 모네는 화가인 동시에 꽃과 나무를 심어 가꾸는 원예사였다. 일상을 밝고 아름다운 색채로 그려내 행복을 그린 화가로 불리는 르누아르와도 평생의 절친이었다. 비록 르누아르가 후기에는 인상파 화풍을 버리기는 하지만, 인상파가 인정받지 못하고 가난에 허덕이던 어려운 시절을 동고동

락한 좋은 친구 사이였다.

말년에는 백내장으로 제대로 볼 수 없었지만 죽는 날까지 시시각각 달라지는 연못과 연꽃의 풍경을 화폭에 담았다는 그는 나이 여든여섯에 폐암으로 사망했다. 사망 후 지베르니에 있는 성당에 묻혔다. 그의 아들은 집을 프랑스 예술 아카데미에 기증했고, 현재는 모네 기념관이 되어 관광 명소로 자리 잡았다.

그는 "물체가 지닌 고유한 색은 없다. 색은 빛에 따라서 변화할 뿐이다."라는 인상파의 기본 원칙을 세우고 죽을 때까지 충실히 따랐다. 같은 주제를 시점과 시간을 달리하며 반복해서 그림으로써 빛과 색의 변화를 철저히 탐구했다.

모네보다 22년 늦게 태어난 음악가 드뷔시는 인상파의 그림들을 영감의 원천으로 삼았다고 한다. 그의 최대 관현악인 〈바다〉가 그 영향을 받은 것으로 알려진 작품인데 인상파 음악의 대표적인 것으로 꼽는다.

〈양귀비 들판〉에서 얻었던 영감으로 작곡한 것은 없었는지 궁금하다.

(2022년)

꿈꾸는 인생

— 마리 로랑생의 〈첼로와 두 자매〉

"인생을 사는 것보다 꿈꾸는 편이 낫다."는 프루스트의 말을 초라한 현실에서 위로로 삼았던 때가 있었다. 20대 초반, 그때는 문화 예술의 도시 파리를 동경하여 충무로에 있던 '알리앙스 프랑세즈'에 다니는 친구 따라 청강도 했고, 샹송의 불어 가사를 외우며 뽐내는 친구도 부러워했었다.

나는 시인 아폴리네르(Guillaume Apollinaire 1880-1918)의 시 등을 읽었고, 그 중 "미라보다리 아래 세느강은 흐르고/ 우리네 사랑도 흐르네."의 〈미라보다리〉를 외웠는데 지금은 한 연만 겨우 기억할 뿐이다. 아폴리네르에게 〈미라보다리〉를 쓰게 떠난 연인은 누구였을까, 막연히 생각하던 중 미술전공의 친구에게서 그녀의 정체를 알고 놀랐다. 20세기 유럽 미술계에서 피카소, 마티스 등 거장들과 함께 활동했던 화가 마리 로랑생(Marie Laurencin 1883-1956)이 그 주인공이라고 했다. 아폴리네르가 스페인에서 온 무명의 피카소 등 젊은 화가들과 교류하며 공동작업실이었던 '세탁선(Bateau-Lavoir)'에서 마리 로랑생도 활동을 했다. 피카소와 함께 입체파 미학을 창안함으로써 시와 미술을 결부시킨 20세기 모더니즘 예술의 창조자였던 아폴리네르.

1907년 마리 로랑생의 개인전에서 피카소의 소개로 아폴리네르는 로랑생과 사귀게 되었다. 사생아라는 공감대가 있었던 27세의 시인과 24세 화가는 서로에게 예술혼을 불어 넣어주며 5년간 열렬히 사랑했다. 아폴리네르는 로랑생을 위해 지은 많은 작품이 사랑을 받으며 당대 최고의 시인으로 자리 잡았고, 로랑생은 그의 영향으로 미술뿐만 아니라 문학에 소질을 보이며 몇 편의 시도 썼다. 각자 자신의 위치에서 최선을 다하고 자기만의 작품세계를 열어나간, 재능이 만개한 황금기였다고 한다. 하지만 평온하고 아름답기만 한 그들의 사랑은 그리 오래 가지 못했다. 개성이 너무 다르고 자아가 강해서 두 예술가가 택한 건 결국 결별이었다.

아폴리네르가 로랑생과 헤어진 후 완성한 〈미라보다리〉는 로랑생과의 사랑을 회상하며 쓴 것이다. 로랑생은 많은 예술가와 접하면서 감각적이며 유연하고 독특한 화풍을 만들어 형태와 색채의 단순화 속에 자신의 진로를 개척해갔다. 반면, 아폴리네르는 다른 여인들을 만나고 그때마다 로랑생에게 했듯 많은 시와 연서를 썼다. 이런 모습에 실망한 로랑상은 1914년 독일 남작 오토 폰 바트겐과 결혼을 해버렸다.

한 달 후 발발한 제1차 세계대전, 로랑생은 독일로 국적이 바뀌어 프랑스에 살 수 없어 스페인으로 망명을 해야 했다. 거기서 1차 대전에 참전했던 아폴리네르가 독감으로 사망했다는 비보를 듣는다. 독일 남자와 결혼했기에 전쟁이 끝났어도 조국에 올 수 없었던 7년. 쟝 콕도 등의 신변구호운동으로 국적을 회복해 겨우 조국에 돌아올 수 있게 된 그녀는 방탕한 독일인 남편과 이혼, 1921년 새 출발을 했다. 결혼 실패는 오히려 그녀의 예술 활동에 불을 지폈다. 절망적인 인생을 로 랑상은 〈잊혀진 여인〉이란 시를 써서 그 시도 지금껏 애송되어 온다.

로랑상은 야수파와 입체파의 영향 속에서도 감각적인 색채로 독자 적인 화풍을 만든 화가였다. 장밋빛, 청색, 회색 등 우울한 듯 몽환적 인 색감은 '로랑상의 컬러'라는 말을 만들어냈다. 아폴리네르를 향한 애틋한 사랑이 특유의 그루미한 무드로 녹아 있는 그림이 많은데, 그 와 이별한 후의 작품에는 그러한 분위기가 한층 두드러진다. 주로 핑 크, 블루, 그레이 등 파스텔 톤을 사용해 몽환적이면서도 우아한 분위 기가 매력적이다. 나는 그녀의 그림 때문에 파스텔 톤이라는 단어와 그 매력을 알게 되었다.

날카롭고 각진 선보다는 부드러운 곡선을 사용한 것과 주체적으로 그림의 주인공이 여성인 것도 특징이다. 로랑상이 아폴리네르와 헤어 진 후 그린 〈첼로와 두 자매〉가 이색적이어서 의문이 남았다. 푸른 옷을 입은 사람, 분홍 옷을 입은 두 사람이 가운데 서 있고, 왼쪽 위에 는 첼로, 아랫부분의 테이블 위에 꽃병, 푸른 물병과 그릇이 놓여 있 다. 오른쪽 여인 옆에 보이는 의자의 등받이도 푸른색이다. 제목은 두 자매이지만, 푸른색을 입은 왼쪽 사람은 자신을 이끌어준 아폴리네르 를 의미한다고도 하고 로랑상과 당시 교제하던 남성이라고 추정하기도 한다. 1921년 이후 귀국하여 평화를 누리던 그녀는 첫 개인전을 열었는데 큰 성과를 거두었다. 이전과 다르게 생기 있고 아름다우며 밝은 색채, 퇴폐적인 분위기까지 느껴진다는 평이었다.

이혼 후 파리로 돌아와 예술세계를 펼친 시대인 '열정의 시대'의 대표작인 〈키스〉와 〈세 명의 젊은 여인들〉 그리고 〈코코 샤넬의 초상〉은 모두 여성들만 주인공으로 등장한다. 기본적으로 우아하고 세련된 이미지이지만, 몽환적이다. 그런데 이 시대에 그린 〈자화상〉은 세월의 풍파를 겪은 듯한 모습이어서 안타깝다. 예전 자화상들에 비해 지친 느낌으로 큰 눈의 시선은 아래를 향했고 쓸쓸함까지 느껴진다.

전쟁을 겪고, 유일한 입체파 여성화가인데 오히려 여성스러움이 물씬해서 고독과 사랑이 감춰져 있는 듯하다. 그리고 몽환적이어서 거기서 꿈꾸는 인생이 느껴진다.

파리로 돌아온 로랑생은 개인전 이후 폭넓은 매체로 작품 활동을 했다. 벽지와 직물 디자인과, 루이스 캐럴의 '이상한 나라의 앨리스', 캐서린 맨스필드의 '가든 파티'의 삽화판도 디자인했고, 공연 세트와 무대의상 디자인도 했다. 그의 다채로운 활동으로 20년대 말 무렵에는 성공한 일류화가가 됐다.

순탄한 삶이 아니었지만 예술혼은 흐려지지 않아 70세가 되어서도 '내게 진정한 재능이 있기를'이라 소원하며 계속 그림을 그렸는데 우울증과 건강문제로 점점 고립됐다. 평론가 앙드레 살몽이 '새로움을 창조한 이 시대의 위대한 발명가'라고 찬사를 보내기도 했는데, 로랑생은 1956년 6월 파리에서 심장마비로 사망했다. 소망대로 아폴리네르의 연서와 흰 드레스를 입고 장미를 손에 든 채 뻬흐 라쉐스 묘지에 묻혔다는 로랑생. 그녀도 "인생을 사는 것보다 꿈꾸는 편이 낫다."는 프루스트의 말에 동의했을까.

(2022년)

자유로운 영혼의 질문

– 고갱의 〈우리는 어디에서 왔는가? 우리는 무엇인가? 우리는 어디로 가는가?〉

　대학 시절, 미술을 전공하는 친구 권유로 서머셋 몸의 《달과 6펜스》를 읽었다. 화가 폴 고갱(Paul Gauguin 1848-1903)을 모델로 한 중년의 남자가 달빛세계의 마력에 끌려 6펜스의 세계를 탈출하는 과정을 그린 이야기였다. 파리에서 태어난 프랑스 후기인상주의 화가인 고갱은 특이한 생애 때문에 그 이름이 많이 알려져 있었다. 《달과 6펜스》의 주인공처럼 증권 브로커로 성공하였으나 중년에 그림에 몰두하면서 마네, 드가, 르누아르, 피사, 고흐 등과 같은 인상파 거장들과 교류하면서 영향을 주고받았다. 그러나 43세에는 직장도 버리고 가족과도 헤어져 도시의 문명을 벗어나 남태평양 타히티로 가서 토착민들과 자유롭게 살았다.

　소설의 내용을 기억하고 있던 차에 구입한 화집에 고갱편이 있어서 고갱의 그림들을 대할 수 있어 반가웠다. 그림들이 윤곽선이 뚜렷하나 투박하고 단순한 형태, 음영과 그림자가 없어서 평범한 대신 실제 색깔보다 강렬했다. 얼핏 좋아지기 어렵다는 생각으로 페이지를 넘기던 중 접혀져 있는 가로로 긴 그림을 펼쳐서 보게 되었다. 그런데 그 제목이 의외였다. 〈우리는 어디에서 왔는가? 우리는 무엇인가? 우리는 어디로 가는가?〉(1897-1898). 그 무렵 뉴욕에 체류 중이던 김환기 씨의 귀국전시회에서 김광섭의 시 〈저녁에〉의 '어디서 무엇이 되어 다시 만나리'의 구절로 제목을 붙인 그림 〈어디서 무엇이 되어 다시 만나랴〉를 보면서 특이한 제목이라고 생각하고 있던 터였다.

사실 젊은 시절의 우리는 〈우리는 어디에서 왔는가? 우리는 무엇인가? 우리는 어디로 가는가?〉 라는 질문을 많이 하면서 살아오지 않았던가. 자신의 정체성에 회의하고 무엇을 해야 할까, 미래는 어떨까 생각하지 않은 사람이 없을 것이다.

고갱이 43세(1891)에 "나는 평화 속에서 존재하기 위해, 문명의 손길로부터 나 자신을 자유롭게 지키기 위해 타히티로 떠난다."는 말을 남긴 채 회사를 그만두고 처자식을 내팽개친 채 찾아간 타히티는 남국 특유의 원색들이 찬란하게 빛을 발하는 그림 그리기 좋은 색깔의 천국이었다. 순수하고 소박한 자연의 예술을 찾아 떠난 그는 원시적인 종교성과 그 끝없는 탐구에 대한 답을 찾으려 했다. 원주민 여성들의 건강한 관능미를 나타내는 그림을 많이 그리며, 12년 동안 그린 작품들로 파리에서 전시회를 열었으나 반응이 좋지 않았다고 한다.

〈우리는 어디에서 왔는가? 우리는 무엇인가? 우리는 어디로 가는가?〉라는 그림을 들여다보며 과한 음주와 가난과 병고에 시달리면서 자살을 기도한 고갱의 마지막 작품에 대한 열정이 생각났다. 〈황색 예수그리스도〉를 그리면서 가졌던 높은 자신감이나 〈타히티의 여인들〉을 그리면서 받았을 법한 생명력의 감동 같은 것을 잊어버리고 죽기 전에 남들이 기억해줄 유작을 남기고 싶어 혼신을 기울였다는 고갱. 극도의 궁핍과 건강의 악화로 절망 속에서 자살을 기도하면서 하나의 유서처럼 대작을 남기기로 작정하고 일 년 동안 몰두하여 이 작품을 완성하였다. 만족스러운 결과를 얻은 뒤 그는 산꼭대기에 올라 독약을 먹고 자살을 기도했으나 실패하였다는 해설이 눈물겨웠다.

　나는 숙연한 마음으로 고갱이 자신의 그림에 대해서 그의 친지에게 보낸 서신의 내용을 보면서 찬찬히 그림을 보았다. 이 작품은 전체적으로 짙은 청록색 바탕에 나무가 서 있고, 여러 인물의 구성이 특유한 조화를 이루고 있다. 오른쪽에 앉아 있는 세 여인과 어린아이는 순결한 생명의 탄생을 상징하는데, 아기는 우리가 어디서 왔는지를 표현한 것이다. 중앙의 과일을 따는 젊은이는 우리가 무엇인지 인생의 뜻을 이해하려고 노력하는 자세이며, 그 왼쪽의 생각하는 여인과 늙은 여인은 우리가 어디로 가고 있는지 죽음을 기다리는 모습이라고 한다. 그리고 새들과 배경은 인생의 풍요를 표현한다고 밝혔다. 받침대 위에 양팔을 뻗은 파란색 우상은 '저 너머'를 나타냈다는 설명이다. 아무튼 그는 지상의 낙원 속에서의 그 인물들의 모습을 통하여 자기 자신의 심오한 질문들을 던진 것이었다.

　자신뿐만 아니라 사람들에게 던진 중요한 질문, 그리고 후세의 우리에게도 같은 질문을 던지고 있다. 삶에서 가장 중요한 질문인 자신의 존재가치를 규정하는 '정체성'에 대한 질문이다. "당신은 어디서 왔으며, 당신은 무엇이며, 당신은 어디를 향해 가고 있는가?"는 곧바로 "나는 누구인가? 나는 어떻게 살 것인가? 나는 어떻게 죽을 것인가?"이다.

그림 속 노인의 표정이 절망해 있고 고통스러워 보이는 것을 보면 고갱은 자신의 질문에 답을 찾을 수 없다는 것으로 보인다. 평범한 삶을 거부하고 많은 여성을 희롱하고 즐겼던 자유로운 영혼의 소유자가 뒤늦게 가진 질문. 삶의 의미와 살아가는 이유를 계속 말할 수 있도록 삶의 내용이 충실한 삶을 지향하고 싶다.

(여기 2022년 여름호)

시적이고 신비로운 분위기

–페르메이르의 〈우유를 따르는 여인〉

　서양화에는 왕족, 귀족들이나 미인, 전쟁영웅과 성서에 나오는 이야기의 주인공 그림이 많다. 고흐나 밀레 등 몇몇 화가들의 서민 생활 그림에 친근감이 있던 나는 〈우유를 따르는 여인〉(1660)이라는 그림을 보자마자 금세 좋아졌다. 풍경이 좋거나 여인의 미소가 아름다워서가 아니었다. 이 그림은 지금까지 본 서민적인 그림 중 밝고 상쾌한 인상이어서 호감이 가고 상상력을 불러일으켜 주며 시적인 흐름이 느껴졌다. 이 그림은 네덜란드 출신의 화가 요하네스 페르메이르(Johannes Jan Vermeer 1632–1675)의 작품으로 페르메이르는 렘브란트나 고흐만큼 알려지지는 않은 작가이다.

　네덜란드인들은 지대가 낮고 날씨가 좋지 않은 지역에 살기에 햇빛이 들어오는 창문을 소중히 여겨 창문 앞을 공들여 장식한다고 한다. 맑은 햇살이 창문으로 들어온 실내에 소매를 걷어 올린 노란 윗옷에 선명한 청색 앞치마를 두르고 붉은 치마 차림의 여인이 우유를 따르는 데 집중하고 있다. 밝은 부엌에서 일하는 다부진 몸매의 여인을 비추는 햇빛도 충만하다. 조금도 흐트러짐이 없이 집중하여 우유가 흘러내리는 것을 바라보고 있다. 자기 일에 몰두하는 여인에게서 우아함까지 느끼게 된다.

평범한 생활 모습인데 검소하게 꾸며진 실내에서 빛의 효과를 교묘하게 극대화 시키고 있다. 우유를 따르는 단순한 행위가 진지하고 경건하게 느껴지고 신비로운 분위기까지 느껴졌다면 과장일까. 회칠한 벽엔 작은 못과 못 자국들이 시선을 머물게 하여 사람과 시간의 흔적을 볼 수 있다. 창문 옆에 걸려있는 바구니와 잘 닦은 금속 그릇, 우유가 담겨 있는 투박한 도자기, 그리고 테이블 위에 놓여 있는 소박한 빵 등은 고유한 질감이 손에 만져질 정도로 완벽하게 묘사되어 있다. 우유가 흘러내리는 일상의 행복한 소리가 들려 나올 듯하다.

페르메이르는 네덜란드 태생의 화가로 〈진주 귀걸이를 한 소녀〉란 작품이 많이 알려져 있다. 17세기의 네덜란드는 프랑스에서 온 개신교도들이 상공업을 발전시켜 세계의 무역의 중심지가 된 황금기였다고 한다. 무역으로 전 세계에서 온 외국인들은 네덜란드의 서민가정마다 초상화나 풍경화, 풍속화가 붙어 있는 것에 감탄하여 그들도 종교화가 아닌 자신이 좋아하는 그림을 주문했다. 렘브란트나 페르메이르를 비롯한 동시대 화가들은 가정에서 흔히 일어나는 일상을 그렸다. 페르메이르도 화가인 아버지가 일찍 세상을 떠나자 그림을 그리기 시작했다. 부유한 처가댁 한구석 작업실에서 세심한 작업과정으로 일 년에 겨우 한두 점을 완성하는 것을 팔고 화상(畵商)을 하면서 아내와 17명의 자녀를 부양했다. 그런데 가톨릭교(구교)와 기독교(개신교)와 싸운 30년 전쟁이 일어나면서 미술시장이 무너지고 생활고로 건강마저 나빠져 마흔을 갓 넘긴 나이에 세상을 떠났다.

페르메이르가 떠나고 그의 작품은 세상에 존재가 드러나지 않은 채 200년이 흘렀다. 그러나 19세기 말, 미술비평가 토레 뷔르거가 그의 작품세계를 발굴하여 '페르메이르 연구'라는 글을 한 매체에 실어 (1866) 주목받게 되었으니 얼마나 다행인가. 그래서 현존해온 37점의 작품들도 알려지게 되었다.

페르메이르는 사람들의 일상을 숭고한 삶의 순간으로 포착하여 정교하게 구성한 햇빛 비추는 실내 정경을 자주 그렸다. 섬세하고 미묘한 붓질의 그림은 고요한 가운데에 신비로운 분위기를 자아낸다. 〈물 주전자와 젊은 여인〉도 역시 부엌에서 일하는 한 여인의 모습을 그렸다. 페르메이르는 빛의 역할과 묘사에 큰 관심을 쏟은 것을 느낄 수 있다.

개신교의 영향으로 물질적인 삶과 정신적인 삶의 융합을 꿈꾸었던 네덜란드 시민들은 평범한 사람들의 일상을 '그려질 가치가 있는 것'으로 받아들였다. 그래서인지 그의 그림은 너무나도 사실적이며 결국 그의 회화 세계를 구축하는 가장 큰 부분은 예술적 감수성에서 비롯된 듯 시적이며 매력이 있다.

소설가 프루스트는 페르메이르의 작품에 대해 "그의 그림은 언제나 같은 테이블, 같은 양탄자, 같은 여성, 그리고 언제나 동일하고 유일한

아름다움과 수수께끼 그리고 독특한 인상을 자아내는 색채가 등장한
다."라고 극찬했다.

작품의 주인공인 여인을 기준으로 좌우의 빛과 어둠의 대비는 그림
을 보다 감각적으로 보이게 한다. 중앙에 우유를 따르고 있는 여인의
노란색 웃옷과 파란색 앞치마, 붉은색 치마는 화면을 한결 산뜻하게
해주고 있다. 페르메이르는 이 작품을 통해 일상의 조용한 정취를 부
드러운 빛과 색의 조화와 섬세하고 치밀한 촉감도 느끼게 하고, 구성
의 완벽함을 보여준다.

평범한 소재로도 예술적 감수성에서 비롯된 시적인 표현, 신비로운
빛의 흐름을 나의 수필에도 어떻게 흉내 낼 수가 있을까 하고 이 그림
을 자주 들여다본다.

(에세이포레 2022년 가을호)

간결함 속에 깊은 의미가

– 루오의 〈세 사람이 있는 풍경〉

1970년대 어느 소설집의 뒷표지 그림이 인상적이어서 잊히지 않았었다. 굵은 선으로 몇몇 인물과 사물을 그린 단순한 데생 같은데 많은 이야기를 함축하고 있는 듯하여 궁금했다. 우연히 화집에서 〈세 사람이 있는 풍경〉이란 그 그림을 발견했을 때는 보물찾기에서 숨겨둔 귀한 것을 찾은 듯 기뻤다.

그것은 마티스, 블라맹크와 함께 흔히 야수파의 대표적 작가로 꼽히는 조르쥬 루오, 20세기 최고의 종교 화가로 유난히 그리스도의 수난과 얼굴을 주제로 한 그림을 많이 그렸던 조르쥬 루오(Georges-Henri Rouault 1871-1958)의 그림이었다.

그의 작품은 함축적이고 단순화되어, 보는 사람에 따라 다르게 느낄 수 있는 추상성이 있다고 하는데 이 작품도 너무 의외의 내용이었다. 이 그림에서는 가운데 굵은 선으로 지면을 나타내고 윗부분에 작열하는 태양과 교회, 아랫부분에는 세 인물이 서 있다. 자연을 그대로 그리는 것이 아니라 녹색과 노랑, 파랑색과 붉은색의 조화를 그렸다는 그의 화풍의 특색이 드러난 풍경이었다. 화면이 울룩불룩하고 터치 자국이 더욱 생생하게 나타나 있다는 그의 말년의 기법이 그대로 보였다. 그리고 루오의 신앙심이 깊어지자 '그림의 색채는 선명하고 밝으며 따라서 건강하다'는 것을 알 수 있게 하는 그림이다. 특히 그의 독실한 신앙심을 표현했다는 스토리가 더욱 놀랍다.

이 그림은 부활하신 그리스도가 엠마오로 가는 두 제자들과 만나는 장면을 그린 작품이라고 한다. 그 얘기를 듣고 보니 지평선이 화면의 상하를 구분하고 그 중앙에서 멀리 보이는 동네가 예루살렘이라는 것에 공감이 갔다. 신약성경 누가복음에 나오는 얘기다. 돌이 치워진 무덤과 성전, 어둠에 덮여 있던 겟세마네 동산 위로 하늘이 열리면서, 녹색의 에너지가 태양을 향해 기상하여 주위를 밝히고 있다. 그 전면에 가로로 길게 뻗은 길 안에는 갈릴리에서부터 예수님을 따라온 많은 군중의 다양한 모습이 있다.

부활하신 그리스도께서는 자신을 알아보지 못하는 제자들에게 성경 전체에 걸쳐 자신에 관한 기록들을 설명해 주셨지만, 제자들은 저녁 식탁에서 빵을 받아먹고서야 눈이 열려 그분임을 깨닫게 된다. "그들이 서로 말하되 길에서 우리에게 말씀하시고 우리에게 성경을 풀어 주실 때에 우리 속에서 마음이 뜨겁지 아니하더냐 하고"(누가복음 24:32)

그림에서 밝은 빨강으로 표현된 제자들은, 동료로부터 주님의 부활을 듣고도 알아보지 못하는, 눈이 열리지 않은, 어리석은 제자가 아닌, 말씀 듣고 마음속에 타오름을 느껴 예수님께 찬미 드리는 모습으로 연상하게 된다. 가운데 예수님의 주위엔 태양과 함께 여러 번 덧칠해진 흰색의 성스러운 기운이 느껴진다. 단순한 구도에 붓 터치는 자유로우며 색은 선명하다. 그런데, 자세히 보면, 세 사람의 그림자가 태양의 위치와는 맞지 않음을 발견할 수 있고, 또 그의 다른 작품들과 비교했을 때도 그림자의 비중이 크다. 미술 사가들은 루오가 자연에 맞지 않는 그림자를 그려, 엠마오로 가는 이 길이, 현세가 아닌, 우리의 구원을 위해 마련하신 성령의 절대적인 공간이고, 사건임을 상기시켜 준다고 보고 있다.

가구 세공사의 아들로 예술적 재능이 뛰어났던 루오는 열 살 때부터 그림공부를 시작했는데 가난하여 열네 살 때부터 공예미술학교 야간부에 다니면서 낮에는 스테인드글라스 업자의 견습공으로 일했다. 거기서 적, 청, 녹색의 중세기의 옛 유리조각으로부터 눈부시고 그윽하고 신비로운 색광을 발견했다. 그는 색유리를 통해 중세의 미술을 알게 됐고 예술의 깊은 세계에 눈을 뜨게 되었다. 덩어리 중심, 단순한 구성, 힘찬 선 등은 어릴 때 쌓은 스테인드글라스의 조형적 훈련에서 비롯되었다고 한다.

루오의 작품은 크게 3기로 나누는데 1기는 1903년부터 1차 세계대전이 끝나는 1918년까지로 주로 곡예사, 노동자 등 사회적 약자의 삶, 하층민의 분노를 수채화로 그렸다. 2기는 유화, 과슈, 분필 등 다양한 재료로 풍경 연작과 58장의 판화로 제작된 미제레레 등, 독창적인 기법으로 깊은 신앙심을 표현했다. 그런데 돈이 없어 판화도 제작하지 못했다고 한다. 3기인 1930년 이후에는 〈그리스도의 얼굴〉과 같이, 종교적인 구원을 위해 '가장 인상적인 예수의 모습을 그리기'에 몰두했다. 〈세 사람이 있는 풍경〉은 실험적인 예술가 정신이 돋보이던 루오의 중반기 작품이다.

그는 평생 진지한 신앙생활을 했다. 서른 살에 하늘에서 내려오는 섬광, 은총의 빛줄기가 내리는 체험도 했다. 영적으로 닫혀 있는 교회 생활을 멀리하고 진정한 하나님을 찾고 싶은 몸부림을 판화로 표현했다고도 한다.

나는 이 그림이 성화인 줄도 모르고 좋아했었다. 이 그림의 유래를 알고도 예수의 고난이나 부활 등 사실적인 그림보다 단순하면서도 많은 것을 함축한 이 그림을 좋아했던 것이다. 모태신자이지만 뜨겁지 않은 신자이기에 그랬을까.

(2022년)

마음속의 날개

– 베토벤의 디아벨리 변주곡

10여 년 전 수필잡지의 편집을 맡았을 때 작가의 처녀작과 대표작을 함께 소개하는 난을 만들었다. 독자들이 두 작품을 비교하며 변화와 발전을 느끼게 하고, 때로는 걸작을 쓴 분의 올챙이적을 엿보게 하려는 의도였다. 클래식 작곡가의 작품에서도 그런 차이점을 느껴서 최근에는 작곡가들의 만년 작품에 관심을 갖는다. 슈만 등 특수 질병으로 고생한 이를 제외하면 작곡가들이 젊은 날의 작품보다 나이 들면서 발전한 경우가 많기 때문이다.

베토벤의 ≪디아벨리 변주곡≫도 1823년 그가 53세(베토벤은 57세에 별세)에 발표한 곡이다. 베토벤(Ludwig van Beethoven 1770-1827)의 음악적 재능이 듬뿍 담겨 있는 그의 변주곡 중 대표곡이라는 추천을 받았었다. 그러나 아름다운 음악을 선호하는 나로서는 33개의 변화무쌍한 변주곡을 듣는 것이 쉬울 것 같지 않아 미루어 놓았었다.

나이 들어 새로운 것에 대한 적응력이 떨어지고 변화를 겁내게 된 지 오래이다. 그래서 음악이라도 변주곡에서 변화의 아름다움을 느껴

보고 싶어서 듣기를 시도했다. 33개의 과감한 변주가 이어지고 하나의 왈츠가 무한으로 성장, 확장되어 우주를 이루는 경이를 느껴보려고 ≪디아벨리 변주곡≫을 다시 찾았다.

오스트리아의 작곡가 디아벨리(작곡가 겸 출판사 사장) 회사에서 작품을 출판했던 베토벤은 디아벨리가 새 회사 홍보용으로 유명 작곡가들 51명에게 자작곡 왈츠의 변주곡을 위촉하여 변주곡 집을 출판하려고 했을 때 처음엔 거절했었다. 평범하고 단순한 디아벨리의 왈츠를 처음에는 무시했는데, 단조로운 주제여서 자유로운 변주의 가능성을 느껴 결국 33개의 변주곡을 쏟아냈다. 베토벤의 뛰어난 상상력으로 다양한 위트를 담아 5분짜리 왈츠를 한 시간의 역동적이고 변화무쌍한 선율로 바꿔놓았다. 암시, 인용, 유머, 패러디, 변신을 아우르고 있다. 출판사는 이 곡을 베토벤의 작품 120으로 다른 작곡가들의 것과는 따로 ≪디아벨리 변주곡≫을 출판했다. 그러나 이따금 연주회 평에서 '코믹한 것에서 고상한 것까지 한 시간이나 이어지는 음악의 유희에 연주자도 청중도 한없이 빠져 들었다.'는 것에는 쉽게 동의하기 어려웠다. 고개가 갸웃해지는 곡이었다.

많은 작곡가들이 자신의 선율이나 다른 이들의 멜로디를 주제 삼아 변주곡을 만들었는데 베토벤 역시 많은 변주곡을 남겼다. 더욱이 이 곡은 그의 기량이 정점에 달했을 때 작곡했기에 음악적, 기술적으로 높은 수준이어서 성숙한 기량의 피아니스트가 아니면 연주곡목으로 삼지 못한다는 점으로도 쉽게 접근할 수 없었다.

원래 변주곡을 좋아하지 않았던 나는 모차르트의 천재성을 다룬 영화 ≪아마데우스≫에서 모차르트가 살리에리의 행진곡을 한 번 듣고 그 자리에서 멋진 변주곡으로 연주하여 사람들을 경탄케 한 곡을 들은 뒤로 매력을 느끼게 되었다.

변주곡(Variation)은 '하나의 주제가 되는 선율을 바탕으로, 선율·리듬·화성 따위를 여러 가지로 변형하여 나가는 기악곡'이다. 베토벤의 ≪디아벨리 변주곡≫은 그의 창작 활동이 가장 왕성하던 시기의 한 작품으로 그의 피아노 작품 가운데 가장 긴 곡을 남김으로써 이 시기 피아노 작품 창작에 정점을 찍었다고 한다. 그러나 장대한 규모와 작품의 난해함 때문에 당대 청중들의 관심을 끌지 못하고, 베토벤 사후 한스 폰 뷜로가 이 작품을 새로이 조명하여 그 가치가 알려졌다고 한다.

이 곡은 앞부분에서 3분 이상 빠른 템포의 경박함, 그리고 투박한 화음이 반복되어 단조로운데, 디아벨리의 이런 점 때문에 베토벤이 처음에 혹평했었는가 짐작되었다. 그런데 계속 들어보니 상냥하고 멋진 변주곡이 여러 개 들어있다. 20번째 곡의 신비로움, 특히 22변주곡에서는 모차르트 오페라 ≪돈 조반니≫ 레포렐로의 아리아인 〈카탈로그의 노래〉 선율을 사용하고 있는가 하면, 25변주곡에서는 익살적인 독일식 춤곡으로 변주된다. 28번째 변주곡은 거칠고 격렬한 곡으로 경쾌한 곡들과 번갈아 가며 나온다. 이렇게 많은 대립이 하나로 멋있게 어우러진다. 29변주곡부터 단조에 접어들면서 변하는데, 29~31번은 그 전까지와 다른 C단조이고 템포도 아다지오–안단테–라르고로 느린 변주가 이어진다. 이어진 느린 단조 변주들, 특히 31번의 엄청난 변주에 이은 장조의 푸가(작곡 방식으로 대개 주제가 반주 없이 먼저 나오며 이것이 다른 성부로 이어진다. 주제의 음역은 보통 1옥타브이고 도입과 진행은 대개 으뜸조로 이루어지는데, 성부마다 음높이를 달리하여 나타난다는 점이 특징이다.)는 곡을 마무리하는 흐름이다. 하지만 베토벤은 이 뒤에 변주를 하나 더 배치한다. 이 변주는 첫 주제와 같은 조성과 마찬가지로 춤곡풍이지만 경망스런 디아벨리의 왈츠가 아니라 우아한 미뉴에트다.

실제 생활이나 사고방식에서 새로움에 대한 적응력이 떨어지고 변화를 겁내다가 음악에서라도 변주곡의 변화의 아름다움을 느껴보려던 기대와는 달랐지만 많은 것을 느끼게 했다.

≪디아벨리 변주곡≫은 음악 감상보다는 사유하게 하는 음악이라고 생각하게 되었다. 살아온 지난날을 돌아보면 격렬한 템포처럼 힘든 고개도 올라야 했고 경쾌하고 밝게 평지도 걸으면서 노래도 부르지 않았던가. 뜻밖의 불운과 우연처럼 행운을 만나기도 했던 변화무쌍한 인생을 되돌아보게 되는 ≪디아벨리 변주곡≫. 어쩌면 음악에 집중하지 않고 음악 외적인 생각을 하게 되는 변주곡이기도 하다.

젊은 시절에 개성을 살리면서 작은 변화로 '바람직한 자아'를 형성하며 현명하게 살았더라면, 변화를 가져서 생동감 있는 생활의 연속이었더라면 하는 뒤늦은 아쉬움도 갖게 한다.

나의 수필도 처녀작보다 노년의 작품이 잘 숙성되었는가, 오래된 포도주처럼 귀한 존재일 수 있을까. 시간에 따른 변화보다 베토벤처럼 처녀작에서 발전, 거듭나서 진화에 이른 예술인에 대한 존경심으로 이 음악을 대하게 된다.

처녀작에서 크게 발전하지 않은 자신이 아쉽지만, 번데기에서 벗어나 날개가 생겨 우화(羽化)하는 곤충같이 변하고 싶던 어릴 적 꿈을 생각하며, 아직도 마음속으로는 조심스럽게 피어날 날개를 기다린다.

(계간수필 '이 계절의 음악' 2021년 겨울호)

토마토의 고향

― 정선의 진경산수화 〈임천고암〉

부여군 세도면에 사는 친지가 맛있는 방울토마토를 보내왔다. 내가 어렸을 때만 해도 K읍에서 강 건너 세도면을 바라보면 참외밭과 원두막이 많이 있었다. 이제 전국 최대의 방울토마토 주산지인 세도면은 금강물이 끊임없이 둑에 부딪히면서 쌓인 힘 있고 기름진 토양에서 자라 뛰어난 품질을 자랑한다고 한다.

10여 년 전, 서울 성북동에 있는 간송미술관에서 겸재 정선(謙齋 鄭敾 1676-1759)의 〈임천고암(林川鼓巖)〉이라는 그림을 발견했다. 너무 반가워서 다시 그림 제목을 확인했다. 임천은 우리 할아버지의 고향인 부여군 세도면 반조원(扶餘郡 世道面 頒詔院)으로 아버지와 고모들이 그곳에서 태어났다. 일찍이 그곳을 떠나왔으나 선대의 산소가 그곳에 있다. 겸재가 전국 명승을 찾아다니며 그렸다는 유명 산수화들 속에서 부여군 백마강 근처에 왔다가 그린 세로 1m도 안 되는 그림이지만 무척 반가웠다.

산과 강, 나무와 절벽이 있고 멀리 돛단배도 떠 있다. 절벽 위에 정자와 나무, 나무울타리로 둘러싸인 집이 있고 큰 나무 밑에 동자와 함께 서 있는 선비는 강물을 내려다보고 있다. 계단 아래엔 배 한 척도 매어 있다. 그 위로 높은 산, 멀리로는 야산이 보이는 그림이었다.

나는 인상적인 그 그림을 보고 와서 그 유래를 알아보았더니, 겸재가 양천(陽川) 현감일 때 부여 세도면 반조원에 은거하고 있던 삼종조카 삼회재 정오규(三悔齋 鄭五奎)를 만나러 갔다가 아름다운 경치에 반해서 그렸다는데 그림 속의 선비가 바로 정오규라고 했다.

내가 태어나기 전에 돌아가신 할아버지가 수집하셨다는 소치 허련 (小癡 許鍊 1808-1893)의 12폭 산수화 병풍이 우리 집에 있었다. 그 병풍은 할아버지의 제사 때나 펴놓았기에 자주 못 보았고, 6·25 전쟁 때 피난에 못 갖고 나가 어른들이 애석해했다. 그 속에 혹시 〈임천고암〉 비슷한 그림이라도 있었던가. 병풍은 없어졌지만 할아버지의 초상화가 마루에 걸린 유리 액자에 있어서 어른들께 여쭤보며 할아버지에 대한 궁금증을 풀었다. 어디로 가셨느냐고 하면 '고향으로 돌아가셨다'는 대답이었다. 세 봉우리처럼 위로 솟은 정자관(程子冠)을 쓰고 긴 수염의 할아버지는 준수한 모습이어서 살아계시면 좋겠다는 생각을 했고, 고향이란 한 번 가면 돌아올 수 없는 곳인가 짐작했었다.

어머니께 할아버지의 젊었을 때의 풍모를 여쭤보니 '키 크고 하얀 얼굴에 이목구비가 수려해서 여럿이 서 있는 가운데서 돋보였고 특히 음성이 좋아서 주변에서 저절로 받들어 모셨다.'는 얘기에 속으로 우쭐했었다. 할아버지의 추도예배 때에는 서울의 당숙도 더러 참석했는데 예배가 끝나면 할아버지 생전의 일화를 들려주셨다. 그중에도 큰돈을 사기해 잠적했던 친구가 구속됐을 때, 당국에 찾아간 할아버지가 "돈은 다시 모을 수 있으나 친구는 살 수 없으니 풀어 달라."고 하셨다는 것이 잊히지 않았다.

할아버지는 구한말의 인물인데도 전설 속의 인물처럼 신비하게 생각될 때가 많았다. 겸재가 임천을 찾은 것이 1750년경이라니 지금 생각해보면 그보다 120여 년이나 늦게 태어난 우리 할아버지는 그 정자에도 가보셨을까. 〈임천고암〉 속의 금강 물을 내려다보고 있는 선비처럼 구한말을 산 할아버지의 모습도 그랬을 것이다. 물에 비친 하늘빛은 푸르렀겠지만, 은거한 정오규 선비보다 어두운 역사의 그림자를 보았을 것이다.

동쪽으로는 금강이 흐르고 강변 안쪽으로는 낮은 구릉과 넓은 들이 펼쳐지는 반조원(頒詔院)은 예로부터 나루로 번창했다. 이 강을 따라서 황포돛배가 군산 앞바다를 오가며 백제의 문물을 바깥세상으로, 그리고 당나라, 일본, 신라 등의 문물을 백제로 실어 날랐다고 하니 세계로 통하는 관문이기도 했었나보다. 사실 반조원이라는 이름은 백제 패망 때 생긴 이름이다. 사비성(부여)을 공략하려고 금강을 거슬러 북진하던 당나라 장수 소정방이 임천의 가림성을 통과할 수 없어 신라군의 도움을 기다리고 있었는데, 황제의 조서를 받은 이곳에서 반포(頒布)했다 해서 지명을 반조원이라고 지었다 한다. 조서를 읽고 작전을 바꾸어 계속 북진, 육로로 오는 신라군과 합세하여 소정방 군대는 사비성을 함락했다. 이런 백제패망의 역사를 떠올리게 하는 '반조원'이라는 이름이 달갑지 않아서인지 우리 집 어른들은 반조원을 꼭 임천이라고만 했었다.

할아버지에겐 나루터에 과거가 흘러가고 미래가 함께 흐른다고 희망의 눈으로 바라보기보다 슬픔과 이별의 나루터였을 것 같다. 을사보호조약 후 일제에게 고향의 옥토를 빼앗긴 냉엄한 현실 앞에서 울음을 삼키며 고향을 떠난 나루터. 가족들의 생계를 위해 나룻배를 타고 서울로 가셨다가 객사, 타계하셨다고 한다.

〈임천고암〉 속의 노인은 잘 익은 술을 동자에게 들려 친구 집을 향해 나루를 건너는 낭만도 누렸을 법한데, 아름다운 그림을 보며 아른아른 그리운 시절만 연상할 수 없던 할아버지 세대의 풍진 세월을 생각할 수밖에 없어 안타깝기도 하다.

이제 세도면은 전국 최대의 방울토마토 주산지로 진홍색 알이 고르고 당도가 높은 토마토가 인기가 있다고 한다. 할아버지의 고향이 토마토의 고향이 됐으니 그림 속의 선비가 동자에게 토마토 보따리를 들려 나루 건너 친구네 집으로 향하는 것으로 상상해볼까.

(2022년)

5

IT 시대의 명작을 기대하며

몇 년 전, 서울 반포대로에 있는 국립중앙도서관에서 진귀한 책이 아닌 반가운 것을 만났다. 4층 열람실 벽에 걸려 있는 서예작품 '轉益多師是汝師(전익다사시여사)'였다. 대학교 두시언해(杜詩諺解) 시간에 "더욱 보태어 스승이 많아지는 것, 이것이 곧 너의 스승이다. 즉 배울 것이 많아짐이 진실로 배운 것이라."(杜甫의 '戱爲六絶句'중 제6수 끝연)는 뜻이라고 배웠다. 학구파가 아닌 주제에도 이 구절만은 잊히지 않았다. 중국에 갔다가 청더(承德 박지원의 열하일기에 나오는 열하)에 있는 피서산장(避暑山莊)에서 상주하는 서예가를 소개받아 멋들어진 초서체 작품을 받아왔다. 공부는 하지 않아도 나태해지는 마음을 다잡아 주려고 거실에 걸어놓고 있다.

미국의 하버드대 도서관에도 공부할 때 힘이 되고 동기부여에 좋은 명언 '지금 잠을 자면 꿈을 꾸지만 지금 공부하면 꿈을 이룬다.' '늦었다고 생각했을 때가 가장 빠른 때이다' '10분 뒤와 10년 후를 동시에 생각하라' 등 30개나 되는 내용이 붙어 있어서 면학에 도움을 준다고 한다. 그런데 최근 우리 10대들이 공부할 때 집중할 수 있도록 도와주는 인기 1위가 '스마트폰으로 하버드대 도서관 ASMR을 틀어놓고 하는 것'이라는 방송을 보고 금석지감을 느꼈다.

ASMR은 유튜브 콘텐츠 중 하나로 'Autonomous Sensory Meridian Response(자율 감각 쾌락 반응)'의 약자인데 도서관에서 나는 잡음을 실시간으로 스트리밍하는 서비스이다. 우리나라의 '서울대 도서관' '연세대 도서관' 등, 유튜브 콘텐츠도 인기라고 한다. 이 영상에는 종이 넘기는 소리, 재채기 소리, 음료수 캔 따는 소리 같은 작은 소리를 제외하면 거의 아무 소리도 들리지 않는 것이라고 한다. 심리학자들은 적당한 소음이 오히려 마음을 차분하게 하고 집중도를 높여준다는 것을 밝혀냈다. 공부를 방해하는 소리를 물리치기 위해 뇌가 더 집중하기 때문이라고 한다. 작은 소음뿐 아니라 때로는 대학생이 직접 공부하는 모습을 보여주는 '스터디로그'도 많이 본다고 한다. 틀어놓는 것만으로도 그들과 같이 공부하는 듯한 착각이 들기 때문이란다.

우리 기성세대는 이해하기 힘든 10대들의 공부방법이다. 50년 전쯤 학생들이 공부의 능률을 올린다고 AFKN이나 국내방송의 음악프로그램을 이어폰 끼고 들으며 공부하는 것을 이해하지 못하는 어른들이 많았다. 당시엔 되도록 소음이 없는 독서실이나 도서관에서 공부를 선호했기 때문이었다.

옛날에는 도서관을 문학작품이나 전문적인 서적을 열람하는데 이용했던데 비해서 요즈음엔 공부하는 곳으로 이용하는 사람들이 늘고 있다고 한다. 왜 현대인들이 문학작품을 읽지 않게 되었는지는 간단히 말해버릴 수가 없다. 변화가 많고 호기심을 해결해주는 스마트폰, 영상문화 등에 시간을 빼앗겨 진지하게 생각하는 문학작품을 아쉬워할 겨를이 없다. 문학의 위기를 극복하기 위한 제안 대신, 능률적인 공부를 위한 방법이 나오는 것에 찬탄만 해야 하는 자신이 초라해진다.

현대인들은 너무 급변하고 발전하는 문명을 누리면서 살아왔다. 그 중에도 최근 10년 정도의 발전이 과거 100년의 발전보다 빠르게 변화한 것을 체험했을 것이다. 새로운 것이 나오면서 구시대의 유용하고 사랑받던 것들이 속절없이 폐기되는 허무함도 느꼈을 것이다. 특히 IT의 발전에 못 따라가서 좁은 세계밖에 못 보고 무능한 나이든 세대와 젊은이들과의 격차는 점점 벌어지고 있다.

라디오 매체에서 PD로 종사한 내가 출발하던 60년대에는 첨단 문명의 선두주자임을 자부하며 일했다. 소속회사에서 1969년에 TV를 개국할 때 라디오 PD들도 지원하여 옮기게 했었다. 그러나 새로운 매체에 적응하여 경쟁에 뛰어들 용기가 없던 나는 라디오에 남았다. TV 메카니즘은 복잡해서 여러 사람을 통솔하여 의도를 성취해야 하기에 벅찼고 그보다도 라디오에 정이 들었던 것이다. 각광 받고 인기 끄는 TV 매체가 부러울 때도 많았지만 마치 자기 한 사람에게만 속삭여주는 듯한 친밀감으로 벗을 삼는다는 청취자들의 요청에 고마워하다가 퇴직한 지도 오래되었다.

이제는 집에 라디오가 있는 집이 몇이나 될까. 세상은 너무 바뀌었다.

문학이 관심을 끌지 못하고 외면받는 세상, 그러나 지나친 문명의 혜택을 누리면서도 자연으로의 회귀를 원하는 사람들이 있는 것처럼, 좋은 문학작품은 영원할 것이라는 소망으로 문학인들은 감동 줄 작품을 써야 하는 사명이 있음을 절감해야 할 것이다.

두보(杜甫)의 '戱爲六絶句'는 그가 재미삼아 절구 여섯 수를 지은 것이라고 했다. 이 시 안에서 그는 시를 쓰는 작가들에 대해 말하는 한편, 당시 문인들이 서로 경시하던 세태를 풍자하며 자기가 학습과 창작을 통해 배운 것에 대해 얘기하고 있는 것이라고 한다.

'轉益多師是汝師(전익다사시여사)' 초서(草書)의 멋지게 뻗쳐 내린 획들을 들여다보며 IT의 도전 시대에 나온 명작은 영원하리라는 기대를 가져본다.

(수필시대 2020년 겨울호)

이 시대 창작의 산실

은행나무와 소나무

33년이나 살던 목동(木洞)을 떠나온 것이 2년 전이다. 시내에서 먼 목동신시가지로 이사하면서 타향으로 가는 것처럼 무거운 마음이었는데, 이사하는 날엔 눈까지 내렸다. 그런데 입구에 들어서니 뜻밖에 하얀 눈을 얹은 소나무 동산이 반겨주었다. 서울살이 27년 만에 외가마을 입구에서 본 듯한 노송들로 목동에 마음을 붙일 수 있었다.

6·25전쟁 때 교실은 불탔으나, 견고한 붉은 벽돌의 강당은 남아 그곳에서 여러 학급이 공부하면서 "혼란하고 가난한 세태에서 종소리처럼 남을 울려주는 사람이 되라."고 하신 선생님의 말씀에 꽂혀서 한때 작가가 되고 싶었으나 구체적인 글쓰기 공부는 하지 못했다.

서울 와서 몇 번 이사 끝에 권율 장군이 심었다는 은행나무가 있는 행촌동에 살 때 수필가란 이름을 얻고 첫 수필집과 두 번째 책을 냈다. 치열한 수련과 내공의 축적도 없이 출퇴근 때마다 풍성하게 피어서 살랑거리는 은행나무 잎새가 잠재된 능력을 발휘해보라고 부추기는 것 같았다. 봄, 여름엔 특별한 생명의 소리도 들리지 않고 풍경이 화사하지도 않았으나 가을에는 달랐다. 꾸준하게 준비한 물감 통으로 황홀하게 물들인 노란 은행잎이 동네를 환하게 밝혀주고 내겐 서정의 뿌리를 내려주었다. 3백여 년이나 역사를 지켜온 은행나무를 보며 역사의 소중함도 깨달았다.

1970년대 몇 차례의 경제개발 5개년 계획으로 도로와 거리가 화려해질 때 보이지 않는 전통과 미덕이 사라지는 게 아쉬워 전통적인 미를 찾는 글을 쓰고 난 아침 은행나무 잎새들은 잘했다고 살랑살랑 손을 흔들어주는 듯했다. 1985년도에 목동에 이사해서 만난 소나무는 못난 재래송이 아니고 도시에서도 청청하게 자라도록 조금 개량된 소나무인데도 적응을 잘못해 시름시름 앓기가 일쑤였다. 더러는 다른 나무로 교체되고 때로는 막걸리 영양제를 들어부어 다시 살려내는 것을 보면서, 깊어지지 않는 나의 문학의 뿌리도 잘 가꾸어야 함을 절감했다.

시대의 변화에 대응하고 감동적인 글로 독자들과 사랑의 통로를 마련하고 싶었지만, 향상되지 못한 실력으로 졸저 열한 권을 내고 목동을 떠나왔다.

이제는 서울 시내에서 많이 볼 수 있게 된 소나무이지만 새 삶의 터전인 답십리에 와서도 정원에 소나무들이 많아서 반가웠다. 정원사들이 계절 따라 돌보고 주사도 주입하듯이 내 문학의 산실에도 영양제가 필요함을 느끼면서 살고 있다.

나의 작품 어디까지 왔나

1. 아직도 못다 한 종소리의 숙제

수필은 작가의 성장 과정과 삶의 도정에서 겪은 이야기와 꿈이 녹아 있거나 변용된 모습이 담긴다. 초등학교 때 나라 사랑과 훌륭한 사람이 되라는 선생님의 교훈적인 말씀을 많이 들었다. 그중 "종소리처럼 남의 가슴을 울려주는 사람이 되라."는 말씀에 작가가 되고 싶다고 생각했었다. 뽐낼 만한 글솜씨도 없이 지내다가 여고 시절 교내백일장에서 시가 우수작으로 뽑혀 대학은 문과로 진학했다. 졸업을 몇 달 앞둔 늦가을, 그때는 권위 있던 여성잡지 ≪여원≫ 신인상 시 부문에 응모, 최종심 2편에 올랐었고, MBC 라디오에 입사하고서도 한 차례 K신문 신춘문예에 응모했다가 원로시인이 최종심에 올라온 두 작품 중, 내 글의 좋은 구절 몇 줄을 인용하고 '현대문학에 기여할 만한 참신한 점'이 부족하여 다른 이를 당선자로 했다는 평이었다. 당시엔 방송 제작 여건이 너무 열악하던 때여서 문학에 대한 짝사랑을 끝내고 일상적인 방송 멘트나 쓰며 방송은 한 번 송출되면 기록으로 남지 않는 허무감을 느꼈지만 방송도 남에게 감동을 주는 '종소리'일 수 있다고 위안을 삼았다.

그러다가 1972년도에 여성지, 기업 사보 등에 게재했던 서정적인 산문들과 방송에 얽힌 일화로 출판준비를 했다. 방송문화의 향상이나 문학인의 사명감보다는 글을 써서 유명해지고 싶다는 만용이었다. 한 권 분량이 모자라 직장에서 퇴근하면 매달려서 2, 3일에 한 편씩을 썼다. 출판을 앞두고 서너 편을 골라『수필문학』사를 찾았을 때 전무후무한 '신인 가작'의 방법으로 등단시켜준『수필문학』과 편집인이었던 김효자 · 박연구 선생님께 감사할 따름이다.

2. 시대의 추세에 따른 작품변화 모색

첫 수필집 ≪돌아오지 않는 메아리≫(1972년 발행)는 수필의 개념과 정의도 모른 채 쓴 것이어서 본격적인 수필을 써야 한다는 자각이 일었다. 당시 월간『수필문학』지에서 대학교수들의 서정수필과 피천득, 김소운, 윤오영 수필가들의 명수필들을 읽으면서 수필이 시보다도 폭넓게 수용할 수 있는 장르임을 인식했으나 인간적인 성숙, 지식과 경험의 원숙함이나 철학적인 사고도 없이 재능 또한 부족하여 아득할 뿐이었다. 그 이듬해『수필문예』제5호(1973년 7월 발행, 다음 해에『한국수필』로 개칭)에 쓴 〈종소리〉를 선배 수필가들(고 박연구 선생 등)이 '수필다운 글'이라고 격려해 주셔서 처녀작으로 삼고 있다.

1970년대는 경제개발 5개년계획 등 현대화라는 이름 아래 파괴되고, 은근한 민족 정서도 사라지는 것이 아쉬워서 한국의 미의 발견과 전통을 소재로 한 글을 썼다. 〈모과〉〈병풍 앞에서〉〈바가지〉(『수필문학』) 〈동전구멍으로 내다본 세상〉 등은 호평을 받았다. 1980년대에는 보편적인 삶의 의미와 보람, 생명의 소중함과 신비. 존재의 아름다운 실상을 재현하는 변화를 모색했다. 〈후문〉(1985), 〈살리에리의 친구〉(1992), 〈유언비어와 마술모자〉(1994) 등이 해당한다.

1990년대에 들어서는 신변잡기로 폄훼되기 쉬운 수필의 소재개발, 확충을 위한 고심 끝에 클래식 음악과 문학과의 접목을 새로운 테마에 세이로 음악에세이를 시도했다. 음악과 사랑의 언어가 교감된 서정적인 에세이와 인생탐구의 세련된 문체로 독자에게 친근하게 다가가려고 했다. 예술인으로 사는 것, 예술적 기교의 비밀을 탐색하여 예술에세이로 발전하고 싶었다. 또 다른 테마에세이로 문화재 수필도 써서 수필가와 독자들에게 우리 문화재에 대한 애착심을 고취해보려 했다.

일상의 체험을 알퐁스 도데처럼 뛰어난 시적 서정과 유머 감각, 페이소스를 담아 재조직하여 경이의 세계를 보여주고 욕심도 있지만 역부족이다. 즐거운 공감을 주고 생활의 활기를 얻게 하고, 미래에 대한 희망, 자연과 조국에 대한 사랑, 이런 것들을 줄 수 있기를 소망했다.

3. 앞으로의 나의 문학

수필에는 필자의 성정이나 인격의 분위기가 드러나기 쉽다. 맑고 반듯하고 사랑이 있는 품성으로 간곡한 정서를 풀어내야만 듣기 좋은 종소리가 되지 않을까. 삶의 목표와 가치관에 대한 철학적 탐구와 예리한 논리적 사고를 전개시키면서 부드러운 화법으로 설득력을 높이고 싶다. 유쾌한 상상력과 발랄한 아이디어로 활기를 잃어가는 현대인에게 판타지를 주며, 위안이 되고 격조와 품격이 있으면서 그윽한 여운을 남기는 글도 써보려는 과욕도 포기하지 않는다.

어렸을 때 듣던 종소리가 곁에서 사라진 지 오래지만 감히 '남의 가슴을 울려주는 종소리'는 아직도 마치지 못한 나의 숙제이기도 하다.

시간의 흐름과 무게와 질감을 삶에서 찾아내어 존재에 대한 자아 찾기, 시간을 허비하지 않고 싶다. 메마르고 모질어진 현대인의 가슴에 잠들어 있는 행복의 가능성을 흔들어 깨우고 싶은 욕심도 헛되지 않았으면 한다. 아직도 이웃들, 독자들 가슴속에 들어있을지도 모르는 희망을 깨워야 한다고 생각하는데 적극적인 자세가 되어야 하겠지만, 나이만 많고 능력은 모자란다. 문학에 대한 관심도 얕아진 현실에서 나의 부족한 글이 얼마나 읽힐까마는 관심 갖는 이들의 기대에 어긋나지 않도록 자세를 추슬러야겠다. 수필은 자아의 각성과 고통으로 펼쳐낼 수 있는 것, 감동은 다른 누구도 아닌 필자 자신의 깨어짐으로부터 비롯된다고 본다.

셰익스피어가 나이 든 이에게 주는 인생 교훈 9가지 중에는 "아름다움을 발견하고 즐겨라. 약간의 심미적 추구를 게을리하지 마라. 그림과 음악을 사랑하고 책을 즐기고 자연의 아름다움을 만끽하는 것이 좋다."는 내용이 있다. 이것을 실천하며 심안(心眼)의 소유자로서 선과 미의 진실을 담아내기 위해 관조와 분석이 필요할 것이다. 좋은 포도주처럼 생각이 무르익고 문장이 명징할 때까지 갈고 닦아야 한다는 생각은 하면서도 무디고 태만해서 대충 써버릴 때가 많다. 부족하면서도 위로의 효과가 있으면 좋겠다는 욕심도 없다. 갈 길은 아득한데 힘없는 기동력과 필력을 탓하고만 있다.

(월간문학 '이 시대 창작의 산실' 2020년 10월호)

육성이 그립다

멀리 보이는 산골짜기에서는 노란 생강나무꽃이 피어나고, 가까이 아파트 화단에서도 흰 매화 봉오리가 조심스러운 듯 피어나고 있다.

W중학교 근처에 살면서, 해마다 이맘때면 학교 운동장에서 울려오는 밝은 행진곡과 학생들의 함성에 새 학기를 맞은 학생들처럼 마음이 설렜다. 겨울 동안 방안통수로 칩거하던 내게도 게으름을 털고 활기찬 계절을 맞으라고 부추겨주었다. 갈라진 담장과 퇴색한 벽에 페인트를 칠해서 단장하고 학생들을 맞으며 지나가는 사람들에게도 희망을 품게 하던 3월.

지금은 비대면 수업으로 학생들이 없는 빈 운동장을 본다. 운동장 가장자리의 은행나무는 아직 새잎이 나지 않아 밋밋한 둥치이지만 키 작은 나무들은 새잎이 움트는 연둣빛 가지가 바람에 흔들린다. 아침이면 교장 선생님이 단 위에서 전교생들에게 그 시대의 사회상과 정서를 반영해서 희망과 미래를 꿈꾸게 하는 훈화를 들려주었다. 대개 역경을 이겨내고 열정으로 큰 감동 주는 결실을 맺으라는 내용이었다. 아, 이

것은 옛날에나 있었지. 최근엔 운동장 조회가 없어졌다는데.

이런 작은 변화뿐만 아니라 우리는 그동안 얼마나 많은 변화를 겪어 왔던가. 생명공학의 발달, 인공지능 개발, 유전자 비밀까지 밝혀져서 동물복제와 질병 퇴치로 인간수명도 연장될 것으로 전망하며 기뻐했다. 그 대신 인간의 정신은 황폐해지고 지구의 생태계가 파괴되어 이웃 나라에 큰 재앙이 찾아오고 불가항력의 피해가 높아질 것을 우려했다. 이런 추세에서 생태환경 복원을 위한 자연 사랑을 강조했고, 인간성 회복을 위한 생명존중 등을 일깨워 왔다. 그런데 1년도 전에 침입한 코로나19 바이러스는 비약적인 발전에 콧대 높아진 인간의 한계를 여지없이 무너뜨리고 있다. 기다리던 백신도 몇몇 나라에서 개발되어 우리나라에서도 접종을 시작했지만, 변이바이러스가 다시 위협하고 있어서 모임 금지, 비대면 생활에 익숙해졌다.

영국의 작가 올더스 헉슬리(Aldous Leonard Huxley 1894-1963)는 1932년에 발표한 소설 ≪멋진 신세계≫에서 25세기의 인간들이 살아갈 모습을 내다보았다. 가정이 따로 없고 사람들은 출산의 고통 없이 인공 부화 장치로 96쌍이 한꺼번에 양산된다. 태어나는 순간부터 한 인간이 평생 살아갈 신분이 정해지고 의·식·주, 성격, 취미 등이 주어진다. 남녀 간 한 상대에 집착할 필요도 없고, 가난, 질병, 고통이 없는 대신 이상, 소원, 개성 등 인간적 특성도 사라지는 문명 세계에서 환멸을 느낀 존이 폭동을 일으키나 유배당해 자살하는 것이 줄거리이다.

2020년을 살아내면서 헉슬리가 내다본 만큼 가족이라는 개념과 이상, 소원, 개성 등이 ≪멋진 신세계≫에서처럼 아주 없어지지 않은 것만도 다행이라고 생각한 사람은 없었을까. 영상문화의 확산, 인터넷과 사이버구축 등 급변하는 환경 속에서 우리 주변에선 문학작품의 입지가 좁아짐을 개탄하던 중 외출금지, 사람과의 거리두기로 책과 가까워지는 사람이 좀 늘었다는 보도에 잠깐 좋아하지 않았던가.

그동안 과학 문명이 거둔 성과 위에서도 제대로 따라가지 못해서 낭패감을 갖던 기성세대는 코로나19 이전에 폐지되었거나 사라진 옛것들까지 그리워하며 살고 있다. 속도가 생명인 디지털시대에 옛것에 미련을 두고 있는 나를 반성하면서도.

금아 피천득 선생님이 오래 살고 계시던 반포 주공아파트에 몇 번 방문했었다. 오래전, 부실한 난방시설로 지어진 건물이어서 겨울이면 추웠다. 워낙 검소한 선생님은 흔한 히터 한 개도 없이 썰렁하게 지내셨다. 새로 지은 따뜻한 아파트로 이사하시길 권유했을 때, 주변에 초등학교가 있어서 아침이면 창밖으로 아이들이 학교에 가는 모습이 보기 좋아 계속 사시겠다고 하셨다. 금아 선생님의 착한 인품에서 나온 아름다운 글, 소박한 생활로 모범이 되셨던 생애를 닮지는 못했다. 그렇지만 정직과 착해야 한다는 것에 불감증이 걸려 있는 요즈음 사람들에게, 목소리 높여 권선징악, 정직을 부르짖지 않고 착한 금아 선생님의 작품에서 공감하고 많은 영향을 받으면 좋겠다고 권하고 싶다.

헉슬리는 ≪멋진 신세계≫를 발표한 지 26년 만(1958)에 "내가 그린 세계는 너무 빨리 왔다."면서 ≪다시 찾아본 멋진 신세계≫를 발표했다. 그 내용은 인구과잉 시대의 미래상을 그려냈다고 한다. ≪멋진 신세계≫가 맛보지 않은 미래를 예견한 소설이라면 ≪다시 찾아본 멋진 신세계≫는 진정한 자유가 없다면 완전한 인간이 될 수 없다는 말을 함으로 미래 사회 재앙이라 여겨지는 모든 것에 대한 대책을 내세우고 있다. 그중 자유 정신과 그 교육을 강조한다는 책 소개에 호기심을 가졌으면서 아직 읽지는 못했다.

사람들이 마스크를 벗고 웃으며 악수하고 손을 마주치며 환호하며 나누는 정겨운 대화, 학교에서 마스크를 벗고 협력하며 공부하고 합창을 부르며, 운동장에서 운동하며 내지르는 학생들의 함성이 들려오면 오래 침체되었던 주민들의 기분에도 생기가 솟을 것이다.

저 산골짜기나 들판에서 피어날 풀꽃들은 소리 없는 함성으로 굳건한 생명력을 자랑할 봄, 봄이다.

(그린에세이 2021년 3·4월호)

철새만 왕래하는

전쟁 중

집을 향해 무차별 공격을 퍼붓는

화약 냄새 가득한 방에서

아기 젖 물린 채 앉아

붉은 피로 빨간 꽃 수 놓고

하늘나라 여행 떠난

꽃다운 여인

전설 속 시어머니랍니다.

　　　−이수옥의 〈월정역〉 중에서

　6·25전쟁 때 치열한 격전지였던 철원의 비무장지대 내 경원선 '월정역'에는 70여 년 동안 멈춰서 고철이 되어버린 열차 한 량이 남아있다. 마침 노동당사 앞에 세운 임시 건물 안에 전시된 시화(詩畵) 중에서 철원 시인의 시 〈월정역〉을 보았다.

결코 기념할 만한 일이 아니지만, 올해는 6·25전쟁 발발 70년을 맞지 않았는가. 젊은 시인은 6·25 때의 포연과 그때의 참상을 얘기로만 전해 들으면서 세월 겹겹이 선인들의 응집된 슬픔을 월정역에서 되새겨 보았으리라. 그곳에서 멀지 않은 백마고지에서 벌어진 열흘 동안의 전투에서는 14,000명에 가까운 사상자가 생겼다니 거기선 또 얼마나 붉은 피가 쏟아졌을까 하는 생각으로 창밖을 내다보니 건너편의 벽만 남은 노동당사도 처절해 보였다.

몇 년 전 광복절에 다니엘 바렌보임의 지휘로 평화콘서트도 열렸고 벽면에 흰 눈도 얹혔지만 전쟁의 상처를 어찌 잊을 수 있을까 생각하는데 우리 일행만 있는 전시장 안에 어느 노인이 들어왔다. 우리가 권한 인스턴트 커피를 받아들면서 "6·25이후 태생들이죠?" 하며 얘기를 시작했다. 우리 국군이 6·25때 백마고지전투에서 이기지 않았더라면 '여기는 북녘땅'이라면서 "김일성이 이곳을 빼앗기고 사흘을 울었다."고 했다. 국군이 치열하게 싸운 덕에 1953년 휴전협정에서 철원이 남한 땅에 속하게 됐다고 자신의 무용담처럼 자랑스럽게 얘기했다. 그리고 이어진 얘기는 그곳에서 멀지 않은 도피안사(到彼岸寺)란 절에 있었던 김일성의 비화(秘話)였다. 격전 중이었을 때 김일성이 변장을 하고 그 절에 가서 사흘 동안 전쟁에서 이기게 해달라고 치성을 드렸다고 한다. 북한에서 남하한 이들이 무신론자 김일성의 종교탄압을 피해서 왔다는데 자기가 아끼던 땅만은 지키게 해달라고 빌었다니 믿기지 않았었다.

철원 노인은 애향심이 대단했다. 거기서 머지않은 천통리는 두루미가 와서 겨울을 나는 철새도래지인데 두루미 전시관도 있고 운 좋으면 중간에서 두루미를 만날 수도 있으니 가보라고 권했다. 임진강과 한탄강의 하천유역 따라 형성된 구릉지에 화산활동으로 형성된 천통리는 겨울에도 땅속에서 따뜻한 물이 솟아서 얼지 않아 새들이 먹이를 구하기 쉬워서 철새가 몰려온다고 했다. 언젠가 뉴스에서 겨울 진객 두루미들이 우아한 날갯짓을 선보이며 하늘을 가르고 드넓은 평야를 벗 삼아 펼치는 군무를 본 장면이 생각났다. 두루미, 재두루미 등 천연기념물이 규칙적으로 도래하여 월동하고 있다는 반가운 소식.

전시관에는 두루미 박제들과 사진작가들이 찍은 멋진 사진들, 생태 등을 볼 수 있었다. 그러나 북한에선 핵무기로 위협하고 남북한이 언제까지 대치해야 하는가 생각하니 남북한을 자유로이 오가는 철새들의 힘찬 날개가 부럽기도 하였다. 전시관을 나오니, 저만치 보이는 설원(雪原)은 지뢰밭인데 억새가 아름답다고 했다.

매년 겨울 러시아에서부터 북한을 거쳐 강원도 최북단까지 찾아와 철원 평야를 월동지로 하는 두루미들. 그 숫자는 8년 전보다 3배 이상 늘어 현재는 5천 5백 마리에 달한다는데 자유 민주통일을 원하는 것은 두루미가 오는 철원군민들만이 아니다. 그곳 군에서는 올해로 20여 년째 수확이 끝난 약 30만㎡ 규모의 논에 물을 가둬 놓고 겨울 철새들에게 볍씨와 우렁이 등 먹이를 제공하고 있고, 철원군과 원주환경청이 앞으로는 기업형 축사 난립 등으로 인해 두루미 서식지가 점차 위협받

을 것으로 보고 철새도래지 보호를 위한 조례 제정과 보호구역 지정에
도 적극 나설 계획이라고 했다.

그곳 문인(임민자 수필가)에게서 들은 소이산 자락 지뢰밭 꽃길도 봄
이 되면 와봐야겠다고 생각하며 귀경길을 서둘렀다. 그곳 문학회원들
이 지뢰밭에서, 전쟁 때 죽은 영혼들을 위한 제사도 지내고 땀 흘려
꽃을 가꾸어 온갖 꽃이 피어나는 꽃길을 만들었고, 철조망에 시화도
걸고 문학비도 세워 아이들에게 체험 학습장이 되었다고 한다.

시화전에서 만난 철원 노인이 우리 이방인에게 철원의 안내자였다
면 겨울에 오는 두루미는 봄이 멀지 않다는 전령사일 수도 있지 않을
까. 운 좋으면 논 가에서 두루미를 볼 수 있으리라던 노인의 말에 부풀
었던 기대는 허물어지고 말았지만 철새 날아간 들판 양지바른 곳에선
파릇한 쑥이 싹을 내밀고 있었다.

(그린에세이 2020년 3·4월호)

재기를 위하여

샌프란시스코에 살던 요한이란 집배원은 매일 50마일이나 되는 로스할트 힐을 오가면서 권태를 느끼게 되었다. 둘러봐도 황막하기만 한 그 길 때문에 인생의 무미함과 공허감을 느껴서 집배원을 그만 두고 다른 일을 해볼까 마음속으로 방황을 했다. 그러다가 심심풀이 삼아 오가는 길 양옆에 꽃씨를 뿌리면서 다녔다. 얼마 후, 50마일의 삭막한 길 양옆으로 예쁜 꽃들이 피어나며 꽃밭이 넓어지고 향기가 퍼져가자 매일매일 변화가 궁금하여 배달 일을 서둘러 시작하게 되었다. 생업을 숙명처럼 받아들이다가도 내 안의 실체를 모르고 방황하는 게 어찌 그 집배원뿐일까. 집배원은 자신이 만들어낸 변화에 공허하던 가슴도 채우고 그 길을 다시 즐거운 마음으로 오가게 되었을 뿐만 아니라 주변 사람들도 기쁘게 하여 칭송의 대상이 되었다고 한다.

사람이 살아가면서 여건이 변하지 않아도 마음에 변화가 생기는 것은 너무 당연하다. 권태나 충격, 낙망에서 변화를 구하고 재기를 위하여 고민하는 이에게 깨달음을 줄 수 있는 예화일 것이다. 인간은 모두

발전의 도상에 있는 항해자로서 자신이 원하지 않는 바람과 파도 같은 변화나 역경을 겪지 않으면 안 될 것이다. 그러나 외부 여건의 변화보다도 자신이 싫증이 났을 때 사물이 변하기를 바라기보다 우리들 사람이 변해야 할 것이다.

나도 1970년대 초부터 쓴 수필로 5권의 책을 출간했을 무렵, 가슴 한편에서 회의가 일었다. 처음 출발했을 때만 해도 여성 수필가가 희소했고 여성 PD라는 첨단직업인으로 문학지와 여성잡지의 청탁을 많이 받았다. 관심과 호응도 조금은 높았고 원고료도 80년대까지는 제법 받았다. 내 딴엔 6, 70년대 우리나라가 몇 차례의 경제계획 추진으로 발전, 현대화되어 우리 고유의 민족 정서와 미풍양속이 사라지고 편의 위주로 변하는 것이 안타까웠다. 그래서 전통의 계승, 한국적인 미의식을 담아야 할 것 같아 고전적인 수필을 많이 썼다. 그러다보니 일부에선 긍정적인 평가도 받았으나 과거지향적이라는 지적을 피할 수가 없었다. 별로 좋은 평가도 못 받고 더욱이 수필은 아마추어 문학으로 아무나 쓸 수 있는 것이라는 평가에 쓰기가 싫어졌던 시기가 있었으니 그때가 80년대 말이었다. 원고료도 제법 주는 어느 회사 사보의 원고청탁도 회사 일을 핑계로 몇 번이나 거절하였다.

수필은 체험과 사색에서 이뤄지고 자기 삶을 성찰하는 도구인데 나는 좋은 글을 쓸 만한 내면적인 준비가 되어 있었던가. 직장에 매어있으니 특별한 체험도 시간 여유도 없고 어떤 사물을 관조하여 새로운 의미나 가치, 아름다움을 발견할 만한 지혜와 안목이 있을까. 남에게 감동을 줄 만큼 치열하게 노력한 성공담이나 아니면 불행과 커다란 상실로 어두운 삶을 겪어 반면교사를 줄 삶의 내용으로 읽는 이에게 도움을 줄 수 있을까. 내가 가진 부족한 역량으로 최선을 다해도 좋은 글이 나오기 어려운데 나 자신이 쓰기가 싫어졌으니.

글쓰기를 몇 년 쉬어볼까. 이런 생각으로 좋아하는 선배에게 하소연했을 때 "글쓰기를 한 달 동안 쉬면 자기가 쓰던 수준을 회복하기에 1년이 걸리고 1년 쉬면 10년 걸린다."면서 쉬는 일은 단념하라는 것이 아닌가.

나는 한동안 마음이 심란하여 내가 좋아하고 내게 영향을 줘서 나를 일으켜준 것이 무엇이 있었던가, 생각하다가 어렸을 때부터 좋아하던 클래식 음악이 생각났다. 수필은 언어에 의한 메시지의 전달로 공감의 세계를 열어준다면 음악은 음정, 멜로디로 미적 감동을 유발하는 아름다운 예술이다. 음악으로 미의식을 확대하여 새 경지를 모색해보려고 했다. 어렸을 때는 6·25전쟁 후 폐허가 된 고향에서 위로를 받았고 중학교 때 타지로 전학 가서 생소하고 외로울 때 위로가 되었던 음악, 내가 좋아하는 음악이니 예술적인 작품을 남기고 싶어서 고뇌하던 작곡가의 일화나 작곡가들의 사랑얘기 등을 잘 엮어낸다면 감흥을 줄 수 있지 않을까. 나 자신도 음악을 듣는 동안 위로가 되었으니 감동적인 얘기를 엮으면, 집배원이 뿌린 꽃씨에서 피어난 꽃들로 주민들도 아름다움을 느끼게 해주었던 것처럼 좋은 에세이가 되리라는 생각이 들었다.

감동적인 미적 창조기법에는 못 미쳤지만 음악과 문학의 접목을 시도하여 이미지의 상상력으로 또 하나의 아름다움을 찾아보려 했다. 다양하지 못한 언어와 아이디어로 작곡자가 의도했던 예술의 깊이를 전달하지 못해 아쉽지만 관심은 받았다. 비슷비슷한 일상사를 다루는 신변잡기에서 벗어나 소재의 확충이었고 음악에세이, 테마수필로 인정받게 되었었다. 소재인 음악 자체가 가진 아름다움 때문에 시너지 효과를 보아 6권의 책을 낼 수 있었다.

집배원이 삭막한 길에 심심풀이로 꽃씨를 뿌린 작은 출발이었지만, 꽃씨는 싹을 틔워 꽃을 피우고 생명의 숨결이 번식되어 아름다운 세계가 창조되었다는 얘기. 웬만한 사물에서 느껴지는 감성도 줄고 열정도 없는 지금, 진부한 감정을 새롭게 역동적으로 형상화하여 감동을 주는 글로 재기하고 싶다는 희망을 '집배원의 꽃씨'에 얹어보아도 좋을까. 얼마 되지 않던 꽃길, 집배원이 해마다 계속 더 심고 또 꽃의 번식으로 넓고 풍요로운 꽃밭이 되어가는 것을 보며 무한한 가능성을 느꼈던 것처럼 좋은 글을 많이 쓸 가능성까지 꿈꾸기엔 너무 늦은 나이인 것이 안타깝다.

(여기 2022년 여름호)

놀라운 가능성을 지닌

　헬싱키의 '템펠리아우키오(Temppeliaukio Kirkko)' 교회의 입구는 토굴로 들어가는 느낌이었다. 천연 바위 동산을 파내서 만들었다는 교회의 좁은 통로를 통해 1층 예배당으로 들어가니 어두울 줄 알았던 실내가 의외로 밝았다. 내부벽면은 천연 암석이어서 울퉁불퉁했는데 천정은 커다란 동판 돔으로 덮여 있고 천정과 외벽 사이의 원형으로 된 창으로 자연광이 들어오도록 설계해서 쏟아져 들어온 햇빛에 마음이 밝아졌다.

　조금 서 있어보니 유리창으로 핀란드 특유의 청명한 하늘과 구름이 흘러가는 모습도 보였다. 유럽 성당들의 드높은 천정과 화려한 스테인드글라스, 예술의 극치를 보이는 성화가 있는 제단처럼 압도하지 않고 친근하게 여겨지는 성전. 투박한 암석의 자연미와 단조로운 교회 내부의 구성은 기존교회들의 모습을 깨뜨린 독특한 디자인이었다. 핀란드 국민의 90%가 믿는다는 루터교회의 수수한 제단이 안정감과 아늑함을 주었다.

입구에 여러 나라의 언어로 인쇄된 '말씀 카드'를 준비해놓고 방문객들에게 가져가게 했는데 내가 집어온 것을 펴보니 '놀라운 가능성을 지닌 기도'라는 큰 글씨의 제목 밑에 "기도에는 모든 상황과 역경, 관계를 변화시킬 수 있는 한없는 능력이 있습니다.(M. 바실레아)"는 말씀이 쓰여 있었다. 교회 내부는 암반 폭파로 생긴 자리가 자연스레 벽이 되어 벽 틈의 약간 꺼진 곳에는 기도하는 사람들이 꽂아놓은 촛불이 펄럭거리고, 역시 투박한 회색 나무 의자에 앉아서 기도하는 이들도 많이 보였다. 아늑한 의자에 앉으면 벽에서 펄럭이는 촛불처럼 흔들리던 젊은 날의 방황하던 마음을 다독여줄 것 같았다. 기도하는 이들은 어떤 상황이나 역경에서 벗어나게 해달라는 기도를 할까 궁금했었다.

헬싱키 도심(지금의 템펠리아우키오 Temppeliaukio 광장)에는 미관을 해치는 거대한 바위 언덕이 있었다. 1930년대 세계대전이 일어나기 전에도 이 바위 언덕을 활용할 설계 공모를 했었고, 1936년 공모에서 1등 없는 3등의 작품을 채택, 공사를 시작한 지 사흘 만에 소련이 쳐들어와서 중단되었다. 결국 2차 대전이 끝나 건축을 재개하려 했는데 그 설계안은 큰 비용이 들고 구식이어서 1960년이 지나면서 새로운 작품을 공모했다. 그 결과 커다란 암반 속을 파내서 아름다운 교회를 짓는다는 '티오모와 투오모 스오마라이넨' 형제 건축가의 제안이 1등으로 당선, 시민들의 인정을 받게 되었다. 1969년 볼품없던 바위 언덕에 아름다운 교회가 완성됐을 때 시민들은 얼마나 찬탄했을까.

티오모와 투오모 형제는 위로와 격려가 필요했던 헬싱키 시민들을 위해서 성스러운 교회를 지으라는 신의 목소리를 들었을까. 가치 있는 것의 축적이나 업적도 없이 노쇠하여 심약해진 여행자에게도 어떤 위로 같은 울림이 울려 나올까 여기며 왼쪽 벽면에 설치된 거대한 파이프 오르간 옆으로 다가가 보았다. 음악회가 열리면 3,100개의 파이프 오르간에서 울리는 소리에 큰 감동을 받을 텐데 생각하며 음악회에 맞출 수 없던 일정을 아쉬워하며 발길을 돌렸다. 사람들은 템펠리아우키오 예배당을 '암석교회'라 부르며 세계 각지에서 찾아오는 관광객들의 기도 교회가 되었고 예배드리는 일 이외에도 음악회와 결혼식장으로 사용한다고 한다.

볼품없던 바위 언덕이 형제 건축가의 창의적인 아이디어로 핀란드 현대건축의 걸작으로 바뀐 현장, 반석과 바위, 햇빛 등 자연을 소재로 성전으로 변화시킨 것이다.

50대 이전에 갔었던 바티칸시의 베드로 성당이나 파리의 노트르담 성당에서는 촛불을 켜놓고 어떤 소원을 기도했던가, 그때만 해도 직장에서의 승진이나 개인적인 성취를 바라는 이기적인 기도를 했다. 나이가 이슥해져서 나만의 희망을 위해서 상황과 역경을 극복하게 해달라는 기도는 어울리지 않을 것이란 생각도 들었다.

그래도 애물단지인 바위 언덕을 뚫어내고 깎는 난공사 끝에 아름다운 교회로 바꿀 수 있는 가능성, 성전을 만들어놓은 투오모 형제의 용기를 생각하며 의욕도 기력도 없는 내게 어떤 변화를 기대해볼까. 다시 좋은 의욕을 가질 수 있으면 좋겠다는 생각도 슬며시 해보았다. 그

동안 가진 역량에 비해 무모한 꿈이라고 지레 포기한 일도 있었다. 그렇지 않으면 창대한 결과를 위해 밀어붙여서 다른 사람들에게 피해와 어려움은 주지 않았던가? 나를 돌아볼 기회를 주신 감사 기도라도 드리고 싶었으나, 일행과 함께 서둘러 나와야 했다. 나오면서 들어갈 때 한 장만 가져왔던 '말씀 카드'를 두 장 더 뽑아 들고나오는 욕심을 부렸다. 그때 들고나온 M 바실레아 명의로 된 글귀들이 지금까지 내 마음을 움직인다. "어려움이 아무리 클지라도 끝까지 견디고 포기하지 마십시오." "…절망의 골짜기에서도 위로를 받을 것입니다." "하나님은 사랑, 당신의 길이 어둡고 험할지라도 영광으로 거두실 것입니다."는 내용이다.

친숙하지 않은 일행을 따라 낯선 곳에 떠다녔던 여행, 낯선 풍경, 낯선 얼굴들 속에서 불편한 다리를 이끌고 뒤처지지 않으려고 일정을 따르는 것이 조금은 괴로웠다. '여행은 나에게 있어서 정신이 도로 젊어지는 것'이라고 안데르센이 그의 자서전에서 했던 말도 은근히 기대하면서 나이 들고 무기력해진 현실, 일상에서 느꼈던 실망과 친지와의 사별 등등 외로움에서 벗어나고자 떠난 여행이었다.

그러나 뜻밖에 만난 암석교회에 들어갔다 나온 것만으로도 위안을 받았다. 파란 하늘과 하얀 구름이 천정 위로 투명하게 보여서 영혼도 맑아질 것 같았다.

'놀라운 가능성을 지닌 기도'라는 제목의 큰 글씨 밑에 "기도에는 모든 상황과 역경, 관계를 변화시킬 수 있는 한없는 능력이 있습니다.(M. 바실레아)"는 말씀이 쓰여 있는 카드를 들여다보면서 암석교회의 유리창에 들어온 햇빛으로 저조에 잠겨있던 기분에서 탈출할 창으로 희망을 가졌던 순간을 기억하고 되살리려고 노력하고 있는 요즈음이다.

(인간과 문학 2020년 겨울호)

어려운 약속

밀라노의 쇼핑센터인 갤러리아에서 밀라노 대성당을 바라보니 저물어가는 햇빛 속에서 하얀 첨탑들이 어떤 신비를 품은 것 같아 보였다. 첨단의 패션과 명품, 그리고 문화 예술의 도시인 밀라노. 높이가 157m나 된다는 높은 성당 앞 두오모 광장엔 방금 끝난 팝송 가수의 공연을 본 인파들이 몰려오고 있었다. 세계 각지에서 온 젊은이들이 내뿜는 열기에 어지러운데, 뒤에서 '퍽' 하는 소리가 났다. 돌아보니 후배 K가 소매치기가 가한 일격에 카메라와 작은 가방을 안고 넘어져 있었다. K가 물건들을 앞가슴에 꼭 안고 넘어져서 소매치기는 그걸 빼앗아가지는 못했다.

몇 년 전 일이다. 가수의 공연에 열광하던 젊은이들은 옆의 행인이 쓰러져도 또 예술적인 건물 성당에도 관심 없다는 듯 떠밀려가고 있었다.

《톰 소여》의 작가 마크 트웨인이 "얼마나 놀라운 일인가. 너무 웅대하고 너무 엄숙하고 광대하다. 그리고 너무 섬세하고 비현실적이며 너무 우아하다."라고 찬탄한 밀라노 대성당. 일요일인데 들어갈 수가 있을까 걱정하며 입구 쪽으로 향했다. 1388년 공사를 시작해 6백 년이나 걸려 완공했다는 대성당. 바로크, 신고딕, 네오 클래식 양식의 종합체로 135개의 화려한 첨탑이 솟아 있고, 조각상 3천여 개, 세로로 길쭉한 첨두아치들, 108m나 되는 첨탑 꼭대기에 있는 금박 3천 장으로 덮인 '마돈나'라는 성모 마리아상이 도시를 내려다보고 있다고 한다. 성모 마리아상은 소매치기들을 내려다보며 어머니 같은 마음으로 안타까워하지 않을까 생각했다.

사실 나는 밀라노 대성당에서 꼭대기의 마리아상이나 본당에 있는 명화들보다도 확인하고 싶은 것이 있었다. 대성당의 세 개의 문에 새겨져 있다는 글씨이다. 첫째 문은 아치로 되어 있는데 장미꽃이 새겨져 있고 "모든 즐거움은 잠깐이다."는 글귀가 있고, 둘째 문은 십자가가 새겨졌는데 "모든 고통도 잠깐이다."라고 쓰여 있고, 세 번째 문에는 "오직 중요한 것은 영원한 것이다."라고 쓰여 있다고 한다.

나이 많은 친지가 이탈리아 기행에 참여하는 내게 이런 구절이 새겨진 문의 사진엽서를 사 올 것을 부탁했다. 친지는 그것을 보면서 어떤 위안을 받으려고 했을까.

모든 사람은 즐거움이나 고통은 다 조금씩이라도 느끼고 견디어낸다. 인간은 영생을 추구하기 때문에 영원히 사는 영생을 얻기 전에는 아무리 세상에서 부귀영화를 누려도 참된 기쁨과 평안을 누릴 수 없을 것이다. 대성당의 세 개의 문에 새겨진 글귀처럼 모든 즐거움과 고통은 잠깐이거늘 소매치기들은 세 번째 문의 교훈을 잊은 채 살고 있지 않을까.

나는 나이가 많아지면서 첫째 문에 새긴 "모든 즐거움은 잠깐이다."는 말과 "모든 고통도 잠깐이다."라는 말은 절감했고, 세 번째 "오직 중요한 것은 영원한 것이다"라는 말도 기독교 모태 신자로서 영생 문제를 가볍게 여긴 적은 없었다. 친지 부탁도 있었지만 내 자신도 실제로 그 새겨진 글씨를 보면 나약하고 확신 없는 믿음에 박차를 가할 수 있으리라는 막연한 생각을 했었다. 그래서 확인하려는 마음에 발걸음을 재촉했다.

'영원한 것은 있는가, 영생은 가능한가.' 무신론자라면 이런 의문을 가질 것이다. "영원은 시간이 아닙니다. / 시간은 시간이나 신의 시간 // 범할 수 없는 권능의 층계."라는 김남조 시인의 심오한 해석에 수긍하면서도 한계를 모르고 발전하는 첨단과학 시대에 살고 있다. 영생을 믿지 않는 이들도 편리한 AI를 들여다보며 이것저것 질문에 답하는 것을 보고 발전하는 첨단과학의 진도를 인정하며 한 20년, 아니 더 오래 살면 좋겠다는 말을 한다.

미래학자인 호세 코르데이로 박사는 영생의 꿈을 실현시키려는 단계를 모색하며 인체 구성 물질이 무엇인지 알게 된 지금 영생을 자신하고 있다. "앞으로 등장할 신인류는 늙지 않으며, 신처럼 사고할 수 있고, 몸은 하나지만 편재(偏在)할 수 있는 능력을 갖춰 새로운 문명을 창조할 것"이라고 주장한다. 우연에 따른 진화가 아닌, 의도적인 진화, 이를 통해 인간의 능력을 무한정 발전시킬 수 있다고 믿는 트랜스휴머니스트들. 과학적이며 적극적인 방법으로 인간의 한계를 넘어 더 나은 인간 조건을 만들어나가는 트랜스휴머니즘은 슈퍼지능을 가지고 문제해결을 하고 병에 걸리거나 늙지도 않으며 이른바 영생의 꿈을 실현시키려는 단계를 모색한다고 한다. 과학기술의 발달로 인간의 무한한 가능성을 적극적으로 개발한다는 트랜스휴머니즘 시대가 왔다는 것이다.

이런저런 생각을 하다가 성당에 들어서니 한쪽 제단에서 미사가 진행 중이었다. 가이드는 미사에 참여하고 싶으면 조용히 따라오라고 했고, 예배드리는 곳의 출입만 가능하고 다른 곳의 관람은 불가능하다고 하는 것이 아닌가.

지난번 해외여행 때 그곳의 특산물 부탁을 지키지 못했던 나는 이번에도 선물 약속을 못 지키겠다고 생각했다. 세 개의 문과 글씨도 못 보았고, 사진엽서도 살 수 없었다. 친지와의 약속보다도 영생을 믿고 진지한 믿음을 가져야겠다는 나 자신과의 약속은?

멀리서 보기에 신비해 보이던 성당의 첨탑들, 그것들은 어떤 수수께끼들을 지니고 있는지도 모르겠다는 생각이 들었다. 꼭대기에서 모두를 내려다본다는 마돈나상은 나의 이런 마음을 어머니 같은 마음으로 헤아려 주실까, 생각하며 발걸음을 되돌려야 했다.

(순수문학 2021년 11월호)

해피엔딩을 위하여

친구가 오랜만에 카톡으로 동영상을 보내왔다. 설명도 없이 볼품없는 백인 노인 영상이어서 선뜻 보고 싶지 않았다. 며칠 후 영상을 눌렀다가 얼마나 놀랐는지. 표지격인 노인의 영상 다음에 나온 것은 너무나 수려한 알랭 드롱의 젊은 시절 영상들이었다. 너무 변했구나. 몇 년 전 향수회사 CEO로 소개된 사진에서는 그래도 그의 특징이 좀 보였는데. 20세기 만인의 가슴을 흔들었던 빛나는 미남 배우를 짓궂게도 전혀 짐작되지 않는 추한 얼굴을 먼저 보여줘서 젊은 시절의 매혹적인 얼굴을 돋보이게 편집했겠지만 너무 충격을 받았다.

사실 젊은 날, 음모와 배신, 살인 등 알랭 드롱의 비정한 연기가 빛났던 르네 클레망 감독의 영화 ≪태양은 가득히≫(1960)에서 일찍이 충격을 받았던 일이 있다. 핸섬하고 가난한 청년 톰은 친구 아버지에게서, 유럽에서 방탕하게 지내는 아들 필립을 귀국시켜 달라는 청탁을 받는다. 톰은 요트항해 등 호화롭게 지내는 필립을 만나지만, 자기를 무시하는 친구를 죽여 비옷으로 싼 다음 바다에 던져버린다. 필립의 증명서를 위조하고 대신 그로 행세하며 숨어 살다가 필립을 만나러 온 친구를 또 살인하고 만다. 위장, 살인, 친구 애인의 유혹 등 범죄에 열중하는 패덕(悖德)의 고독과 서글픔을 표현하는 기막힌 연기에 감탄하고, 탄로 날까 가슴 조이면서 안 들키고 완전범죄가 이뤄지기를 바랐다. 마지막 부분에서, 톰이 강렬한 햇살을 피해 파라솔 아래서 음료를 마실 때 성급한 사람들은 안심하고 끝났나보다 생각하며 자리에서 일어날 때쯤이었다. 엔딩 크레딧이 나올 줄 알았는데, 미국에서 온 친구(필립)의 아버지와 마르쥬가 요트를 팔려고 육지로 끌어 올린 순간, 스크류에 감겨 와이어에 묶인 시체가 끌려 나올 줄이야. 아! 관객들의 놀라는 소리가 일시에 나왔었다.

그때 놀랐던 것만큼, 카톡 속의 나이 들어 추해진 알랭 드롱의 영상도 충격적이다.

나는 끝 장면에서 반전이 되는 ≪태양은 가득히≫가 아니더라도 엔딩 크레딧이 다 끝나도 자리를 지키고 보는 경우가 많았다. 왜냐하면 라스트 신이 좋아서 여운이 오래 남는 영화가 많았기 때문이다. 고전 영화 몇 편의 마지막 장면은 세월이 지나도 잊히지 않는다. ≪쿠오바디스≫(한국개봉 1955)에서 베드로가 복음 전하러 로마에 들어가면서 꽂아놓은 지팡이에 하얀 꽃이 피어나 순교의 의미를 되새겨주던 장면, 전쟁영화 ≪사랑할 때와 죽을 때≫에서 아내의 편지를 읽고 있던 주인공 독일 병사가 자신이 구해준 레지스탕스의 총을 맞고 물에 떠내려가는 편지를 잡으려고 애쓰던 모습, ≪제3의 사나이≫(한국개봉 1954)의 마지막 장면은 쓸쓸하나 낭만적인 치타음악이 흘렀다. 낙엽이 깔린 가로수 길을 걸어오는 여인, 자기에게 마음을 두고 길옆에서 기다리고 있는 남자에게 눈길 한번 안 주고 지나치던 그 장면도 잊히지 않는다.

최근엔 ≪태양은 가득히≫처럼 스토리의 반전이 있는 경우는 별로 없었지만, 엔딩 크레딧이 나오기 직전이나 엔딩 크레딧의 한쪽 화면에 관객들에게 흥미를 주기 위해 영화제작 때의 NG 장면을 같이 보여주기도 한다. 몇 년 전 ≪보헤미안 랩소디≫에선 엔딩 크레딧이 올라가기 직전 화면 왼쪽에 실제 퀸의 살았을 때의 라이브공연 영상이 나와서 감명을 받았다.

지금처럼 영상문화가 발달되기 전, 영화 구경은 크게 호사를 누리는 문화 접하기였다. 알다시피 문학, 미술, 음악 등이 어우러진 종합예술이 아닌가. 영상미를 이뤄내는 촬영기법, 배우들의 열띤 연기, 극적인 스토리가 빛나는 시나리오 등 영화예술의 완성도보다도 스토리에만 의존하였다. 그들의 얘기가 내 삶을 흔들지는 않았지만 평온한 나의 삶을 살면서 깊은 굴곡을 견뎌내는 파란곡절의 인생을 간접 체험하는 일이 내 삶에도 의지를 다져주는 것 같았다. 특히 희망과 용기를 주던 ≪우리 생애 최고의 해≫(1946), ≪사운드 오브 뮤직≫(1965, 한국 개봉 1969) 등등 아름다운 로맨스와 인상적인 장면을 통해 자신의 상처를 다스리고, 가까운 이들과 대화와 소통을 했던 이들도 많을 것이다. 직장에서 자신감을 잃고 초라해졌을 때 엉뚱한 영화에서 힘을 받은 일도 있었다. 그 영화 내용이 자신감이나 위로를 주는 내용은 아니었으나 방대한 규모 속에서 내 자신의 초라함을 잊을 수 있는 기회가 되었던 《바람과 함께 사라지다》.

남녀 주인공의 아름다운 사랑은 내 영혼의 쉼터이며 텅 비어 있는 나의 의식에 위로가 되고 사소한 일상에서 벗어나 다른 세계로 안내하는 낙원이기도 하였다. 나의 노력으로 개선되지 않는 절망 속에서도 밝은 스크린에서 희망을 찾을 수 있었던 날들이 많았다.

알랭 드롱의 추해진 얼굴은 남의 이야기가 아니다. 물론 젊은 날에도 나는 찬탄을 자아낼 만한 외모가 아니었기에 세월 따라 변했다 해도 그만큼 충격을 주지 않을 테니 안심이라고 할 수 있을까. 친구에게 적개심을 가지고 살인한 《태양은 가득히》의 톰처럼 사악하게 지낸 기억도 없고, 실제 알랭 드롱처럼 스캔들이나 마약, 이혼으로 문제를 일으키지 않았다고 해서 추악하지 않은 떳떳한 삶이었다고 자만할 수 있을까.

영화를 보고 나서 우울하거나 괴롭지는 않더라도 언젠가부터 해피엔딩 영화가 좋아졌다. 해피엔딩 내용의 영화가 많은 이들에게 위로가 되듯이, 노년에 남들이 부러워할 정서적인 풍요함을 누리며 살고 싶은 생각이 든다. 추해진 알랭 드롱 얼굴의 충격에서 얻은 교훈이다.

(에세이포레 2021년 가을호)

선한 정신과 예술의 만남

내 속엔 내가 너무도 많아/ 당신의 쉴 곳 없네./ 내 속엔 헛된 바램들로/ 당신의 편한 곳 없네.// 내 속엔 내가 어쩔 수 없는 어둠/ 당신의 쉴 자리를 뺏고/ 내 속엔 내가 이길 수 없는 슬픔/ 무성한 가시나무숲 같네.

1980년대 말 포크가수 하덕규의 노래 〈가시나무〉는 오래되었어도 그 가사가 잊히지 않는다. 후배 가수들이 리메이크해 불러서 노래는 많이 알려져 있지만, 하덕규의 약간 떨리는 듯한 소리로 감정표현을 절제하며 읊조리던 노래가 더욱 생각난다.

그 노래가 처음 나왔을 때 나는 직장생활과 개인적인 행복과 사랑, 이상적인 추구도 못 하면서 마음이 편안치 않았다. '무성한 가시나무숲' 정도는 아니라 해도 심리적 갈등이 많았다. 프로그램을 녹음하던 어느 날, 희망곡으로 신청해온 이 노래를 녹음하면서 왈칵 눈물이 솟구쳤다. 녹음해주던 엔지니어가 당황하자 나는 얼른 읽던 책을 건네주었다. 그 무렵에 읽던 오노레 드 발자크(Honore de Balzac 1799~1850)의 소설 《골짜기의 백합》이었다.

어머니의 사랑을 모르고 자란 남주인공 펠릭스는 모르소프 백작부인을 사랑하게 된다. 무능한 남편과 병약한 아이들에게 헌신하며 살아가는 '골짜기의 백합' 같은 모르소프 부인. 어린 시절이 불우했던 부인은 펠릭스에게 동지애를 느껴 정절과 부끄럼 없는 삶만이 그녀를 지탱해주는 유일한 힘이라는 것을 펠릭스에게 호소한다. 신앙심이 강한 부인은 누나·친구처럼 유일한 정신적 동반자로서 플라토닉한 사랑을 약속한다. 경제적, 사교와 처세 등 부인의 도움으로 출세한 펠릭스는 사교계에서 후작부인과 육체적인 사랑에 빠진다. 이 사실을 알게 된 모르소프 부인은 큰 충격을 받는다.

나는 이 소설을 읽으면서 노래 〈가시나무〉의 가사를 떠올렸다. 모르소프 부인의 사랑과 조언으로 출세한 펠릭스가 더들러의 관능적인 유혹에 무너지자 아픔과 상실감으로 병이 난 부인. 모르소프 부인은 평소에 펠릭스에게 보이지 않던 교태로운 모습을 보이지만 죽기 전 고해성사 이후 거룩하고 아름답게 떠난다. 그녀가 죽기 전에 펠릭스에게 남긴 편지에서 부인도 펠릭스처럼 마음이 동요했고 그래서 많이 고통스러웠다는 사실을 알게 되어 "내 속엔 내가 어쩔 수 없는 어둠/ … 무성한 가시나무숲 같네."의 가사가 생각나서 눈물이 흐른 거였다. 그러나 〈가시나무〉의 가사는 사랑해서는 안 될 사람을 사랑하며 갈등하는 통속적인 것이 아니라 영성과 경건함이 있는 노래이다.

모르소프 부인의 편지에 쓰여 있는 격렬한 사랑을 갈망하는 고통의 내면은 보통 인간적인 속성을 보여주어서 오히려 친근함이 느껴졌으나 연민 아닌 동정심이 갔다. 아름다운 꽃들이 피어 있는 골짜기, 그 꽃을 꺾어 꽃다발을 만드는 순수한 펠릭스, 그리고 그의 백합으로 남고 싶어서 항상 하얀 옷을 입던 모르소프 부인의 숨기고 싶은 마음과 절절한 사랑이 느껴졌었다.

정염과 의무 사이에서 갈등하지만, 두 가지를 다 회피하지 않고 끝까지 최선을 다하는 불멸의 인간상을 창조해낸 아름다운 플라토닉 연애소설, 발자크의 낭만적인 성향이 최고조로 발휘된 소설이라는 선전 문구에 공감하면서 펠릭스를 따뜻하게 사랑해주는 모르소프 부인에게 감동을 금치 못했다. 작가 발자크가 실제로 사랑했던 베르니 부인을 모델로 한 청년시절 자전적 요소를 바탕으로 한 소설이다. 가톨릭 신자인 모르소프 부인이 죽기 전 고해성사하며 아름답게 떠나는 마지막 모습이 참 인상 깊었다.

노래 가사는 듣는 사람의 몫이기도 하다. 나는 한때 〈가시나무〉의 주인공이 가시나무를 품고 사는 주인공으로 여겼다. 사람은 누구나 '어쩔 수 없는 어둠'을 안고 살며 마음의 충정을 노래한 하덕규는 앨범 〈가시나무〉에 이어서 2집 〈쉼〉(1990), 3집 〈광야에서〉(1992)를 통해 더 적극적으로 신앙적 확신 위에서 기독교적 음악 세계를 구축해왔다. 현재는 침례교목회자로 음악 선교 활동과 대학교수인 그가 미국 한인 교회에서 "술과 대마초 중독에 빠져 힘든 생활을 보내다 하나님을 영접하고 CCM 사역자로 거듭나게 된 자신의 삶"에 대한 간증에서 "보통 의도된 감상에 의해 곡을 만들지만 가시나무의 경우 마음속에 있는 마음, 즉 속마음으로 작곡했다."고 밝혔다. 이 곡을 작곡할 당시 하나님의 말씀과 자신의 죄적 실존 사이에서 생긴 갈등으로 인해 깊은 괴리감에 빠져 힘든 시기를 보내고 있었다고 회상한 하덕규. 〈가시나무〉는 그의 영혼으로 부른 진정성 있는 노래라고 밝혔다.

≪골짜기의 백합≫도 기독교적인 정신과 신비주의가 들어있다. 발자크의 작품 중 낭만주의적 색채가 짙고 프랑스 문학사에서 연애소설의 전범이라 불리고 있다. 〈가시나무〉는 하덕규가 '시인과 촌장'으로 활약하던 시절 발표한 앨범으로 기타 하나 반주뿐인 소박한 곡이지만, 한국대중음악사 100대 명반(31위)에 선정되었다.

≪골짜기의 백합≫과 노래 〈가시나무〉는 선한 정신과 예술의 만남에서 이뤄진 명작들이다. 진한 커피를 즐겼다는 커피 예찬론자 발자크의 말이 생각난다. "검은 액체가 위 속으로 떨어지면 모든 것이 술렁거리기 시작한다. 생각은 전장의 기병대처럼 빠르게 움직이고 기억은 기습하듯 살아난다. 극중 인물들이 즉시 떠오르고 원고지는 순식간에 잉크로 덮인다."는 말처럼 나도 생각이 빨라지고 입체적인 생명의 언어들이 떠올라 좋은 글이 써질까 하고 진한 커피를 끓여야겠다.

(에세이21 2020년 가을호)

쉼표는 아름다운가

초등학교 시절, 지구상에서 살고 싶은 나라를 적어내라고 했던 때가 생각난다. 6·25전쟁을 겪은 터라 영세중립국인 스위스에 가서 살고 싶다는 친구, 멋쟁이 나라 프랑스와 신사의 나라인 영국 등 몇 나라가 있었지만 뭐니 뭐니 해도 미국이 제일 많았던 것으로 기억된다. 어린 마음에도 미군이 전쟁에 함께 해준 고마움도 있었을 것이다. 그러나 우리네 문화연필이 나오지 않았을 때여서 레이션 박스나 구호 물품으로 나온 지우개 달린 미제 노란 연필(아마 낙타표?)이 너무 좋아서 미국을 동경했던 아이도 많았던 것 같다.

현실에서 이루어질 수 없는 것, 불가능한 모든 것이 동경의 세계에서는 이루어진다는 생각이었을 뿐이지, 그때는 해외 이민이 우리와 이웃의 미래와 이어진다는 생각은 못 했었다. 그 시절 같은 반이었던 경자가 하와이로 이민 간 것이 1970년대 후반이었고, 얼마 후 셋째 동생도 뉴욕으로 떠나자 동경이 현실로 이루어지는 가능성이라고 깨닫게 되었다.

뜻이 있어도 용감하지 않으면 동경의 세계로 첫걸음도 내디딜 수 없는 것, 자기만의 신세계를 창조할 수 있는 사람은 또한 능력자임을 서너 번의 미국방문에서 만난 성공한 분들에게서 느낄 수 있어서 다행이다.

몇 년 전에 참가했던 미주 문학 캠프의 개회식에서 국가제창 순서에서 우리 국민이라고 여겼던 문우들이 "O say, can you see, by the dawns early light….."로 시작되는 미국국가를 힘차게 부를 때, 나는 잠깐 놀랐다가 눈물이 솟았다. 고달프고 외롭던 어쩌면 고해 같은 이민 생활 속에서 자랑스러운 미국 시민이 되었고, 또 문학을 하게 되기까지 얼마나 많은 노력을 했을까. 고국에서는 문학이 현대문명의 발전에 따라 국민의 관심에서 멀어지는 추세인데 악조건을 물리치고 긍지를 갖게 한 문학의 힘을 오히려 미국에서 느낄 수 있었다.

문학이 점점 설 자리를 잃어간다고 생각하던 내게 일제강점기에도 탄압을 받으며 이어졌고 광복 이후의 비바람 속에서도 발전해온 문학이 없었더라면 나의 삶은 얼마나 빈곤하고 황량했을까. 우리에게 삶의 의미와 보람, 아름다움을 일깨워주었고 삶이 덧없고 권태로운 것이라는 생각과 맞서 싸울 용기도 불러일으켜 주었던 문학의 고마움을 잊어서는 안 되겠다는 깨달음이 일었었다.

첫 번째 L.A.에 갔을 때 K선생님의 안내로 샌피드로 항구 바닷가 언덕 위에 있는 미국 독립 200주년 기념으로 한국정부(1976)가 미국정부에 축하의 메시지로 건설한 큰 범종 '우정의 종'을 보았다. 매해 12

월 31일엔 로스앤젤레스 한인회 주최로 재야의 종을 타종한다고 했다. 서울의 보신각 타종 때 우리나라 국민들이 관심을 갖고 새해의 다짐도 하는 상징적인 것인데, '우정의 종'은 L.A.한인들 전부에게 영향을 미칠까 의문이 들었지만, 그 종소리를 듣는 교민들만이라도 그 시간엔 새해의 각오와 함께 고국 사랑도 잊지 않을 것이다.

지금은 문학이 무엇이고 왜 문학을 하는가 원점에서 생각을 다시 해야 할 때이다. 꼭 문학이 필요하냐고 묻기보다 어떤 것이 좋은 작품이고 좋은 작품을 쓸 실력만은 갖추고 있어야 하리라.

눈과 귀가 밝은 지적통찰력을 갖추고 언제나 아름다움과 의미를 발견할 수 있는 느낌이 중요하다고 생각한다. 주변의 문학지도 강사가 주말에 그림 전시회에 문하생들을 데리고 갔는데 숙제도 내지 않았는데 한 사람이 그림들을 보고 수필 한 편을 써왔다고 자랑했다. 작가라면 언제 어디서나 느낄 자세가 준비되어 있어야 한다고 강조하고 싶다.

2022년, 임인년(壬寅年)은 검은 호랑이의 해라고 한다. 호랑이 그림을 보면 움츠리고 있는 것이 많은데 그것은 쉬는 것이 아니라 크게 도약하기 위한 준비라고도 한다. '나의 문학은 휴업 중'이라는 분이 계시다면 쉼표는 좋은 것이 아니라고 말해주고 싶다.

(LA퓨전수필 2022년 겨울호)

경구와 잠언이 있는

햇볕 잘 드는 창 쪽으로 책장 두 개와 서가 1개에 50년도 넘은 ≪한국명저대전집≫(대양사) 중 8권과 ≪한국수필문학대전집≫(범조사) 10여 권, 내 글을 연재했던 수필지를 중심으로 책을 꽂아놓았다. 이사 올 때 전집 중에서 절반 이상과 글씨가 작은 묵은 책들, 문학지들을 버렸는데도 책꽂이가 모자라서 방바닥에도 책을 쌓아 놓았다. 게다가 아직 버리고 싶지 않은 상패들을 세워놓은 장식장을 놓고 보니 책상을 놓았어도 의자 놓을 공간이 없지만, 춘란 화분 두 개가 청청함을 뽐내는 작은 방이 나의 글방이다. 33년 동안 살던 너른 집에서는 책을 빽빽이 꽂은 책장이 있는 이른바 서재에, 오디오 기기와 고가구 반닫이 위에 등잔걸이까지 놓고 컴퓨터도 있었다. 3년 전 이사 온 이 집엔 컴퓨터가 거실로 나와 있으니 거실을 글방이라고 해야 될까.

20대에 나는 글방에 녹색 카펫을 깔고 있었다. 영국 시인 엘리자베스 브라우닝(Elizabeth Barrett Browning 1806-1861)의 아름다운 시에도 끌렸지만, 처녀 시절 집 꼭대기에 있던 녹색 카펫이 깔린 방에서 작품을 쓰고 낭만과 꿈을 가꿨다는 상황에 매혹되었다. 창문을 열면 막힌 것 없이 멀리까지 시야가 넓게 트여 있던 방에서 걸작을 썼다고 한다. 그녀의 예지와 재능을 닮을 수는 없지만 녹색 카펫은 문학 창작 욕이 있던 내게 의지를 굳혀줄 것 같았다.

좋은 책을 많이 소장하고 편리하고 품격 있는 가구를 갖춘 서재에서 글을 써야 명작이 나오는 것이 아니라는 데 누구나 공감할 것이다. 글 쓰는 이에게 소중한 덕목은 위대한 꿈과 이상에 대한 자기 헌신의 과 정에서 이루는 것이다.

직장(MBC 라디오)에 근무할 때 MBC와 K신문이 통합해서 K신문 편 집국에 자주 들렀다. 그때 문화부 책상 한 모퉁이에서 주간 연재칼럼 을 써놓고 가던 인기작가 최인호(崔仁浩) 씨, MBC 라디오에 자주 출연 하셨던 김동길(金東吉 당시 연세대 교수) 선생이 승용차 앞자리 팔걸이 에 조그만 판자 쪽을 걸쳐놓고, 마감 시일을 지키려고 차 안에서 글 쓰는 모습을 여러 번 보았다.

그들의 모습에서 나의 편협한 사고를 반성했다. 글쓰기 전에 주위의 소음을 막아줄 잔잔한 음악을 배경음악으로 틀어놓는다거나 세계적인 시인처럼 초록 카펫을 깔고 명시인의 작품을 생각하면 좋은 글이 써질 듯한 집착에서도 벗어나야 한다고 깨달았다. 무모한 고집으로 스스로 의 삶을 가두고 축소케 만드는 의외의 결과를 불러들일지 모른다고 자각했다.

작품은 작은 글방에서 결과적으로 기록, 완성하는 것이지만 작품이 이뤄지기까지의 소양과 재능은 기본이고, 너른 행동반경이라는 창작무대, 창작공간에서 마련되는 것이 아닐까. 작가 헤밍웨이처럼 참전과 모험으로 세계 여러 곳을 창작무대로 삼은 경우도 있다. 1차 대전 때 군속으로 참여하여 간호사와 사랑을 나눈 ≪무기여 잘 있거라≫의 북부 이탈리아와 스위스, 멕시코만에서 낚시를 즐기며 살던 시기에 쓴 ≪노인과 바다≫ 등 그 장소들은 그의 창작무대이며 창작공간이기도 하다. 펄 벅의 소설 ≪대지≫의 창작공간은 중국일 것이다. 선교사인 부친을 따가 그곳에서 성장하여 창작한 작품임은 널리 알려져 있다. 이런 문호들의 창작공간이야말로 소개될 가치가 있는 것으로 걸작의 감동을 높여줄 수 있을 것이다.

1990년대에 후배와 함께 중국의 열하(현재 청더承德의 옛 지명)를 방문했었다. 조선 정조 때 역관 박지원(朴趾源)이 청나라 건륭제의 칠순 잔치에 사절로 가면서 보고 들은 것을 적은 ≪열하일기(熱河日記)≫는 연행록 중 백미로 꼽힌다. 수필가들은 그의 필력을 흠모하고 있다. 그는 연경과 열하의 수많은 문인들, 명사들과 교류하며 그곳의 문물을 보고 여정과 감회를 담았다. 청더(承德) 건륭제의 여름 행궁이었던 피서산장(避暑山莊)에 갔다가 호수를 가로질러 뱃사공이 내려주는 곳에 열하천이 있었다. 열하천은 옛날엔 뜨거운 물이 솟는 일종의 온천이었겠지만 현재는 그냥 물이 고여 있는 조금 큰 웅덩이였다. 겨울에도 강이 얼지 않는다는 뜻의 열하가 유래된 곳이어서 의미 있게 보였다. 나는 피서산장에 상주하는 서예가에게서 내가 좋아하는 명구를 멋진 초서(草書)로 받아왔다. 그 경구(警句)를 나의 글방을 지켜주는 수호신으로 삼아 왔다. 시성(詩聖) 두보(杜甫)가 재미삼아 절구 여섯 수를 지었다는 시론(詩論) '戱爲六絕句'(희위육절구) 중 마지막 구절 "轉益多師是汝師(더욱 보태어 스승이 많아지는 것, 이것이 곧 너의 스승이다. 즉 배울 것이 많아짐이 진실로 배운 게다)"는 뜻으로 대학교 두시언해(杜詩諺解) 시간에 배운 인상적인 내용이다. 두보가 당시 문인들이 서로 경시하던 세태를 풍자하며 자기가 학습과 창작을 통해 배운것에 대해 얘기하고 있는 것이라고 한다. 몇 년 전 국립도서관에 갔을 때 4층 열람실 벽에 걸려 있는 서예작품을 보고 깜짝 놀랐다. 면학적인 경구로 붙였을 '轉益多師是汝師'. 학구파가 아니면서도 나의 글방에 붙여놓고 얄팍한 감성의 글을 쓰면서 막힐 때마다 그 족자를 쳐다보았기 때문이다.

문학작품을 통해 가슴 설레고 나의 시간을 충만하게 해줬던 책들이 지키고 있는 나의 글방, 삶의 덧없음과 맞서서 아름다움을 일깨워줬던 책들이 있는 글방에 있는 춘란 화분이 몇 년째 꽃은 안 피고 무성한 이파리만 너울거려서, 걸작을 못 쓰는 자신을 보는 것 같아 안타깝다. 그러나 햇볕 잘 들고 온도를 일정하게 해주어 내년에라도 꽃 피리라는 희망을 가져본다.

컴퓨터와 함께 거실로 쫓겨나온 '轉益多師是汝師'라는 잠언을 보면서도 배우겠다는 의지가 약해지는 나를 무엇으로 일깨울까.

(수필 오디세이 '작가의 글방' 2021년 봄호)

대니 보이와 백학

우리 세대들은 학창 시절에 아일랜드 민요 〈대니 보이〉를 많이 불렀다. "아 목동들의 피리 소리들은 산골짝마다 울려나오고…."로 시작되고 번역 제목도 〈아 목동아〉여서 단순한 목동의 노래인데 좀 애상적인 노래로만 여겼었다. 그런데 아일랜드 젊은이들이 영국과의 전투에서 영웅적인 희생을 치러야 했던 조국 독립과 자유를 위한 노래였음을 뒤늦게 알았다. 산골짜기에 울려 퍼지는 피리 소리에 이끌려 싸움터로 나가는 아들의 뒷모습을 바라보면서 홀로 부르는 어머니의 슬픔과 애정이 가슴 절절히 사무쳐오는 노랫말. 아일랜드의 슬픈 역사와 함께 어두운 비애가 서려 있었던 것이다.

올해에는 러시아의 음울한 노래 〈백학〉을 자주 생각했다. 역사상 가장 치열했다는 2차 세계대전 스탈린 그라드 전투에서 간신히 살아남은 러시아 시인 라술 감자토프가 전사한 전우들을 기리어 쓴 시(詩)에 우크라이나 키이우 출신의 작곡가 얀 프렌켈이 곡을 붙였다는 노래이다. 우리나라에선 1995년 TV드라마 ≪모래시계≫로

널리 알려진 곡이다.

올해 2월 러시아의 우크라이나 침공으로 시작된 전쟁이 반년이 다가온다. 포격을 피하려는 어린아이와 부녀자들의 피난 대열이 안타까웠고, 명분도 없는 전쟁에 참가한 러시아의 젊은 병사들에게 빵을 주는 우크라이나 엄마들의 인정도 보이던 전쟁 초기의 모습에서 이제는 멀리 와버렸다. 주요 지역을 빼앗기고 전세가 밀리는 우크라이나에서 다른 나라를 향해 무기 원조를 요청하는 등 사태가 긴박해졌다.

"나는 가끔 이런 생각이 들곤 합니다. 피비린내 나는 전쟁터에서 돌아오지 못한 병사들은 이국땅에서 전사하여 하얀 학으로 변했습니다."는 노래 〈백학〉의 가사 첫머리. 옛날 체첸공화국과 러시아의 전투 때 체첸의 병사들이 다시 귀향하지 못하는 불귀의 객이 되어 카스피해 연안으로 날아드는 백학으로 돌아온다는 내용이 생각나서 지난 6월엔 숙연했었다. 지난 6월 3일은 러시아의 우크라이나 침공 100일째 되는 날이었다. 우크라이나 병사들은 용감하게 싸우고 있겠지만 우리나라의 6·25전쟁을 떠올리며 그때 전사한 젊은 원혼들은 아직도 통일되지 않은 조국의 하늘 위를 나는 새가 되었을지 모른다는 생각도 해 보았다.

우크라이나는 30년 전까지 러시아와 함께 소련에 속해 있던 15개 공화국 중 하나였는데, 소련 개방 때 독립하였다. 러시아의 푸틴 대통령이 우크라이나의 나토(NATO 북대서양조약기구) 가입 시도를 반대하여 일으킨 이번 전쟁은 푸틴의 전쟁이라며 세계인들이 못마땅하게 생각했는데 너무 길어지고 있다. 감정상으로 못마땅한 수준이 아니라 이제는 여러 나라가 식량, 산업에까지 지장을 받아 전 세계로 불안이 확산되고 있다.

시 〈유언〉(遺言)을 발표했던 우크라이나의 민족시인 세우첸코 (Taras Shevechenko 1814~1861)는 오늘날의 러시아 침공사태를 예상했을까. "나 죽거든 부디 우크라이나의 넓은 벌판 위에 묻어주오… 적들의 검은 피, 우크라이나 들에서 파도에 실려 푸른 바다에 실려 가면 나 벌판을 지나고 산언덕을 지나 하늘나라로 올라 신에 감사드리겠네…."의 〈유언〉. 그의 작품들은 우크라이나 문학의 토대가 되었고, 국가 행사나 여러 현장에서 그의 시가 낭송된다고 한다. 그의 이름을 딴 키이우의 세우첸코 공원은 많은 이들의 사랑을 받고 '타라스 세우첸코 국립 키이우대학'은 권위 있는 명문대학이다.

우크라이나는 유럽에서 러시아 다음으로 넓은 면적의 영토를 가지고 있다. 농산물이 풍부하여 식량의 대부분이 수출되고 매장되어 있는 광물도 많다고 한다. 이런 물질적인 것만 아니라 문화예술에 기여한 인물들, 서방세계에 나와서 맹활약한 음악인들이 많다. 피아노의 제왕 호로비츠, 에밀 길레스, 작곡가로는 《피터와 늑대》의 프로코피에프, 바이올리니스트인 다비드 오이스트라흐와 나단 밀스타인 등 이들은 20세기에 우뚝한 음악가들이었다. 감자로프의 시 〈백학〉에 생명을 불어넣어 준 작곡가 얀 프렌켈도 우크라이나인이 아닌가.

세상에 물질적으로, 정신세계에도 희망을 주던 우크라이나의 전쟁이 어서 종식되어, 국민들이 다시 일어나서 재건의 종소리를 울리기를 고대한다. 〈대니 보이〉나 〈백학〉 같은 애상적인 노래보다도 승전의 힘찬 노래가 울려 퍼졌으면 한다.

조국을 위해 싸워서 1945년 8월 광복을 맞았던 우리나라의 선열들, 6·25 때 몸 바친 호국영령들도 이제는 희망의 노래를 부르기를 기원할 것이다.

(그린에세이 2022년 7·8월호)

어린 시절과 작가정신

　글을 모르던 어린 시절엔 잠들기 전에 할머니에게서 몇 번씩이나 들은 옛날얘기에 빠졌다가 잠들곤 했다. 지금의 젊은 부모들은 머리맡에서 명작동화를 읽어주며 어린 아이의 꿈을 키워주기도 한다. 그러나 학교에 들어가고 나면 학원 공부 같은 벅찬 학업 스트레스 때문에 책을 안 읽고, 스마트 폰에 매달려 책과는 담쌓고 지내는 아이들이 많아지는 추세이다. 2천 년대 초 대학입시에 논술고사를 도입하고 오랜 세월 좋은 평가받은 '고전' 중심으로 출제를 하여, 그나마 성적을 위해서 독서를 하게 되니 다행이라고 할까.

　"어린 시절, 나는 나 자신을 벌집으로 상상했다. 단순하고 평범한 온갖 사람들이 이 벌집에 그들 나름의 삶에 대한 지식과 생각의 꿀을 꿀벌처럼 가져와 그들 자신의 체험으로 내 영혼을 아주 풍요롭게 해주었다. 종종 그 꿀은 더럽고 쓰기도 했지만, 그래도 모든 지식은 역시 꿀이었다."

러시아의 작가, 사회사상가인 막심 고리키(Maxim Goriky 1868-1936)의 소설 ≪어린 시절≫의 한 구절이다. 아버지를 일찍 여읜 그는 초교 3학년에 중퇴하고 외할아버지댁의 대가족과 살며 성장한다. 외할아버지에게서는 글을 배우고, 외할머니에게서 설화와 노래를, 함께 사는 연금술사에게서 많은 이야기를 듣고 선과 악, 우둔함과 지혜를 알게 되고, 러시아인의 정체성을 깨우치게 된다. 그래서 러시아인의 가난과 고통을 서정적으로 그린 ≪어린 시절≫과, ≪어머니≫ 등 명작을 썼다.

우리나라에서는 좌파 작가인 고리키의 책이 한때 금서였는데, 우연히 문고판 ≪어린 시절≫을 읽었다. 학교에 못 다닌 그가 학구열로 핸디캡을 극복, 독서·여행으로 견문을 넓히고 습작으로 필력을 길러 신문 기자가 되었다는 것을 알았다.

소설 ≪어린 시절≫에는 궁핍 속에서도 외조부모의 사랑을 받은 장면이 많이 나온다. '단순하고 평범한 온갖 사람들이 작가의 벌집에 그들 나름의 삶에 대한 지식과 생각의 꿀을 꿀벌처럼 가져와' 작가의 영혼을 아주 풍요롭게 해주었다. 성장하여 훌륭한 작가가 될 작가 정신이 형성될 만한 일들이 많았다. 어린 시절에 이미 러시아인의 운명적인 고통에 분노하며 고통 없는 러시아를 꿈꾸게 되는 작가 정신이 비롯되었던 것이다.

볼가강 가의 자연 풍광은 물론 농노해방 이후 산업화 과정에서 겪는 러시아인의 가난과 고통을 아름다운 문체로 형상화한 미적 성취도가 뛰어난 고리키의 ≪어린 시절≫.

성장하던 때의 환경, 불우하다고 절망한 것이 아니라 따뜻한 조부모와 주변 사람들의 '꿀'로 훌륭한 작가정신을 지니게 되었던 고리키. 사는 집은 화려해졌어도 단란함과 가족애가 사라지다시피한 현대의 가정에서는 소중한 인생을 살아가도록 올바른 가치관을 갖고 자라게 해주는가.

고리키는 희곡 ≪밑바닥에서≫가 모스크바 예술극장에서 대성공을 거두자 자선 사업을 벌이며 가난한 어린이들과 실업자들을 위한 도서관을 지었다 한다. 인류사적 영원한 과제가 책을 읽는 것만으로 다 해결되는 것은 아니라 해도, 책을 읽고 과제를 해결하려는 마음에서 인류는 발전해온 것이 아닐까.

(한국수필 2022년 2월호)

꽃향기의 충전으로

아침에 눈을 뜨니 가벼운 두통이 느껴졌다. 꾀병처럼 누워 있고만 싶은데 창문 쪽에서 낯선 향기가 은은하게 풍겨왔다. 벌떡 일어나서 보니 2년 전에 받았던 춘란 화분에서 뜻밖에도 한 촉이 올라와서 꽃을 피우고 있었다. 2년 동안 이파리만 무성하고 꽃 피울 생각을 안 했었는데 내 집에도 경사가 났다고 자랑하고 싶었다. 그날은 친구의 막내딸 결혼식장과 은사님의 빈소에도 가야 했다.

서둘러 준비하다 보니 두통도 잊고 결혼식장으로 가는 발걸음이 한결 가뻤다. 총명하고 상냥한 친구의 막내딸은 유능하여 직장에서 오랫동안 재능을 발휘했다. 혼기를 놓쳐 걱정하던 엄마였는데 훌륭한 사위를 보게 되어 결혼식장은 특별한 축제 분위기였다. 하얀 장미로 둘러싼 식장의 은은한 꽃향기 속에 취해 있는데, 사회자가 신랑 신부 행진순서라고 하객들에게 '자리 앞에 놓여 있는 종이를 펼쳐서 축하행진곡을 함께 제창해주시라'고 했다. 멘델스존의 행진곡에 가사를 맞춰 부르라는 것이었다. 단순한 하객이 아니라 행사에 당당히 한몫하듯 활기차게 노래를 불렀다. 다음 장소로 가야 할 마음이 급해서 잘 차려진 피로연에서 샌드위치 한 쪽을 먹고 뜨거운 커피 한 잔을 들고 발길을 돌렸다.

커피잔에 빠진 파리가 '단맛 뜨거운 맛 다 보고 죽네,' 했다지만 그날 나야말로 단맛 슬픈 맛 다 보는 날이었다. 인천행 전철은 창밖을 내다볼 수 있는 곳이 많아서 마음이 후련했다. 초등학교 4학년 담임이셨던 심 선생님은 내성적이고 눈도 나빴던 내게 용기와 희망을 품게 해주신 분이었다. 6·25이후 소식을 몰랐다가 36년 만에 찾아서 재회한 후에도 늦게까지 직장생활하는 나를 격려해주셨다. 내가 책을 출간할 때마다 격려금과 함께 주위에 자랑도 잊지 않으셨다. 노환으로 알량한 제자를 못 알아보셔서 근년 3년 동안은 아드님께 안부 전화만 했었는데 이제 이 땅에 안 계시다는 것으로 추연해져서 빈소를 나왔다.

전철 창밖으로 펼쳐진 푸르른 들판에 짙은 노을이 깔리는 것을 바라보며, 고향 푸른 둑에 나가서 자연학습 시간에 들려주신 선생님 말씀을 떠올렸다. 멀리 흘러가던 금강물을 가리키며 강 부근의 평야는 생산적이어서 곡식도 잘 자라고 풍요해서 도시가 이뤄진다고 하셨다. 그러나 강물이 흘러서 바다로 가면 되돌아오지 않듯이 여러분도 시간을 헛되게 보내지 말라던 말씀이 떠올랐다.

뜻밖에 꽃 핀 춘란으로 두통을 쫓아냈고, 장미 향기로 강행군이었던 하루를 활기 있게 보낼 수 있었던 것 같다.

(문학의 집·서울 ≪바람이 분다≫ 2020년)

유혜자 수필집

손의 온도는